徳間文庫

帰らざる復讐者

西村寿行

徳間書店

目次

第一章　悪夢の日々

1

八月に入ったばかりだった。

するどい陽射しが落ちていた。

原田光政はその日の午後、いったん自宅に戻った。車を車庫に突っ込んだ。原田は個人タクシーが稼業だった。

玄関の鍵を開けた。郵便受けに一葉の葉書が入っていた。その宛名や差出人の名前を読みながら、台所に入った。

台所に入って、原田光政は椅子に腰を落とした。

冷たいものでも飲んで一時間ほど午睡をとるつもりの原田だった。もうせかせか働く歳ではなかった。六十近い歳である。充分に働いてきたと思う自負というか、自分自身を納得させるものが、原田にはあった。

小さいながら家もあった。新宿の外れである。外れといっても環境からいえば悪くはない。新宿御苑にくっついている。地理的にいえば渋谷区と港区に挟まれており、都心にありながら閑静な一画だった。

子供が二人いた。義之と季美だ。義之は帝大医学部を出て現在は帝大病院多内内科に勤めていた。若手医師である。季美は短大を出てデパートに勤めている。義之と季美の母親は数年前に胃癌で亡くなっていた。現在の原田に不満なことがあるといえば、それだけであった。

——女房が生きていれば。

生活に不安も不便もあるわけではないが、ときに、ふっとかすめる望郷じみたうつろなものがあった。

葉書の文面に、原田は目を通した。

やがて、原田は、葉書をテーブルに置いた。

〈武川恵吉……〉

つぶやいた。

原田は冷蔵庫から、ジュースを持ち出し、グラスに注いだ。一息に飲んだ。汗が引いていく思いがした。

そのまま、原田は視線を停めた。空間に武川の顔がかかっていた。しばらくの間、原田は遠い目でそれをみつめていた。

われに返って、もう一度、文面に目を通した。それは死亡通知だった。正式の死亡通知ではなかった。ただの葉書に家人のだれかが書いたらしい、生前の交誼に感謝するというあっさりしたものであった。

文面によると、死亡は七月の二十八日だとある。交通事故で病院に担ぎ込まれ、いったんは快復するかにみえたが、結局は——。

原田は、動かなかった。

椅子を立ったときには、午睡はあきらめていた。焼香に行かねばならない。武川は古い友人だった。この何年かはほとんど会ったことがないが、別に仲違いをしたりしての疎遠ではなかった。ある事情が原田と武川、それにもう二人、北海道の紋別市に住む北條正夫と、大阪に住む関根広一の四人の間にあった。そのある事情が四人の胸に極印を刻んでいた。あるいは十字架を背負ったように終生、背から下ろすわけにはいかなかった。疎遠にはしていても、心のどこかの部分では生あるかぎり、つながっていた。

原田はタクシーで出た。

武川恵吉の家は練馬区にあった。途中で仏壇に供える生花を買った。

武川の家はひっそりしていた。武川の妻のひさ子だけが留守居をしていた。子供が三人いるのだが、勤めに出ているようだった。

原田は仏壇に掌(て)を合わせた。

悔やみを述べた。口の中でもごもごいった。悔やみのことばを明晰(めいせき)にいう人間はいない。原田にはちょうどよかった。働くのは厭(いと)わないが、喋(しゃべ)るのは苦手だった。

もごもごと悔やみを述べて辞去しようとする原田を、ひさ子は引きとめた。茶菓を用意していた。

ひさ子は武川の病状を説明した。

武川が車にはねられたのは七月十三日の夜であった。練馬区と埼玉県境に近い西大泉町にある家に、武川は勤務から戻った。十時過ぎであった。その時刻になると人通りのすくない住宅街だった。一台の乗用車が背後から武川をはねとばして、後もみずに逃げ去った。

武川は救急車で近くの病院に収容された。左肩の骨を折っていた。それに、脳内出血の疑いがあった。翌朝、武川は渋谷にある中央医療センターに移された。小さな病院では責任が持てなかった。

脳内にわずかな出血があった。手術をして血塊(けっかい)を取り除いた。結果は良好だといわれていた。肩の骨はギプスで固定した。

十日も経つと、武川はベッドを下りられるようになった。便所に独(ひと)りで行けるていどだが、もう心配はないと、担当医が保証した。ただ、問題が一つあった。はねられた衝撃でか、脳器質障害でかははっきりしないが、武川は逆行性健忘を起こしていた。そう強いものではないが、幾つかの記憶に陥没があった。家のことはおぼえているが、家族のことは忘れてしまっているという奇妙な健忘症にかかっていた。

七月の後半に、院長じきじきの精密診断があった。

院長は島中常平という、医学界の重鎮であった。帝大医学部教授をしていた。中央医療センターは医療法人で、そこの医師は島中閥で占められていた。高層ビルの七、八、九、十、十一階の五フロアを占めていた。患者に貧乏人はすくなかった。年会費システムの豪華な医療センターだった。病院というよりはホテルを思わせる。そこの院長を兼ねている島中常平の診察は、週に一度しかなかった。

島中の診察は、脳器質障害と記憶障害の関連を調べることにあった。レントゲンフィルム等の資料はすでにある。その日は、麻酔医を呼んでの麻酔分析が行なわれた。バルビツール系の麻酔薬を静脈に注入しながら、意識下に眠る記憶を探るのである。原理的には催眠療法と似ている。抑圧を取り除き、失われた記憶、眠っている記憶を意識下から掘り起こす治療だ。

そこで、何があったのかは、わからない。ただ、治療を終えて個室に戻った武川は、見舞いにきた妻のひさ子に、別の病院に替わりたいといいだした。武川はひさ子を自分の妻だとは意識的に承知していた。そう教えられたから、納得しているのだった。

ひさ子は、武川にいいきかせた。

「ここは一流中の一流病院ですよ。医療設備も最高だし、院長先生は帝大医学部教授ですからね。病院を替わって、どうするというんです」

それは事実だった。名もない武川恵吉の入院できるところではないのだ。最初に収容された病院の院長が島中閥の一員だったから、入れたのだった。

「いやだ。ここは、いやだ」

武川は、いい張った。

「なぜ、急にいやになったのよ」

ひさ子は詰問した。

「タイサだ。タイサかもしれん……」

武川は天井を睨んで、うわごとのようにいった。

「タイサ——そりゃ、なんなんですか」

ひさ子は訊いた。

武川は、ひさ子をみた。冷たい目だった。いや、おびえるか、警戒している目に、ひさ子にはみえた。

それっきり、武川は黙った。

ひさ子は情けなかった。武川はひさ子を意識的には妻だと承知している。だが、実感はない。積み重ねた過去がスッパリと切断されているのだ。武川のいう〈タイサ〉が何かはわからないが、すくなくとも武川は何かにおびえている。〈タイサ〉はそのおびえの凝縮した何かのように思えたが、武川は実感のない、ことばだけの妻にタイサが何かを説明することをおそれている。それだけではない。武川のみせた冷たい目には機密を盗まれる危惧(きぐ)感さえあった。

その翌日、ひさ子は看護婦に呼ばれ院長室に連れて行かれた。

「掛けてください」

島中は恰幅(かっぷく)のよい男だった。六十過ぎだろうか、赭(あか)ら顔で、するどい眼差(まなざ)しを持っていた。

ひさ子はおびえて小さくなった。

「お気のどくですが……」

島中は太い指にタバコを挟(はさ)んだ。

「えっ」

考えてもみないことばだった。

「蜘蛛膜下(くもまくか)と、脳の一部に破損があります。楽観はできません。左頭頂部に近いところを打っていて、脳内出血をしていたのですが、破損は反対側にも物理的作用をおよぼしています。看逃(みのが)していたのです」

「と、おっしゃいますと……」

　ひさ子は縋(すが)る目で島中をみた。

「危険です」島中は視線を避けた。「たぶん、記憶障害も脳損傷からきているものと思えます。おそらく、幻影や幻聴が出てくるものと思われます」

「では、先生、夫は……」

「全力を尽くします。しかし……」

　島中はことばを濁した。表情に、苦渋めいた翳(かげ)りが浮かんでいた。

「そうですか……」

　ひさ子はぼんやりしていた。

「それでは」

　島中は立つそぶりをみせた。

「待ってください。夫は昨日、〈タイサ・タイサ〉とわけのわからないことをいって、この病院を替わりたいと……」

「幻影が出ているのです。お気になさらないことです。もし、病院を替わりたいのであれば、結構ですよ」

「いいえ、先生、とんでもありません」

ひさ子はあわてた。院長の口調に、ふっと冷たいものが混じったのがわかった。

その二、三日後だった。武川の症状が悪化した。

急に昏睡(こんすい)状態に陥った。

そして、あっけなく逝(い)った。


「人間が死ぬのなんて……」

ひさ子は目頭を押えた。

「そうでしたか……」

原田は、青ざめていた。自分でも血の気の引いたのがわかった。

武川恵吉がいったという〈タイサ〉の意味が、原田には推測できた。

――タイサ。

――しかし、まさか。

原田は否定した。今頃になって、そんなことが。武川は何かをいいちがえたのだ。それとも、脳障害でまぼろしをみたのだ。あるいは、麻酔分析とやらで遠い過去の記憶を取り戻し、その記憶の断片が口をついて出たのだ。

病院を替わりたいといったのは、その記憶と現実の境界が曖昧模糊(あいまいもこ)となったからだ。そうでなくて……。

「悪いことというのは、重なるものでございます。轢き逃げした車はまだつかまりませんし、その上、わたしどもが病院に行って夫の亡骸と対面している間に、この家にドロボウが入りまして、そりゃもう、簞笥から何から、まるで家の中に台風が入り込んだように……」

ひさ子が嘆息するのを、原田はうわの空で聴いていた。

打ち消しても、打ち消しても、すぐに勢いを盛り返してくる不安があった。

「あのう、北海道にいる北條と、大阪の関根には、葉書を出しましたか」

辞去する前に、原田は訊いた。

「はい、一応は、おしらせしておきました」

「そうでしたか」

それが原田の辞去の挨拶だった。

2

八月七日。

原田光政は新宿を流していた。昼前だった。なにげなく後部座席をみると、客の残した新聞があった。今朝はまだ新聞を読んでいなかったことを思いだした。車を近くの箱根山公園に向けた。食事をしながら新聞を読もうと思った。原田は弁当を持って出る。コーヒーも魔法瓶に詰めて持参する。娘の季美が用意してくれるのだった。

車を公園の突き当たりに停めて、原田は新聞に目を通した。社会面に交通事故の統計が載っていた。そういったところは入念に読む癖がついていた。統計記事の下方に、小さな記事が三つほどあった。どれも交通事故死を報じていた。

原田の視線が釘づけになった。

コーヒーがこぼれて膝を濡らしたのも気づかなかった。

その記事は北海道紋別の交通事故死を報じてあった。

北條正夫、五十五歳。

死亡者の名前だった。

悪質な轢き逃げだとある。

〈北條正夫……〉

原田は、つぶやいた。つぶやきの中から悪寒が流れ出て、背筋に冷たいものを感じた。

原田はあわてて左右を見回した。教会付属の小さな幼稚園の傍だった。子供たちの姿がはね回っていた。その近くに、中年の男が一人、じっと、子供たちを見ていた。

悪寒が急に全身を襲った。原田はコーヒーカップを助手席に放り捨て、あわててエンジンをかけた。車が唸って後進した。小石をはねた。小石は傍の人家の生け垣に吸い込まれた。犬に当たったのか、おそろしい勢いで犬が吼えた。

バックミラーを覗いた。男が、あきれたように車を見送っていた。

乗客が何人か手を挙げた。原田は見向きもしなかった。それどころではなかった。鼓動が苦しいほど搏っていた。締めつけられるような重圧感がある。

何人もの乗客を無視して、わが家に向かった。本来ならやみくもに飛ばしたいのだが、原田はそうした芸当のできる性格ではなかった。額に出るあぶら汗を手の甲で拭いながら、走った。

車を車庫に納めた。

家に入って、厳重な戸締まりをした。そうしておいて、電話で帝大病院に勤める息子の義之を呼び出した。

「義之か、おれだ」

「なんですか、急に」

めったに電話などかけてきたことのない父親に、義之の不審そうな声が訊いた。

「おれは、ちょっと北海道に行ってくる。三、四日はかかるだろう。季美にも伝えておいてくれないか」

「いいよ、でも、旅行なの」

「バカ、そんなんじゃ、ないんだ。紋別の友人が死んだのだ。これから行けば……いや、飛行機がとれればだが」

「病死かい」

「轢き逃げされたらしいんだ」

「ふーん。じゃ、気をつけて」

「ああ」

原田は電話を切った。

航空会社に座席を申し込んだ。運良く、空席があるという。それをリザーブし、千歳から女満別までのローカル便も予約した。女満別からはオホーツク沿いに列車で紋別に向かうしかない。

大急ぎで支度をして、家を出た。家を出る間際に、義之に相談をしたらどうだろうかと、ふと、足を停めた。義之を、原田は、鳶が鷹を生んだのだと思っていた。頭脳の冴えは自分にはないものだった。いや、無縁といえる。原田は小学校しか出ていない。かりにどんなに財産があったところで、大学なんぞに行く能力は自分には皆無だったと思っている。

勉強だけではなかった。義之はスポーツにも長けていた。高校時代は柔道を二段までやり、大学に入ってからはアルバイトで稼ぎながら航空クラブに籍を置いて、小型機のライセンスを取得していた。射撃クラブにも入って、成績優秀だとかで、国体選手に推されたこともある。費用がかかりすぎるのでそれは辞退していた。

気性もはげしい。何から何まで、父親とは正反対であった。

義之に相談をすれば――と、ふっと、救いを求めたい思いに駆られたが、原田はその考えを捨てた。

――相談できることがらではない。

それに、北條正夫の死をたしかめなければならない。死因に謎の要素があるかどうか。轢き逃げにせよ、たんなる自動車事故なら、原田は武川恵吉の死がもたらした黒い影をふり捨てることができる。

羽田に向かいながら、原田の気持ちは沈み込んでいた。武川は〈タイサ〉といい残した。そういったときには、はっきりおびえが出ていた。その数日後には北條が死んだ。

――偶然の一致か？

偶然の一致とは、原田には思えなかった。過去の亡霊が蘇ったのかもしれぬと思うぶきみさがあった。

もし、亡霊が蘇ったのなら――原田は北條と武川を襲った死の魔手が早晩、自分の前にも影をみせることを覚悟しなければならなかった。

紋別に着いたのは翌日の午後であった。

北條正夫の家は紋別港の近くにあるときいていた。何年か前に招待されたことはあったが、訪ねるのははじめてだった。

広大な港だと思った。北洋に出るらしい漁船が十数隻停泊していた。貨物船ほどの船体だ。漁船なのか貨物船なのかは、原田には識別できなかった。

鷗がさかんに舞っていた。魚臭い。街そのものに魚のにおいが滲み込んでいる感じがした。

北條家はじきにわかった。街を南北につらぬく道路の海側にあった。

葬儀の準備ができて、焼香が行なわれていた。原田は焼香客に混じって順番を待った。

焼香を終えて、原田は受付係の若者に、遺族の人に会いたいと申し込んだ。

若い男が出てきた。北條の長男で辰夫だと名乗った。北條正夫は漁業をしているときいていた。長男もそうらしかった。陽に灼けた風貌には海と魚のにおいが滲んでいた。

「新聞をみて、東京から、わざわざ……」辰夫は、驚きの表情を浮かべた。「すまんことです」

「わたしたちは、めったに会うことはなかったですけど、そのう、親友というのですか、昔から……」

「父も、そう申していました」

「ご迷惑をかけたくはございません。お父さんのご冥福は祈りましたから、わたしは、葬儀が終わりしだい、かってに失礼させていただきます。でも、その前に、どうして事故に

「遇われたのか……」

立ち話だった。北條家の飼い犬なのか、毛の長い犬が傍にきて原田のにおいを嗅いだ。

「どうもこうもないんです。父はおととい晩、組合の会合から戻る途中を、すぐそこの国道ではねとばされたんです。そりゃ、多少は酔っていましたが……」

辰夫は肚だちを鎮めるように、ことばを切った。

「内臓破裂で瀕死の重傷でした。病院に担ぎ込まれたんです。すぐ手術をはじめたんですが、四時間後には息を引きとりました。最初から昏睡状態で、ひとことも口をきかずに……」

声を詰まらせた。

「お気のどくです」原田は深く頭を下げた。「で、犯人はつかまったんですか」

「いえ」辰夫は首を振った。「警察はすぐに国道を閉鎖したんですが……」

目撃者があった。その通報で、十分後に警察は南の湧別町と北の興部町の入り口を封鎖した。轢いた車は国道238号線を北に向かって突っ走ったから、封鎖された中にいるはずだった。十分では隣の沙留までも行けはしない。袋の鼠だった。都会とちがって、横にそれる道路もない。オホーツクの海岸線を道路は一本きり、どこまでも灰色に伸びているだけだ。

だが、逃走車は網にかからなかった。

翌朝になって、小型車が紋別の街外れの畑の中に突っ込んであるのが発見された。車の持ち主は地元の人間だった。車が盗まれたとわかったのはまもなくであった。

犯人は車を盗んで北條正夫をはね殺し、街外れの国道から車を畑に突き落とし、何喰わぬ顔で歩いて街に戻った──警察の推測だった。事故ではないかもしれぬ。車を盗んで遠くに行こうとしたが、人をはねた。それで車を捨てて逃げ戻ったとの推定もたたないわけではないが、警察は最初から殺意を抱いての犯行であるというほうに重点を置いた。

「怨恨とか、そうした面を警察は捜していますよ」

「お父さんに、そんな面が……」

「あるもんですか。まじめ一本槍の父でしたから」

「そうでしたね」

それ以上、原田には何を訊いてよいのかわからなかった。また訊く必要もなかった。

「踏んだり蹴ったりですよ。父が息を引き取って、家に戻ると、家中がゴッテリ荒らされているんです。この紋別市で人殺しやドロボウがあったのは、めずらしいんですから」

辰夫の口調には肚だちを通り越した自虐があった。

「お気のどくです」

原田は頭を下げた。

それで、辰夫と別れた。

葬儀の出るまでには間があった。原田は港に出た。港までは数分だった。歩きだすと、犬がついてきた。尾を下げて、頭を振っている。原田は喪家の狗ということばを思いだした。どことなく、感じが合っていた。

岸壁に腰を下ろした。

暗いオホーツクがみえた。

――北條は、殺された。

原田は確信を持った。事故ではあり得ない。武川の場合と共通するものがあった。それは両方とも家族が病院に詰めている間に家が荒らされたことだ。武川だけならともかく、北條もそうだというのは、もう偶然ではなかった。

暗い視線を、原田は海に投げていた。雲と溶けた水平線のあたりに死が漂っているような気がした。その死は、黒雲の拡がるように空を覆って、やがて、自分にも訪れる。大阪の関根にも……。

――犯人は、何を捜しているのか。

手紙とか葉書、あるいは住所録のようなものではあるまいかと、原田は思った。

犯人は武川を殺し、家捜しをした。そして北條の住所を発見した。北條の家からはだれの住所を発見したのか。原田は、自分が北條に手紙類を出したことがあったか、記憶をたぐってみた。ここ二、三年、年賀状以外に出した記憶がなかった。年賀状は取っておく家もあれば、焼いてしまう家もある。原田は正月が過ぎれば焼くことにしていた。もし、北條家に何年も取っておく習慣があれば、犯人は、もう原田を射程距離に入れていることになる。

いや、年賀状は関係ないかもしれぬ。住所録のようなものが、どこにもある。手紙類を出すにはそれをみて書くのだから、年賀状や、郵便物があろうとなかろうと住所録さえ手に入れれば、問題ではない。そして、それなら、犯人は武川家で入手した住所録で、すでに原田の住居を知ったはずだ。

——なぜ、殺しにこなかったのか？

犯人になんらかの事情があって、北條が先になったのか。

犬が傍に来て、尻を落とした。

原田は犬の頭を撫でた。

3

東京には降りなかった。

羽田で大阪行きの飛行機に乗り替えた。

機中で原田光政は、関根広一の元気そうな声を思い浮かべていた。紋別の旅館から電話を入れたのだった。電話で詳しいことはいえなかった。ただ、武川と北條が殺されたらしいことを告げた。その件で善後策を協議したいといった。関根は四人の中でずば抜けて明るい性格だった。

「冗談とちゃうか」そういって笑った。「冗談でこんなことがいえるか」原田がそういうと、関根はほんのすこし黙った。「けどな、そんな昔の亡霊が息吹き返すなんて、いややで。そんなんは偶然や思うな。ま、ええ。伊丹空港まで迎えに出るさかい、ゆっくり相談しようやないか。ええとこあるで、大阪には。どや、あっちのほう」

豪快に笑って電話を切った。

その声が耳に残っている。

関根は生野区でトラック運送業をやっていた。若い者を大勢使っている。性格も磊落だ。そのことが原田に安心感をもたらした。関根と相談すれば、なんとかなるかもしれないという気がする。

百パーセント、過去の亡霊が蘇って武川と北條を殺したのだとしても、関根と協力すれば、なんとか対策がないわけでもあるまい。最終的には、自分が関根の運送業を手伝うこともできる。一人でいれば確実に殺されようが、関根と組めば敵も容易には襲えまい。

——殺されてたまるか。

場合によっては、亡霊の正体を突きとめ、反撃するてもある。公表はできぬことだが、正体さえわかれば、敵の息の根を止める剣は原田の側にもある。いわば両刃の剣だ。使いかたを過ればどちらが死ぬかわかりはしないのだ。

原田はそう思った。確実に追い詰められていることがわかって、わずかだが、恐怖が憤りに変わりつつあった。

伊丹空港には午後おそくに着いた。

空港待合室には関根の姿がなかった。原田は伊丹空港にはきたことがない。関根が会う場所を指定したのだった。喫茶室だった。もしそこが満員ならロビーにいると。

その両方ともに関根の姿はなかった。

原田はロビーで待った。

大阪の交通事情は知らないが、東京と似たりよったりであろうと思う。関根は車で来るだろうから、渋滞に遇えば、三十分やそこらはおくれることがある。

十分が過ぎ、二十分が過ぎた。

原田は不安になった。関根は来ないのではあるまいか。四人のうちで、いわゆる商売人は関根だけだ。武川は中企業の会社の経理をやっていたし、北條は漁師だ。自分はタクシー運転手。関根だけはちがう。それも大阪商人だ。いまさら昔の亡霊を云々して訪ねて来る貧乏人を相手にする気は、最初からなかったのかもしれない。合理的に物事を考える男だから、そんな昔の亡霊が蘇るなどはあり得ないと思っている。かりに、何かがあったところで、役にもたたない原田と組んで面倒をみるのは願い下げだと思っているのか。

原田の肩が落ちた。九分九厘、それにちがいあるまいと思った。電話で詰れば、関根は大事な取引きができたとかなんとか、磊落を装って笑うのだ。それが目にみえる気がする。見放されたと思った。

それでも、原田は待った。三十分が過ぎ、五十分が過ぎた。

原田は諦めた。航空会社の窓口に行った。東京行きの空席を訊いた。どの便もすべて満席だった。原田は空港を出た。タクシーで大阪に出て新幹線で帰京するしかなかった。

独りぼっちになったと思った。機内では関根への信頼心から、敵への反撃をまで考えたが、肝心の関根に冷たくあしらわれて、肩すかしをくわされては、その反撃心は消えてしまった。

タクシー乗り場まで出たが、思い切り悪く原田はまたロビーに引き返した。ともかく電話だけでもかけてみたらどうだと、自分にいいきかした。迎えに出る都合がつかなくて、関根は電話のかかるのを首を長くして待っているかもしれない。笑うようなら、すぐに切ればよい。

電話には若い男の声が出た。

「はあ、関根はんでっか、それが……」

語尾が濁った。「だれや、かしいな」という声が入って、別の男が出た。中年の声だった。

「番頭ですが、どちらさんでっか」

「伊丹空港で落ち合う約束をして、待っている、東京の原田と申しますが」

「さようでっか。それはどうもえらいご迷惑をかけて済んまへん。じつは、関根は、昨夜おそく、亡くなりましてな」

「あの、な、な、な……」

ことばにならなかった。血の気が引いた。めまいがして、原田は電話ボックスにしがみついた。

「驚くのも無理はあらしまへん。じつは、昨夜九時頃、近くの小料理屋へ飲みに出よりましてな、それがなんぼ待っても帰りよらへんのです。朝方になって、若い衆を動員して捜させましたところ、家のすぐ近くを流れとる川に落ちてたんですわ」

「け、けいさつは……」

「ええ。後頭部に打撲傷がありましてな、酔って落ちたものか、叩かれて落ちたものか、そこんとこを、いま捜査中です」

「ど、ど、どうも……」

しどろもどろになって、原田は電話を切った。関根に買ってきた北海道土産を持って電話ボックスを出た原田の足が、竦んだ。数メートル離れた柱の傍に一人の中年の男がいた。

男は原田を凝視していた。痩せぎすで、死を運んでいるような、ひやりとした気配をただよわせている男だった。冷たい目をしていた。

原田は悲鳴を上げた。口の中だけの悲鳴か、外に出た悲鳴かは、自分にもわからなかった。土産を放り出して、走った。足がもつれた。ロビーに転倒した。転んで這いながら、すばやく男をみた。男は相変わらず冷たい目でみていた。感情の動かない顔だった。

4

玄関でベルが鳴った。

「お父さんよ、きっと」

妹の季美がすばやく立った。

原田義之はそのままでいた。ウイスキーの水割りを飲んでいた。グラスをもう一つ持ち出してウイスキーを注いだ。父の分だった。働き通しで、わずかのアルコールを飲むのが精一杯の趣味の父であった。

友人の葬儀で北海道に行くと電話があってから、九日近くたっていた。その間、どこからも連絡はなかった。原田兄妹は心配していた。世間にたいしても自分にたいしても律儀な父であった。放埒とか放蕩とかとは縁のない父であった。個人タクシーを九日間も休むというのからして、ただごとではなかった。もう四、五日待って音信がなければ、捜索願いを出そうと原田は思っていた。

それだけに、ほっとした。

しかし、妹の声で、原田は父でないことを知った。廊下を歩いてくる足音が荒い。キッチンルームに顔を出したのは、友人の峰岸五郎だった。

「君か」

「君かは、ご挨拶だな。もうすこし歓迎できないのか」

峰岸は椅子を引き寄せた。

「歓迎するにもしないにも、どうせ君の目当ては季美だろう」

原田はグラスを押しやった。

「季美さんから、電話をもらった。お父さんが行方不明だそうじゃないか」

峰岸はビールを飲むように一気にグラスを半分ほど乾した。

「うん」

「心当たりは？」

「北海道には電話を入れてみた。葬儀の翌日、女満別空港に向かったそうだ。それ以後の足取りが、わからん」

「訪ねて行きそうな友人、親戚は？」

「ない」

「そうか……」

季美が峰岸のために手早く料理をこしらえはじめた。峰岸はその季美のヒップのあたりをみている。二十三歳の季美の体は成熟しきっている。ヒップの位置が高い。豊かな肉づきだ。ジーパンが張りきっている。みつめる峰岸の目が暗い。男が女のそうしたところをみる目には喉の渇きに似た飢えがこもって、暗く陰険になるのかもしれない。

「おい」

原田は声をかけた。

「うん──あ、そうか」

峰岸は原田に視線を戻した。

「捜索願いを出したほうが、よくはないか」

「おれも、それを考えている」

原田はうなずいた。

「おれが力になれればな……」

「君の力を必要とするような状態には、なりたくはないね」

そんなことになるおそれだけはあるまいと、原田は思っていた。峰岸は警視庁捜査一課に勤めていた。この歳で警部補である。峰岸が介入するとなれば、父は死体になっていることになる。律儀一方で人に恨みを買う父ではなかった。また金もそう持って出たわけではない。

「それも、そうだ。ま、息抜きにのんびり旅行でもしているのかもしれん。ところで、女医の卵の涼子さんとは、どうなっている」

なんの息抜きかは、峰岸にもわからなかった。

「べつに、どうもなってやしないさ」

「結婚するのか」

「そんなことは、まだ考えておらん」

原田はウイスキーを注いだ。

「おれたちのような硬派とちがって、君ら医師どもには看護婦がわんさとついている。女には不自由しないってわけか」

「まさか」

「まったく、うらやましい職……」

峰岸は口を閉じた。季美が睨んでいるのに気づいた。

「ゆっくりやってくれ」

原田は立った。

「おい」

「おれは、調べものがある」

原田は峰岸と季美を残して、部屋に引きあげた。

父の光政が帰宅したのは、その翌朝であった。朝早く戻った。

ひどく憔悴していた。目の下のたるみが重苦しくなり、全体に隈ができている。それに家を出る前と較べると、痩せが目立った。一回り小さくなったようにみえた。

父は黙って居間に入った。

原田は父を詰問した。

「いったい、何があったのです」

「なにも、ない」

光政はことばすくなに答えた。

「お父さん！」

季美がコーヒーを淹れてきて、強い口調で詰った。

「心配するな。北海道から大阪の関根さんに電話をしたら、遊びにこないかと誘われたんだ。たまには息抜きもいいだろうと思って、大阪に行った。おまえたちには大阪から電話を入れるつもりだったが……」

「だったが、どうしたんです」

「大阪に着いてみたら、関根さんが事故で亡くなっていたんだ」

「亡くなっていた？」

「その前夜、飲みに出て、酔って、川に落ちたらしい。武川恵吉、北条正夫、関根広一――いちどに三人も、いや、三人とも、わしの古い友人が死んでしまった。それで、わしは……」

光政は語尾を濁した。

「そうでしたか……」

原田は父の憔悴した顔から視線をさけた。無理はないと思った。前後して三人の友人が亡くなれば、人の世に無情を感じるのはしかたがなかった。父が述べた三人の男が古い仲間なのは原田は知っていた。なんの仲間かまではわからない。生来が寡黙がちの父であった。過去のこと、つまり原田が生まれる以前のことはほとんど喋らなかった。ただ、三人の男とは年賀状や季節の挨拶状はやりとりしていたのは知っていた。

そっとしておくべきだと、原田は思った。

「義之――それに季美」

立ちかけた原田に父が改まった声をかけた。

「なんです？」

「おれは、個人タクシーを辞めようと思う。いや、辞めたからって、なにもおまえたちに迷惑をかけるつもりはないんだ。ただ、どうか、こう、疲れた気がして……」

「賛成だな」原田は無造作に答えた。「もう充分、働いたんです。お父さん一人ぐらい、面倒みるの、わけはないよ」

「いや、面倒をみてもらう気はない。おれは……」

「なんです？」

「いや、なんでもない。もう行ってくれ。おそくなるぞ」

「ええ。その話は今夜にでもしましょう」

原田は立った。

光政は義之と季美が部屋を出て行くのを、見送った。

やがて、二人が玄関を出る気配がした。

光政はそのまま坐（すわ）っていた。よい子供たちだと思った。義之はやがてどこかに医院を開業するだろうし、季美は峰岸五郎と結婚する約束になっていた。峰岸は義之と小学校時代からの友人だった。大学を出て警視庁に入り、捜査課に進んだ変わり者だが、切れ者だといわれていた。

精いっぱい働いた代償が義之と季美だった。そのことに光政は感謝していた。財産は残せなかったが、悔いはなかった。光政には二人の存在は光っていた。

その二人から離れて暮らさねばならないのは、気が滅入（めい）った。

光政は家を出る覚悟を決めていた。どこに行くというあてがあるわけではなかった。どこかに流れて行き、吹き寄せられた場所に住居を借りて暮らす気だった。まだまだ働くことはできる。貯金も多少はあった。子供たちは金がなくともやって行ける。

銀行が開く時間を待って、光政は預金を引き出した。二百万足らずだった。それだけあれば部屋を借り、当分の生活費にはなる。

家に戻って、旅立ちの支度をはじめた。格別に荷物はなかった。下着類くらいのものである。トランクに詰め終えた光政は、ボンヤリした視線を狭い庭に向けた。

家を出ないで済む方法はないかと、また、考えた。あるはずはなかった。考えに考えた末の結論であった。武川を殺し、北條を殺し、そして関根を殺した人物が、自分一人を放っておくわけはない。

死は寸前に迫っている――光政には、それがわかる。すでに殺人者は自分を窺っているにちがいなかった。

家を出ないで済ませるには、義之に全貌を打ち明けねばならない。義之はおそらく峰岸に相談をする。そうなれば警視庁が動き、大阪府警が動き、北海道警が動きだす。国家権力が殺人者を求めて動きだせばいったい、どうなるのか。収拾がつかない大きな問題となり、政府を捲き込み……。

政府の崩壊には、光政は痛痒は感じなかった。光政の怖れるのは義之と季美を事件の渦中に捲き込むことだった。平穏無事が一挙に破壊される。

〈だめだ〉

光政はつぶやいた。光政にできることは、迫り来る殺人者から身を隠すことだけであった。どう考えても、それしか、方法がなかった。

家を出る方法も考えてあった。明早朝、個人タクシーを四台呼ぶ。仲のよい仲間をだ。その一台に乗ってどこかの駅に向かう。たぶん、見張りがあり、尾行があるにちがいなかった。尾行されては、地の果てまで逃げたとしても、どうにもならない。尾行車があれば、仲間のタクシーに巧妙に割り込ませ、邪魔をさせる。いずれもプロだから、そのへんの呼吸は呑み込んでいる。

そうやって落ちのびる計画だった。

光政は仏壇に、買ってきた季節の花を手向け、亡妻の位牌に掌を合わせた。

5

夜——。

光政は季美と二人で食事をした。義之は帰宅が十時頃になると電話があった。

光政は季美には明朝の家出のことはいわなかった。義之にもいうつもりはなかった。手荷物はタクシーの中に隠してあった。未明にこっそり家を出る計画だった。

季美を相手に水割りを何杯か飲んだ。つとめて明るく振舞った。季美はこのところの光政の心境の変化に話題をともすれば持っていこうとしたが、光政ははぐらかした。

八時前には光政はテレビのある居間に入った。狭い家だが、そこだけは広く改造して、応接セットを入れてある。

テレビのスイッチを入れた。

西部劇をやっていた。タバコを喫いながら画面を観た。台所で何かの壊れる物音がしたが、気にはしなかった。季美が皿を落としたのだと思った。

数分ほどたって、居間のドアが開いた。振り向いた光政の血が凍った。猿轡をかまされた季美が立っていた。両手を後ろ手に縛られている。その背後に、男が立っていた。背の高い、痩せた男だった。ほお骨が異様に高い、凹み気味の目が残忍な光をたたえていた。

男の手に消音拳銃が握られている。

「な、な、な」

光政は突っ立っていた。凍りついた体が、一瞬後には逆上で溶けていた。季美の縛られているのをみて、見境がなくなっていた。男に向かって摑みかかろうとした。

消音拳銃の低い発射音がした。光政は胸に衝撃を受けた。棍棒で叩かれたような感じがした。よろよろと退って、壁にぶち当たった。家が回転した。心臓を撃たれたのだとわかった。壁際に横たわって、死ぬのを待った。呼吸が停まりかけていた。体がビクとも動かない。手も足も同じだった。瞼も動かない。目は見開いたままだった。

意識だけはあった。

なぜ死なないのか、光政にはわからなかった。いや、もう死んでいるのかもしれない。死んで、魂が目の前の光景をみているのかもしれない。

光景だけはみえた。

季美が縛られたまま走り寄ろうとしていた。男がそれを引き据えた。季美の瞳が吊り上がっている。顔面には血の気がない。男に引き戻されて季美が転がった。転がった拍子にスカートがめくれた。

白い素足が剝き出た。太股までみえた。季美は両手を後ろに縛られて自由がきかなかった。足を蹴って起き上がろうとした。その動きがよけいスカートをめくる結果になった。

パンティがみえた。

男が、それをじっと見下ろしていた。

と、男が動いた。踞んで、無造作にパンティを引き剝いだ。豊かな、真白い尻がみえた。季美ははげしく腰を振った。スカートを下ろそうとするのだが、スカートは下りなかった。男はスカートを引き千切った。もう隠すべき何物もなかった。

男が、季美の股間の、尻のもだえを、みつめていた。凹んだ目に陰惨な光が出ている。男は、季美の尻を摑んだ。鷲摑みだった。最初は片手で摑んだが、もう片手も添えて、尻の隆起をなでつかみした。季美がはげしく抵抗した。尻を動かして這いずって逃げようとした。

男が尻を離した。男は季美の顔を摑んで持ち上げ、力にまかせてほおを殴った。数回、往復ビンタがするどい音をたてた。

「静かに、しねえか」

男の声が幾つかにひび割れてきこえた。どこかが錆びついているような声だった。

季美の顔が絨毯に落ちた。季美の体から、あらがう気力が脱け落ちた。

男が、また季美の尻を摑んだ。こんどは季美は動かなかった。男は傍に拳銃を置いて、尻を弄びはじめた。季美の足は男の足で押し開けられていた。男は荒い息を吐いていた。男の掌が季美の高い隆起の割れ目に入っている。男は片手で尻の隆起をなでていた。

季美の体が小刻みにふるえている。

――やめてくれ！

光政は叫んでいた。もちろん、声にはならなかった。相変わらず、体も手足も瞼も動かなかった。だが、呼吸はしていた。どうしたのか、痛みはなかった。救かるのかもしれないと光政は思っていた。早く義之よ、戻ってくれ――。

男は、季美の体を転がした。季美は固く目を閉じていた。死人のように横顔が青ざめていた。猿轡を嚙みしめている。

男は、季美の股間を押し拡げた。男は、そこを数秒間みつめていた。男の横顔の筋肉が痙攣していた。男は掌を当てた。陰毛を摑んで、引っぱり、こんどは掌全体でなではじめた。ザリザリと陰毛の擦れる音がする。それが済むと、男は、指で局部を揉みはじめた。季美の顔がふるえていた。ゴトゴトと音がしそうにふるえている。その顔が、のけぞった。男が指を差し込んでいた。のけぞって、季美は腰を引いた。

「じっとしてな、でないと、殺すぜ」

男は立って、ズボンを下ろした。脱ぎはしなかった。足元にずり落として、男根を出した。荒々しく勃起していた。男は季美の股間に割って入り、太股を摑んで、おのれのを一気に押し込んだ。

季美の絶叫が、猿轡から洩れた。それはくぐもったうめきだった。男は、逃げようとする季美の腰をガッと摑み、押えていた。ゆっくり、腰を使いはじめた。

長い時間だった。男は単調な腰の使いかたをしていた。耐える季美の横顔にあぶら汗が光っていた。苦悶の表情だった。

男が、動きをやめた。季美の体から離れた。男根も季美の股間も血にまみれていた。男はしかし、やめたのではなかった。季美の腰をつかんでうつ伏せにした。そうしておいて、尻に乗った。季美の足が断末魔を思わせる苦悶を伝えた。男は両手で尻の隆起を摑んでいた。つかんだまま腰を使っている。

真白い隆起の割れ目に、黒い男根が喰い込んでいるのがみえた。男は、それをみながら腰を使った。

やがて、男の動きが早くなった。季美の尻が、腰が、足が、体全体が男に突き動かされている。男が、はげしく動いて、動きをやめた。一呼吸おいて、男は季美の尻から下りた。

男はズボンをはいた。

季美の背中から尻が嗚咽(おえつ)に波打っていた。

男は拳銃を手に取った。

足で季美をあお向けに転がした。男は季美の乳房に拳銃を近づけた。季美は固く瞳(ひとみ)を閉じたままだった。

——やめろ！

光政は叫んだ。声は出ない。眼球の動かない、澄んだ目で、ただ凝視していた。

男は左の乳房に拳銃を押し当てると同時に、引き金を引いた。軽い音がした。

季美の体がはね上がった。

季美は、動かなくなった。

玄関のベルが鳴った。男はベルの音をきいて、室内を見回した。そして、足音を殺して部屋を出た。二階に昇る階段のかすかな軋(きし)みがきこえた。

ベルは何回か鳴った。だれも出ないとわかって、鍵を開ける音がした。

「こんばんは」

女の澄んだ声がきこえた。

——野麦涼子(のむぎりょうこ)！

義之の恋人だった。女医の卵だ。インターンをしている。

——来るなッ。

光政は叫んだ。犯人は二階に潜んでいる。邪魔者は殺す気だ。来れば、殺される。

廊下を歩いてくる足音がした。季美に呼びかけている。呼びかけながら、部屋を覗(のぞ)いている。

涼子の顔が居間を覗いた。

「キャッ！」

涼子は一目みて悲鳴を上げた。両手で白い貌(かお)を覆(おお)った。そのまま家を走り出るかと思った。が、涼子は部屋に踏み込んできた。医師の卵だった。解剖で死体には馴(な)れている。そのおちつきが表情に戻っていた。蒼白(そうはく)になりながらも、季美の傍に跼(かが)んだ。脈をとって、瞳孔(どうこう)を覗いた。そうするまでもなく、季美は死んでいた。

涼子は光政の傍にきた。

——逃げろッ、外に！

涼子は光政の腕を把った。光政の脈搏はかすかながら搏っていた。

「おじさん！」

涼子は叫んで光政を抱えた。光政は壁と床の角に背中をつけて斜め横になっていた。涼子はそれを、床にあお向けに寝かせた。

そのはずみに、光政の胸の奥で何かが動いた。ギュッと心臓が収縮した。光政は叫び声を上げた。その叫び声が自分の耳に聞こえた。しかし、声が出るとわかったときには呼吸が停まっていた。

「ケ・イ・サ・ツ・ニ、ク・ラ・シ・イ——」

とぎれとぎれに、光政はいった。

「クラシイとは、なんです！　おじさん！」

涼子は大きな声で叫んだ。犯人の名前だと、涼子は思った。しかし、もう原田光政は生きていなかった。

階段を走り下りてくる音を、涼子はきいた。犯人が潜んでいたのか——涼子は部屋を走って出た。玄関に出たところで、低い拳銃音を聞いた。

右の二の腕がはね上がった。拳銃弾が貫通したのだとわかった。涼子は悲鳴をあげた。

靴をはく隙（すき）はなかった。はだしで通りに走り出た。追ってくる犯人の足音がした。涼子は叫びつづけた。

一台の乗用車が涼子の前で急停車した。ドアが開いて米軍の制服を着た将校が降り立った。涼子はその男にしがみついた。

第二章　報復への旅立ち

1

　警視庁に連絡が入ったのは、八月十八日午後八時五十分だった。

　峰岸五郎は九時十分に原田宅に着いた。一一〇番は人が殺されたというだけで、詳細はわからなかった。

「飛ばせ！」

　峰岸はパトカーの運転者に怒鳴った。だれが殺されたのか見当がつかない。父親の光政か、それとも義之か、季美か——。

　原田家にはすでに二台のパトカーが来ていた。峰岸は人混みを掻き分けて中に入った。

　光政と季美の死骸はそのままになっていた。峰岸は一目みて、部屋を出た。

　よろめくように、台所に入った。椅子に掛けた。後ろ手に縛られ、下半身を剝き出しされて凌辱で血まみれになっている季美の股間が、網膜に灼きついていた。引き裂かれたTシャツの胸からこぼれ出た乳房。その乳房に押しつけて撃ち込んだらしい拳銃の焼痕。さながら、悪鬼に狼藉され、引き裂かれたようにみえた。

——何やつが！

テーブルに置いた拳がふるえていた。

通報者が連れてこられた。

隣の主婦だった。四十近い女だが、昂奮で表情がゆがんでいる。

「目撃したままを、述べてください」

峰岸は冷静な声で訊いた。声は冷静だが、狂暴な炎が燃えていた。

「戸締まりをしようと、玄関に出たんです。そしたら、女の悲鳴が——そりゃ、帛を裂くような悲鳴だったんです。人殺しッて。それで、表に出てみたら、若い女の人がはだしで大通りに……」

「女——たしかに女だったのですか」

「ええ、まちがいありません。わたし、季美さんだとばっかし——で、そこへ、車が来て急停車したんです。その車からアメリカの将校らしい軍人が降りて、それで、女の人を抱え込んで、国立競技場の方へ走り去ったんです」

「米軍の将校？　たしかですね」

「そりゃもう。背の高い軍人さんで、立派な制服を着ていましたから」

「車に、ほかにだれか？」

「そこまではみなかったんです。でも、たしか後部のドアからその軍人さんは降りたのをおぼえています」

「歳恰好（としかっこう）は？」

「さあ、三十前後という感じだったような気がします」

「車のナンバーは？」

女は首を横に振った。

「わたし、車のことはまるで音痴なもんでございますから……」

「その女が〈人殺し〉と悲鳴を上げて家を走り出たといいましたが、だれかに追われていた様子でしたか」

「ええ、そりゃもう、必死で……」

「そこまで見届けて、あなた、どうしましたか」

「家に逃げ込んだんです。犯人がいると思ったものですから。で、すぐに一一〇番をしたんです」

「犯人はみなかったんですね」

「ええ、みません」

「ご苦労さまです」

峰岸は女を引き取らせた。

峰岸が女から事情聴取をしている間に、鑑識班がきていた。

鑑識の調べで、玄関の土間とドア、それに道路に血痕が散っていることが確認された。目撃者の証言と符合していた。逃げ出た女は、家の中でどこかを撃たれたものと、想定された。

九時。第一報から十分後に、新宿御苑を中心に臨時検問が設けられていた。新宿、渋谷、港各署が包囲網を張った。その外周にも広域検問が張られていた。

九時三十分になっても、検問には犯人はかからなかった。

米軍人の乗った車も検問にはかからなかった。撃たれて救けられた女からの通報もなかった。

——米軍か。

事件が輻湊していることを、峰岸は知った。米軍が噛んでいるとなれば、容易ならない背景があることになる。原田光政が十日近く行方不明になっていたことを、峰岸は思い出していた。

初老の相良刑事が入ってきた。

「その女ですが、共犯者ではありませんかね」

考え深そうな表情で、意見を述べた。

「そんなことはあるまい。わざわざ騒ぎたてて、米軍人に救けられたことを目撃させる理由があったのならべつだが。――それより、犯人は御苑に逃げ込んだ可能性が強い。完全包囲を手配してくれないか」

「承知しました」

相良が出てすぐ、玄関で怒鳴り声が聞こえた。

〈戻ったか……〉

原田義之の声だった。

峰岸は動かなかった。

数分たって、原田が台所に入ってきた。

「どういう、ことだ」

声も唇もわなわなとふるえている。

「飲め」

峰岸は、勝手を知っている戸棚からウイスキーとグラスを出して、原田の前に置いた。

原田はウイスキーを注ごうとした。だが、グラスが無残にふるえた。ボトルにカチカチ鳴って、割れた。原田はボトルを音たててテーブルに置いた。

「だれが、やったのだ」

「だれがやったにせよ、復讐は、おれが、自分の手でしてやる」

峰岸は答えた。

「だれが、父と、妹を……」

原田は打ちふるえる手で、顔を覆った。

「この家から、犯行直後に逃げ出た若い女がある。犯人に撃たれた様子だ……」

「野麦涼子だ！」

原田は突っ立った。

「どこへ、収容した！　彼女は、犯人を目撃したのか！」

「待てッ、たしかに涼子さんか」

「玄関にある靴は涼子のものだ。それに、おれは涼子に家の鍵を渡した。万一、父と妹が留守なら、入って待つようにと――どこだ、彼女は、怪我は！」

「掛けろ」

峰岸は原田を椅子に押し戻した。

「行方不明だ」

「……………」

「犯人に撃たれて、走り出た。通りかかった米軍人の車に救けられて、国立競技場方向に突っ走った。多量ではないが、出血の痕跡がある。八時五十分だ。現在は九時五十分――

約一時間たっているが、いまだに、どこからも連絡がないのだ……」

そこまで訊いて、原田は立った。凶行の行なわれた部屋に行き、電話を持ってきた。台所の接続器につないだ。

ふるえる指で涼子の家のダイヤルを回した。

涼子は帰宅してなかった。連絡もないという。原田はつづいて、涼子のインターンをしている大学病院にかけた。もしかすれば重傷で担ぎ込まれたのかもしれないと思った。

涼子は、そこにも行ってなかった。

「だめだ」

原田はうめいた。

「米軍には、問い合わせたのか」

「照会中だ」

「なんとか、ならんのか！」原田は立って叫んだ。「重傷を受けていてみろ。手当てがおくれると死ぬぞ！　涼子は犯人を目撃しているんだ。涼子にもしものことがあれば……」

原田は、くずおれるように腰を落とした。涼子は死んだ——そう思った。それは唐突に湧いた予感だった。涼子は血痕を曳いて逃げ出た。通りに逃げ出るほどなら、傷は重傷とはいえない。が、重傷でなければ、一秒でも早く警察に連絡をとろうとするはずだ。

また重傷であろうと軽傷であろうと、不審な傷は医師にかかれば、医師から通報がある。

一時間たってもどこからも連絡がないというのは、涼子は医師にかかっていない証拠だ。医師にもかからず、通報もしない理由。

——それは、死亡だ。

それも、ただの死亡ではない。銃創で死亡したのなら、米軍人はただちに届け出る。いや、死亡しようとしまいと、米軍人は届け出なければならない。

届け出ない唯一の理由——それは、米軍が事件に嚙んでいるからだ。米軍は殺害者を原田家に送り込み、犯人を収容する目的で待機していた。が、運悪く、殺害直後に涼子が訪ね、犯人の顔をみた。悲鳴を上げて逃げ出た涼子を、放置してはおけない。救出するふりをして、涼子を拉致（らち）した。

——涼子は、殺された。

「許さん」

原田はつぶやいて、立った。足がふらついていた。どこに行くというあてはなかった。何かをいう峰岸の声をあとに、部屋を出た。

——殺して、やる。

殺して、やる——そのことばを、原田はしきりに脳裡（のうり）でつぶやいていた。目の前は闇（やみ）だった。なにも見えなかった。暗黒の闇に殺意だけが、谺（こだま）が折り重なるように重苦しく沈んでいた。

2

父と妹の司法解剖が終わったのは、八月二十日だった。

翌日、原田義之は葬儀を終えた。

会葬者はすくなかった。妹の友人が数人参列したほかには、父の個人タクシー仲間が三人ほど顔を出しただけで、あとは母方の親戚（しんせき）がわずかに参列した。

父の親戚は皆無だった。

簡素な葬儀だった。

会葬者をもてなす会食は、原田はしなかった。会葬者は葬儀が済むとそれぞれに短いことばを残して引きあげた。

家はガランとなった。

父と妹が残された居間に原田は腰を下ろした。猫の額ほどの庭がある。父がどこからか買ってきて植えたらしい庭木が数本ある。植木鉢も幾つかあるが、何を植えていたのか、いまは雑草が繁（しげ）っている。

庭を眺（なが）める原田の視線に、惨殺された妹がダブっていた。両手を後ろ手に縛られ、Tシャツの胸を引き裂かれ、下半身は素裸にされて、犯されていた。父を射殺した犯人は、その死体の前で入念に妹を犯したのち、殺した。父の死体の前で犯人に犯される妹の胸中を、原田は思った。

体が引き裂かれる気がする。

峰岸が入ってきた。

「ここか」

「ああ」

原田は動かずに答えた。

「やっと、終わったな」

峰岸は向かいに腰を下ろした。

「終わりはしない。ここからはじまるのだ」

「犯人への復讐か」

「そうだ。父に何が起こったのかはわからん。おそらく、何かを目撃したとか、そういうことではないかと思う。父はたかだか個人タクシーの運転手だ。性格的にも大それたことのできる人間ではない。その父を、米軍を含む組織は無残に殺した。それは、まだよいとしよう。男にはトラブルはつきものだ。男には避けて生きるわけにはいかないものがある。だが、犯人は、妹を、縛って、犯した。その上、殺した……」

原田はことばを詰まらせた。

「君だけではない。季美さんはおれにとってもかけがえのない女だった。捜査に私情を交えるのはよくないが、おれは、この事件はおれ自身のものだと受けとめている。おれへの挑戦だとな」

　峰岸は原田に倣って庭に視線を向けた。強い夏の陽射しが落ちていた。惨殺されていた季美の肢体が陽射しの中に横たわっていた。

「君には、この事件は手に負えまい……」

　原田は、ポツンとことばを落とした。

「手に負えない？　なぜだ」

「野麦涼子が米軍人に拉致されたとわかりながら、その米軍人の割り出しさえできないではないか。米軍の強制捜査権のない警察に、何ができる」

「たしかに、そのとおりだが、米軍が関与していればいたで、また方法はある」

　峰岸のことばは、しかし、苦しかった。野麦涼子の足取りは原田家の前から消えたままであった。米軍人の車に救けられたという目撃者の証言をもとに在日米軍司令部を通じて捜査を依頼したが、正式返答は、該当者なしと、もたらされた。

　もし米軍が関与していたものなら、返答はそうなる。そういわせないためには、証拠を突きつけねばならない。科学検査所の応援を得て、車が野麦涼子の前で急停車したそのタイヤ跡を調べたが、それは無為に終わった。明瞭に残るほどの痕跡ではなかった。

野麦涼子を目撃した者はいないか――捜査一課は野麦涼子の写真を数千枚、印刷中であった。明日にも都内全域に配布する予定になっている。野麦涼子は東京を中心とする関東近県のいかなる医師にもかかっていなかった。

負傷は偽装ではないか――。

捜査本部ではその意見が強くなりつつある。野麦涼子共犯説だ。が、血痕から調べた血液型はまちがいなく人血で、A型。つまり野麦涼子と一致した。それに、血滴飛散捜査もやった。傷を受けた人間が歩けば、血滴は進行方向に向かってやや楕円(だえん)形から棒状に尖(とが)る。もし走ればその特徴は顕著になり、感嘆符形から時計針形になる。それは血滴が壁または床に対して斜めに衝突するからである。衝突する角度が小さくなるにつれて、形はしだいに細長くなる。

落下する高さも問題になる。足、腰、肩では同量を落とせば形が異なる。野麦涼子の血痕は実験結果では上半身から落ちたものと想定された。

上半身に銃創を受け、出血しながら走ったことは、ほぼ確定的だった。もちろん、野麦涼子が犯人でないとはいいきれない。A型の人血をその高さから落としながら走れば、同じ結果が出る。だが、峰岸は野麦涼子共犯説をつぎの理由で押えた。

第一に峰岸はなんどか野麦涼子に会っていた。女医の卵だからふつうの娘よりは勝気だが、色白の美しい女性だった。犯罪を犯すような女ではなかった。また恋人の父と妹を殺さねばならないいかなる理由も発見されない。

第二は、犯人が季美を強姦していることだ。野麦涼子が共犯者なら、強姦を見守っていたことになる。不自然だ。

第三は、わざわざ騒いで目撃者をつくる必要は一般的にはあり得ないということだった。野麦涼子は銃創を受け、米軍人の車に拉致された。真実はその一事にあった。

警視庁は野麦涼子発見に全力を傾注していた。犯人を目撃したと思われる野麦涼子さえ発見できれば、事件は容易に解決しよう。その逆に、もし、野麦涼子が殺害されていれば、難事件となるおそれが強かった。

殺害犯人の指紋は検出できなかった。遺留物は季美の膣に残された精液から検出した血液型だけだった。O型と出た。だが、それで犯人がO型とは決定できない。血液型には分泌型血液と非分泌型血液がある。非分泌型だと、たとえばA型でも精液にはO型と出る。

証拠はないに等しかった。

捜査は着手段階ですでに行き詰まっていた。難航の気配が濃い。

峰岸にあるのは、いまのところ、不屈の闘志だけであった。ただ、米軍の関与があったものとして、調べるてがまったくないわけではなかった。峰岸には外事警察に友人がいた。その友人は自衛隊調査室およびＣＩＡ要員と密接な連絡網を持っていた。米軍人個人ではなく、米軍そのものの関与なら、ＣＩＡが情報を握っていないわけはなかった。

峰岸は外事警察に情報を依頼してあった。

その情報を待ちながら、野麦涼子捜索に全力をあげている段階であった。

「おれは、自分でやる」

原田は、重いことばを落とした。

「やめたほうがいい。君に捜査はできん。また、君には病院勤務がある」

「病院は辞めるよ」

「辞める？」

「ああ、父と妹を殺され、恋人を拉致された。おそらく、涼子も殺されていよう。そのおれに、何が残されている」

「そうか……」

峰岸はうなずいた。原田の胸中がわからないではない。知的に広い額が苦渋に満ちていた。子供時代からいいだしたらきかない男だった。報復に踏み出そうとする決意を、変えさせることはできまい。

「なんどもいうが、この事件を解く一つの鍵は、君の父上が北海道の友人の葬儀を終えてから行方不明になったあたりにある。君の父上はなにかをおそれていた。家出をしようとしていたのが、その証拠だ。何をおそれていたのか、君には気づいたことがあるはずだ」

「………」

「いいか。君の気持ちはわかる。だが、おれは職権で訊いているのだ。そいつを忘れるな」

原田光政の一時の行方不明について、原田は二枚貝のように沈黙したままだった。頑として、口を開かない。旅行をしていたとしか、父からは聴いていないと。

「なにか、いうことはないのか」

「ない」

原田は首を振った。

「バカな男だ。君が黙っていると、それだけ野麦涼子の身に危険が迫ることになるかもしれないのだ。よく考えろ」

「帰ってくれ」原田は冷たい声でいった。「おれは、自分でやる」

警察に何かをいう気にはなれなかった。またいうべき内容も持たない。父が抱いていた謎に関係があるかもしれないのは、父の旧友三人の相つぐ死であった。父は、武川恵吉が死亡し、何日もおかずに北海道の北條正夫が自動車事故で死んだことに何かの疑問を抱いた。だからこそ、新聞記事をみただけで、あわてて北海道に駆けつけた。ふつうなら弔電と香奠を送るだけで済ませる距離だ。駆けつけたのは、死因を知る必要があったからであろう。

そこから大阪の関根広一に電話をかけ、大阪に向かった。父は北條の死にただごとではない疑問を感じたのだ。残った関根と相談する計画だったのだ。だが、その関根も大阪に着いたときには、死んでいた。

それから何日間か父に空白の時間がある。帰ってきた父はひどく憔悴していた。個人タクシーを辞めるといい、義之と季美が出勤したあとで家出をする支度をしたらしく、タクシーの中に下着類を詰めたトランクを隠していた。トランクを発見したのは峰岸の部下だ。峰岸は父親が家出を計画していたものと想定して、銀行を調べてみた。案の定、二百万近い預金が引き出されていた。その金が、殺害現場の原田家から消えていた。

峰岸は北海道の北條正夫の死因についての情報を北海道警に依頼した。事故死か殺意あっての殺しか、道警は二つの面で捜査をしていると返答があった。峰岸の知っているのはそれだけだ。武川恵吉のことも、関根広一のことも、知らない。

原田は葬儀が終わりしだい、三人の死因を調べるつもりだった。三人の死の周辺には、父にもたらした恐怖の影が潜んでいるはずだ。そこから遡って、父は黙して語らなかったが、父を含む四人の旧友の過去に何があったのかを、解明するつもりだった。

警察に調べさせれば、遺族はおびえて口を噤む懸念がないとはいえない。

それに、原田は警察に事件を解明してもらう気持ちは、まったく持ち合わさなかった。法律にゆだねるには、あまりに血腥すぎた。父と妹と恋人を同時に殺された原田に残されたものは、憎悪でしかなかった。自分の手で犯人を締め殺さねばならぬ。

法律にはたしかに正義はある。犯人を罰しはする。しかし、原田の憎悪を消してくれる条文はないのだった。

3

尾行者らしい人影があった。

原田義之がその尾行者に気づいたのは、夜の練馬駅であった。中年の男が人混みの中から、原田をみつめていた。偶然に目が合った。男はさりげなく視線を躱して、人混みに消えた。

尾行者かもしれぬと思ったのは、男の目に含まれていた冷たい視線だった。人混みの中から、獲物を狙う豹のような暗い陰険な眼差しを送っていた。それに、タクシーで武川恵吉宅を訪ねた途中のどこかで、いまの男の目をみたようなおぼえがあった。通行人だったか、擦れちがった車に乗っていたのだったか、そこらは曖昧模糊としていた。

――組織か。

かすかな戦慄を、原田は感じた。充分に考えられることであった。殺人者は父を殺した。父を殺せば目的は遂げたはずだから、妹はたんなる捲き添えだと思っていたが、そうではなかった。妹も殺害目的に入っていたのだ。武川、北條、関根の三人は事故死を装っているが、父だけは射殺の挙に出た。それは、組織が、父が一連の死を嗅ぎ回ったことを知ったからだ。父だけは、何かが起こりつつあることを敏感に察知した。三人の死が事故ではないことを。そうなれば、組織はもう事故を装う暇がない。警戒されては、事故を装って殺すのはむずかしいし、父が警察に駆け込んで三人の死にまつわる不審をぶちまけるおそれもある。

だから、射殺の挙に出た。

組織は大阪から戻った父が、警察にこそ駆け込まないが、二人の子供には話したとみた。その危惧が払拭できない。だから、一家三人を惨殺して禍根を断つ計画だった。父を殺し、妹を殺してすばやく立ち去れば二、三分で済むものを、妹を強姦するなどの余裕をみせたのは、あれは、自分の帰宅を待っていたのだ。

が、野麦涼子の出現で計画が狂った。

組織は見守った。父が息子にどこまでを話し、息子はどこまでを知ったかを。

その息子が、葬儀の翌日、もう武川家を訪ねた。

——殺害者を送り込んで来るか。

おそらく、と原田は思う。原田はこれから北海道に飛び、大阪に飛ぶ計画を樹てていた。父が辿ったのと同じコースだ。組織がそれを知れば、決して放ってはおくまい。

原田は電車に乗った。

――タイサ、か。

心の中でつぶやいた。

武川未亡人の説明に出てきた、武川恵吉の謎のことばだった。武川は院長の島中常平の精密検診、この場合は麻酔分析を受けた直後に〈タイサだ、タイサかもしれん〉とうわごとのようにいい、病院を替わりたいといった。

そのタイサとは何か？　原田はタイサに漢字をあてはめてみた。〈大佐〉と〈大差〉がすぐに浮かんだ。あとはどう考えても、熟語が浮かばない。

〈大差〉ではあるまい。武川は病院を替わりたいといった。中央医療センターは高級病院だ。そこを出る理由は、ないはずだ。おびえていたというから、タイサは〈大佐〉かあるいは、人名だ。人名なら、ほかに漢字も考えられないではない。原田はその二つの場合を想定した。

〈大佐〉だとする。武川は自動車事故で記憶障害を起こしていた。院長は脳器質に障害が起きてのものか、事故のショックかを、麻酔分析で探ろうとした。麻酔医も、もちろん同席した。武川はその二人のどちらかを〈大佐〉と思った可能性が強い。そして、武川は〈大佐〉に恐怖を持っていたことになる。

もう一つは、人名の場合だ。たとえば泰左（たいさ）という名字があったとする。院長か麻酔医のどちらかが、過去の名字、養子縁組みかなんかで変わる前の名字が、そうであったとすれば、つじつまが合う。武川はその男をおそれていたことになる。

あるいは、院長と麻酔医のほかにも担当医師やインターン、看護婦が同席したかもしれない。そうなら、担当医を除くそれらの武川がはじめて会う人物の中に、大佐か、人名のタイサがいたとも考えられる。

重要なてがかりであった。

武川未亡人は、父が訪ねてきて、父にも同じ説明をしたという。おそらく、父はそのことに衝撃を受けたのだ。だからこそ、北條の死を知って取るものもとりあえず、北海道に向かった。

父を含む旧友四人の死の謎を解くキーワードは〈タイサ〉かもしれぬ。

武川の臨終に家族が家を留守にしたときに入ったドロボウも、無関係とはいえまい。

原田は重い手応(てごた)えを胸に溜(た)めていた。

尾行者はそれっきりだった。

——おぼえているがいい。

尾行者を送って寄越した組織に米軍も噛んでいるのなら、容易な相手ではない。だが、原田は闘うつもりだった。その隙(すき)があれば、尾行者をつかまえてやる。半殺しにしてでも吐かせる覚悟だ。峰岸にはそれはできない。警察にできることには限度がある。強制捜査権はあるが、それをそっくり相殺(そうさい)するほどの制約がある。

原田にはなかった。原田にあるのは、滾りたつ憎悪と、憎悪が生む復讐の念だけだった。組織が送って寄越した尾行者を半殺しにすることになんの仮借もなかった。

——米軍！

ふっと原田は顔を上げた。空間に視線を停めた。米軍が関与しているのなら〈大佐〉に関係があるのではないのか。

武川未亡人からきいた、武川の軍歴を、原田は思い浮かべた。

テニアン島。

武川未亡人はそれだけしかきいてないといった。原田の亡父と同じく、過去のことは喋らない武川だったという。結婚するに際して、そのことを手短に説明した。テニアンは昭和十九年七月に米軍の上陸作戦が開始され、その年の八月に全員玉砕と発表されている。だが武川は実際は捕虜になり、米本国のコロラド州にある捕虜収容所に送られたのだといったという。

原田の父は軍歴は語らなかった。ただ何かの折に南方に出征していたといったのを、ふっと原田は思いだした。そして捕虜になり、たしか、コロラド州の収容所に送られていたと。

四人の旧友たちは全員がテニアンにいたのではないのか？　それとも、コロラド州の収容所で一緒だったのか？

――そこで、何があったのか？

敗戦から三十余年を経たいまになって、謎の〈タイサ〉ということばを皮切りに、つぎつぎと殺されねばならなかった四人の男たち。そして、それに関与しているかもしれぬ米軍。原田は遠い目を空間に向けていた。

信濃町駅を出たのは夜の十時過ぎであった。

原田は外苑を歩いた。家までは十分たらずであった。かなりアルコールが入っていた。飲まないで家には帰れなかった。文字通り、家は灯が消えている。永遠に、もう笑い声のたつことはなかった。死に絶えていた。家そのものが亡骸であった。

外苑を横切っていた原田は、先方から来た二人連れの男に肩をぶっつけられた。避けようとしたのだが、先方が故意にそうさせないように動いた。

「失礼」

原田は軽く詫びた。崩れた感じの男たちだった。ことを構える気はなかった。

「失礼だと」

一人がすばやく原田の胸倉をつかんだ。

「えらそうな口をきくじゃねえか、え」

原田はその男の腕を払った。

「野郎ッ」

男は組みついてきた。もう一人の男がすーっと背後に回った。そのとき、一台の乗用車が徐行して傍に寄ったのを、原田はみていた。

――危ないッ。

原田は、背後に回った男にひやりとしたものを感じた。男が消音拳銃かドスを手にした気配を、肌が察知した。

組みついた男を楯に取ろうとしたが、酔っていて、思うように技がかからなかった。背中が衝撃を待って、引きつれていた。

「動くなッ」

どこかで声がした。声と同時に拳銃の発射音が響いた。軽快でいて、それで重量感を持った音だった。走ってくる靴音がした。

二人の男が走った。徐行してきた車のドアが開いた。二人の男がそれに吸い込まれた。車はダッシュした。排気音が砕け散った。

原田はぼうせんとみていた。

走ってきていた長身の男が、足を停めた。両腕を前面に突き出した。拳銃が握られているのが、街灯の明りにみえた。しかし、男は引き金を絞らなかった。道路の向こう側に数人のアベックらしいのが出てきていた。拳銃音をきいて森から出たようだった。

車のテールランプが消えた。

男はポケットから小型送信機を取り出して、何かを早口に喋った。

喋り終えると、男は傍にきた。

「それで、仇討ちをしているつもりか」

峰岸だった。

「うっかりしていたのだ」

すこし、声がかすれていた。

「このつぎうっかりしていたら、死ぬぜ」

峰岸は肩を並べた。

「おれを尾行ていたのか」

「そうだ」

「では、練馬駅でみた尾行者は、刑事か」

「あれは、ちがう」

「ちがう？」

峰岸は無造作に答えた。

「警察以外の尾行者だ」

「なら、なぜ、逮捕しない」

「焦(あせ)るな。刑事に尾行させてある」

「そういう、ことか……」

ふっと、原田は気力の萎(な)えるのを感じた。二重三重の尾行者がいたことには気づかなかった。自分をめぐって音のない暗闘が繰り拡げられていたのだ。

「話がある」

峰岸の口調があらたまった。

「わかっている」

それっきり、二人は黙って歩いた。

家におちついて、原田はウイスキーを出した。

「飲め、いのちの恩人だ」

「武川家に、なんの用があったのだ。喋らなければ、こっちで調べるぜ」

峰岸はグラスにウイスキーを注ぎ、生(き)で一口飲んだ。厳しい表情を原田に向けた。

「話そう。じつは、父には奇妙な友人がいた。父も含めて四人だ。その一人が武川恵吉だ。最初に死んだのが、武川だ。そのつぎが北海道の北條正夫だ……」

「…………」

「そのつぎが、大阪にいる関根広一――そして、最後が、父だったのだ」

「なぜ、黙っていた」

峰岸の顔が険悪になっていた。

「黙って聴け。おれは、復讐は自分でやるといったはずだ。その決心は変わらん。しかし、武川の存在が君に知れては、喋らないわけにはいくまい。――ところで、おれにも父の旧友たちの死がこの事件に関係があるのかどうかは、わからなかった。だが……」

原田は自分のグラスにもウイスキーを注いだ。

「あったのか」

「あった……」

原田は説明した。

説明をする原田の顔を峰岸は見守っていた。青年医師らしい豁達さが消えている。もともとは精悍な風貌の持ち主だが、いまは苦悩が輪郭の内に潜んで険悪になっていた。

「――たぶん、武川恵吉が口にした〈タイサ〉が、この事件の核ではないかと、おれは、思う」

原田は説明を終えた。

「〈タイサ〉か……」

峰岸は視線を空間にとめた。そのまま、しばらく黙っていた。

「おそらく〈タイサ〉は人名ではあるまい。階級のことだろう。テニアンにコロラド――それが三十余年後の現在になって、米軍人の関与する連続殺人事件に発展しているのだ。

調べれば、北海道の北條も大阪の関根もテニアンかコロラドで一緒だったことが判明しよう。しかし……」

　峰岸は、ことばを切った。

「しかし、なんだ」

　峰岸の表情に暗いものが浮いた。

「その武川恵吉だが、中央医療センターで、殺された可能性がある」

「おい――」

「武川はおびえていた。君の話からすると、院長がその大佐だったのではないかと、おれは思う。そうだとすれば、院長もたぶん、テニアンにいたのだ。三十余年前の戦場で何があったのかはしらんが、どっちにしろ、これは容易ならない事件に発展しそうだ。殺されるとわかっていながら、警察に保護を求めることができずに逃亡しようとした君の父上の行動が、それを物語っている」

「それは、おれにも、わかる。しかし、病院で武川を殺したなどとは、思えん……」

　院長の島中常平は医学界の重鎮だ。原田の師でもある。だからといって殺人者でないとはいえないが、まさか病院で殺しはできまい。武川には担当医がいたはずだ。急に病状が変われば、担当医が疑う。

「可能性をいったまでだ。君の父上は武川の〈タイサ〉を聞いたから、北海道にまで飛んだのではないか。〈タイサ〉が、この事件の発端だといえる。つまり、こうだ。——武川が自動車事故で中央医療センターに入院する。手術の結果、快方に向かったが、記憶障害がある。院長が精密検診をした。脳器質障害によるものか、衝撃によるものかとな。ところが院長は麻酔分析で記憶を引き出しているうちに、武川が三十余年前に同じ戦場にいた四人組みの一人であることを、知った……」

峰岸はことばを切って、原田をみつめた。

「…………」

「同じことは、武川にもいえる。武川は院長の面貌の中に三十何年か前の大佐の面影をみた。三十年以上経っているから、武川には確信は持てない。持てないものの、その可能性が強い。だから、武川は病院を替わろうとした。あるいは、大佐には、どこかに特徴があったのかもしれない」

「つまり、大佐も武川も、三十年以上も昔の悪夢を思い出したわけか」

原田は、グラスをコトリと音たてて置いた。

「そうならないか。悪夢が蘇(よみがえ)ったのだ。その悪夢は殺人鬼を生み落とした……」

「…………」

「君に、頼みがある」

峰岸はテーブルの上で両手の指を固く組み合わせた。

「なんだ」

「武川の死体は灰になっている。殺害は立証できない。カルテ等を押収しても、無駄だろう。そんな相手ではない。われわれが正面切って調べても、隙は見出せまい。だが、君は島中教授に教えられた医師だ。君なら、なんとかなる。状況証拠でもいい、突破口を捜してくれないか」

「やってみよう」

「ただし、隠密裡にだ。われわれの捜査が身辺に伸びたことを悟らせては、絶対にまずい」

強い光をたたえた目で、峰岸は原田をみつめた。

「なぜだ。なぜ、それほど……」

島中教授を探るのに絶対隠密は通じまい。だれかに何かを訊けば、そくざに注進が行く。

「理由はわからんが、米軍が嚙んでいる。島中教授が捜査の触手を悟れば……」

「警視庁への圧力か……」

「そういうことだ。米軍が関与しているとなれば、百パーセント、事件は潰される。圧力がかかる前に、全貌を暴かねばならん」

峰岸の双眸がするどい光を帯びていた。

庭で秋の虫が鳴いていた。その澄んだ音が、異様に高くきこえた。

4

八月二十五日。

事件から一週間が過ぎていた。

峰岸五郎はいらだっていた。数千枚のポスターを配布したが、どこからも野麦涼子に関する通報はなかった。在日米軍からもあれ以来、連絡がない。練馬駅から尾行させた刑事はあっけなくまかれて帰っていた。

原田義之からも連絡が跡絶(とだ)えていた。毎日のように電話を入れているが、不在だった。何かに一切を遮断(しゃだん)されたような状態であった。

基礎捜査は、あるていど進展していた。

大阪と北海道に出張した捜査員が、関根広一と、北條正夫の死には計画的殺害の可能性が濃厚なことを調べてきていた。また、推定したように、両名ともテニアンに配属され、コロラド州の捕虜収容所に収容されていたらしいと、遺族からきき込んできていた。わずかな戦果であった。

島中教授の経歴もほぼわかっていた。

島中はクラシイ島に軍医大佐として配属されていた。クラシイ島は防衛庁で編纂(へんさん)した戦史によると別名を〈飢餓の島〉と呼ばれていた。内南洋諸島の端に位置し、フィリピンに近いところにあった。周囲が十キロに満たない珊瑚礁だった。住民が四百人ほどいた。それ以上は住めないとされていた。湿地帯が多く、マングローブが繁茂していて、食糧が限られていた。そこに、日本軍は五千人の兵隊を送り込んだ。住民は南洋庁本部のあるコロール島に強制移住させていた。

クラシイ島では戦闘らしい戦闘はなかった。連合軍がほったらかして通ったからである。闘いは飢餓とのものであった。じつに四千余人が餓死していた。

島中大佐は敗戦の一年半前に帰国していた。

島中教授が大佐だったことに、峰岸は満足した。予感が的中した。予想したとおりの展開であった。だが、その満足もつかの間だった。難題が持ち上がっていた。

島中大佐が配属されていたクラシイ島と、原田光政ら四人が配属されていたといわれるテニアン島は千キロほども離れている。テニアン島はマリアナ諸島であり、クラシイ島は西カロリン諸島に含まれている。距離から勘案しても両者に結びつきがあったとは思われない。まして、片方は軍医大佐であり、片方は二等兵か一等兵であろう。階級に雲泥の差がある。結びつきは考えられない。

——何か、秘められたものがある。

峰岸はその確信を捨てなかった。

捜査員に、原田光政を含む四人の兵籍を調べさせた。

じつに奇妙な壁が立ち塞がったのは、そのときだった。

原田光政以下四人には兵籍がなかったのである。四人とも会社等に提出した履歴書では本籍は浜松市になっていた。全員、小学校卒である。浜松から召集されていなければならない。年齢から逆算すれば当時、四人はそれぞれ十九から二十であった。浜松は歩兵三十八連隊である。この連隊は満州からグアムに投入されていた。当時、南方戦線は混乱していた。連隊がバラバラにされてあちこちに投入されていた。現に連隊の一部はテニアンに配属されている。原田たち四人がテニアンに投入されたとしてもおかしいところはない。

だが、兵籍簿には記載されていない。

——なぜか？

峰岸はとまどった。

捕虜に関係があるのか？　原田たち四人はコロラドの捕虜収容所に収容されていたという。峰岸は捜査員を厚生省に出向かせた。捕虜名簿を調べさせるためだ。ところが、厚生省にその名簿はなかった。日本軍に生きて虜囚の辱めを受ける兵なし——その鉄則が生きていた。軍および厚生省の資料に捕虜の項はないのである。

日本兵の捕虜は、だから国際赤十字を介して捕虜交換されるということもなかった。交換しようにも本国が引き取らないのである。当然、捕虜は敗戦までアメリカで過ごした。

敗戦後も厚生省引揚援護局は捕虜を捕虜としては扱わなかった。一般引揚げ者として扱ったのである。

それならと、峰岸は警察庁を通じて、在日米軍司令部に戦時捕虜名簿の調査を依頼した。が、ここでもネックがあった。米本土には、戦時捕虜収容所は公式には設けられていないことになっており、その記録がないというのである。コロラド州、モハベ砂漠、ユタ州、ワイオミング州、アーカンソー州、アイダホ州のそれぞれの不毛砂漠地帯に設けられた日系人の収容所に分散収容したらしいということしかわからなかった。

なお悪いことに、捕虜の大半は偽名を名乗っていたらしいということが、米軍にたしかめられていた。虜囚の辱めを怖れたのであろう。米軍は放置しておいた。名前などなくても、記号があればよいのである。

原田光政ら四人が偽名を申告したであろうことは、想像に難くない。

——偽名で帰国か。

結局、島中大佐と四人の男の過去の関係はつかめずじまいだった。

原田光政たち四人は、過去を偽っていたのではないのか。峰岸はふと、そう考えた。捕虜収容所からの帰国を偽名で通そうと、歩兵三十八連隊の兵籍簿に名前がないというのは解せない。四人とも過去、とくに敗戦時の過去は家族にも語らなかったという共通性がある。その一事からみても、テニアンもコロラドも作り話である可能性はある。

だが、それなら〈タイサ〉は、いったい何を意味するのか。

峰岸は行き詰まっていた。

いったんは目の前に姿をみせた亡霊が、また遠のきはじめていた。

闇にまぎれつつある。

時計をみた。夕刻の五時である。峰岸は電話に手を伸ばした。原田にかけてみるつもりだった。音信不通がしだいに不安の要素を濃くしていた。

――消されたのではないのか？

充分に警戒するようにいってある。体術も心得ているし、その気になれば精悍さを発揮する男だ。まさかとは思うが。それにしても、連絡がなさすぎる。

受話器を取ろうとした電話が鳴った。

かけてきたのは、外事警察の伊庭葉介であった。

「話がある」

伊庭は、声を押しつけてきた。

峰岸は場所を打ち合わせて、立った。

警視庁を出て、新宿に向かった。

伊庭の指定したのはKホテルの喫茶室だった。伊庭は独りでコーヒーを飲んでいた。

「どんな状況だ？」

腰を下ろすなり、伊庭が訊いた。

「五里霧中だ。闇が深くてね」

伊庭とは大学時代の友人だった。外事警察だけあって、洗練された容貌になっている。あるいは都会的な冷酷さというのか。そいだように直線的なものが相貌に潜んでいる。

「情報が入ったぜ」

伊庭は声をひそめた。

「そいつは、ありがたい」

峰岸はタバコをくわえた。

「結果からいうと、どうやら、この件に米軍が嚙んでいると思うのは、早計のようだ」

「…………」

「嚙んでいるとすれば、ＣＩＡだ」

「また、連中か」

「野麦涼子を乗せた車がわかった」

伊庭は無造作にいった。

「おい――」

「制服を着ていた人物もだ」

「だれだ、そいつは」

「横田基地に勤務するG・キャラハン中佐だ」

「…………」

「だが、この男は、事件とは関係ないようだ。ほぼ、まちがいない。四十過ぎの温厚な紳士だ。基地内に美人の妻と子供がいる」

「…………」

峰岸は無言で伊庭をみつめた。まるで伊庭が奇術師にみえた。帽子の中から、つぎつぎと犯罪の構成要素を取り出す。最後にはもう捜査の必要がなくなるのではあるまいか。伊庭が持っている情報網に驚いた。

外事警察は、保安警察から情報専門の陸幕二部別室、CIA、内閣調査室、外務省――そうした情報組織と密接な関係がある。持ちつ持たれつだ。

捜査一課には、コネクションはない。

「キャラハン中佐と一緒に車に乗っていた、C・ペックという男がいる。このペックがCIA極東駐在員なのは、わかっている。問題はこの男だ」

伊庭は一葉の写真を寄越した。日本人の女と顔を寄せている中年の外国人が写っていた。バーの中で隠し撮りをした写真のようだった。

「すると、野麦涼子は……」

写真をみながら、訊いた。

「キャラハンはペックを送って六本木に向かっていた。偶然、事件現場を通りかかったのだ。女性が悲鳴を上げて駆けてきた。車を停めてみたら、女は腕に負傷している。女はキャラハンに抱きつき〈人殺し〉と叫んだ。キャラハンは女を車内に抱え込み、腕を縛って応急手当てをした。ペックは車を走らせた。自分の知っている愛宕署に向かうためにね……」

伊庭は、峰岸の反応を窺った。峰岸の顔はやや青ざめていた。

「愛宕署に……」

「そう。警察だ。ところが、結果的には、ペックは警察には行かなかった。もし警察に行っていれば……」

「なぜだ」

「女は昂奮していた。走りながら事情を訊かれて、喋りまくった。ペックもキャラハンも日本語ができる。訊いているうちに、ペックが、傷の手当てが先だといいだした。警察には電話をすればよいとな。そこで、車を六本木にあるＣＩＡが借りている家に向けた……」

「野麦涼子は――彼女は現在、どこにいる」

「まあ、待て。ペックが急に警察を回避したのは、野麦涼子のことばだ。彼女は二人に、原田光政のいまわの際のことばを喋った。

〈ケイサツニ、クラシイ〉

そういったのだそうだ。ラはルのまちがいだろう。ところが、ペックはそれをきいて、しばらくたって、もう一度、そのことばを訊きなおしている」

「すると、原田光政は、生きていたのか」

「そうだ。心臓を撃たれていたのだろう。たしか盲管だったな。が、なぜか、生きていた。ガラスのような目を開けて、娘の死骸(しがい)をみていたそうだ。ただし、体も眼球も動かない。声も出ない状態だったと、これは女医の卵の野麦涼子のことばだ。その目で、娘が犯され、殺されるのをみていたのだろう。ところが、彼女は脈をみて生きていることを知り、体を動かしたとたんに、死んだ。盲管の弾がどうにかなっていたのだろうな、その死に際のことばだ」

「ケイサツニ、クラシイ――か」

峰岸は反復した。

「ペックは、いったい……」

警察に、苦しい――では別に謎(なぞ)もなにもない。ペックが警察を回避する理由とはならない。

「おれにも、そのことばは無意味としか受け取れない。ところが、ペックは、そうではなかった。まちがいなく、そのことばに、反応をみせたのだ」

伊庭は静かな声で、断言した。

「それで……」

「それで、終わりさ」

「おい」

「キャラハンはペックと野麦涼子を降ろして、基地に帰った。基地に戻(もど)りながら、運転手として同乗していた黒人兵に事情を説明した。黒人兵は日本語ができなくて、事情を知りたがった。キャラハンは、ペックがなぜ急に警察を回避したのか、訝(いぶか)った。しかし、電話では届けるだろうと思ったのだ。ところが、帰宅したキャラハンに上層部から箝口(かんこう)命令がきた……」

「………」

「キャラハンは、おととい、本国に帰った。転勤命令が出たのだ」

「で、野麦涼子は？」

「行方不明だ……」

伊庭は、静かに首を振った。

「ペックは？」

「そいつも、消息を絶った……」

冷えたコーヒーを、伊庭は飲み乾(ほ)した。

「情報源は？」

「そいつはいえないね」

「それで、全部か」

「そうだ。そこから先は闇に消えている。追及のてがかりがない。あとは、君たち猛牛の仕事だな」

「六本木のＣＩＡのアジトは」

「うん」

伊庭はナプキンに住所を書いて寄越した。

「感謝するぜ」

「襲うのか」

伊庭は訊いた。峰岸の表情に持ち前の癇性が浮いていた。あるいは、恋人を犯され、殺された報復心か。

「おれは、殺人犯人を追っている。ＣＩＡであろうが、容赦はせん」

「一つ忠告しておく」

伊庭は、伝票をつかみかけた峰岸を押えた。

「やりかけたら一気呵成にやることだ。さもないと……」

「わかっておる」

峰岸は伝票を摑んで立った。

5

平野高子とは、原田義之は最初は食事だけで別れた。

瀬尾麻美が一緒だった。瀬尾麻美は原田が勤務していた大学病院の看護婦であった。平野高子は中央医療センターの看護婦をしていた。平野と瀬尾は友人だった。

「うまく行きそうだわ」

平野高子と別れて、瀬尾麻美が笑った。新宿の歌舞伎町だった。

「でも、罪深いことね」

「え？」

「肉体関係、結ぶのでしょう」

「そこまでは……」

「でも、そうしないと、おそらく、彼女、探偵役は引き受けないわ」

「………」

「妬けるわね。先生と彼女がベッドインするかと思うと」

明るい笑い声をたてた。

「ともかくありがとう」

「頑張(がんば)ってね。へんな激励だけど」

「そうするよ」

「いやだ。なんだかポルノじみてきたわ」

「ポルノか……」

原田はつぶやいて、瀬尾麻美と別れた。

ホテルに向かった。おとといから、自宅には戻っていなかった。用心するに越したことはなかった。まさかホテルにきてまで襲うとは思えない。それに、人声の絶えた家に戻る気にはなれなかった。

翌日、平野高子に電話をかけた。晩飯を食べないかと誘った。そんなふうに強引に女を誘ったことはなかった。性格的には原田は硬派だ。島中教授を探る目的がなければ、とうていできる電話ではなかった。

平野高子はそくざに承知した。

五時に新宿で落ち合った。

磯魚専門店に入った。平野高子はビールを飲んだ。上気しているのか、軒昂(けんこう)としたものが瞳(ひとみ)に浮いていた。ペルシャ猫のようによく炯(ひか)る瞳だった。食べかたも猫に似ていた。しなやかな手つきだが、けものの残忍さがあった。焼き魚を小骨まで食べた。

美人ではないが、色が白く、背がすらりと伸びていた。顔に較べると足に品があった。足だけをみれば、どんなに美しいひとかと思えた。

「なぜ、ご馳走してくださるの」

高子は訊いた。

「なぜだか、わからない。別れたあと、急に会いたくなったのだ」

憤ったような口調になっていた。

「ありがとう。うれしいわ。わたし、麻美と——と思ったわ」

ナプキンで口を拭うその所作が美しかった。

「彼女とは、なんでもない。友人だ」

「そう」

瞳のまわりが染まっているが、瞳そのものは青みがかっている。その瞳で高子は原田をみつめた。

「出ようか」

「ええ」

外に出た。別に行くあてはなかった。喫茶店に入るのが常道だろうと思った。それともバーに入るのか。肩を並べて歩きながら、原田は女を口説くことの迂遠さを思った。すこしずつ、すこしずつ、濠を埋めていかなければならない。その期間を女は嗜虐的な瞳で男をみつめ、男は肚だたしいのを我慢する。

「高子さん」

「ええ」

「ぼくに、黙ってついてきてくれますか」

面倒な道程は省きたかった。というより、そんな悠長な暇がなかった。食事を奢っただけですぐに代償を求めようとしているうしろめたさを、押し殺した。

「いいわ」

「ありがとう」

原田はラブホテル街に足を向けた。拒むまいと思う予感はあったが、それにしてもあっけなかった。

ホテルに入った。

原田はビールを飲んだ。ポルノまがいの芸当は得意ではなかった。高子も黙って飲んでいた。通夜じみていた。

それでも、どうにか風呂に入った。

原田は先にベッドに入って待った。寝室は左右と天井に鏡が張ってあった。

高子が入ってきた。浴衣のままベッドに滑り込んできた。呼吸が荒くなっていた。原田は足をからませた。右手を太股に置いた。ハア、と高子が吐息をついた。その吐息で、原田は高子が経験のあるのを知った。滑らせた掌が股間(こかん)に当たった。濡(ぬ)れていた。原田は小さな突起物を指に挟(はさ)んだ。

「ああ、先生――」

高子がうめいた。

原田は毛布をはねて、高子の腰の傍に踞(かが)んだ。白い、豊かな肢体(したい)だった。愛撫(あいぶ)をつづけた。高子の両足が伸び切って、小さなふるえが起こっていた。

突然、高子が上体を起こした。強い力で原田を倒した。浴衣を高子は剝(は)ぎ取った。原田は天井をみていた。勃起(ぼっき)した男根が突き立っている。高子がいとしそうに両掌を当てて握りしめた。数回、両の掌で擦(こす)った。唇が近づいた。半ば以上、高子は呑(の)み込んだ。高子の頭が上下するのが鏡に映っていた。長い間、高子はそれをつづけていた。

「先生、お尻(しり)から、して」

高子は唇を離すと、自分でベッドに這(は)った。原田は体を起こして、高くかかげた豊かな尻を抱えた。固い肉の盛り上がった尻だった。割れ目が深い。その割れ目に男根が喰(く)い込んでいた。

「まだよ、先生ッ、まだよッ」

高子は尻を、まるい円を描くように数回振り、それから、巧妙に尻だけ突き上げる動きに変えた。しだいに突き上げる動きが早くなった。原田は高子の背中をみていた。尻を上げているから、背筋は凹んでいる。弓なりに反った背筋の両脇には肋骨が筋を浮かべていた。腰がくびれて、尻が大きい。不必要なところには肉はついてなかった。健康な体だと思った。

「あッ、あッ――」

高子がするどい悲鳴を放った。

二日後に、同じホテルで高子に会った。

「お役にたてるかどうかわからないけど、いろいろ、訊いてきたわ」

高子はビールを飲みながら、切り出した。

「迷惑をかけるね」

「ううん、迷惑だなんて。お傍に行ってもいい？」

「ああ」

高子は傍に来た。原田の膝に右手を置いて話した。

「あの武川恵吉って患者さんね、井上先生が担当だったの。それで、受け持ちの看護婦さんに訊いたんだけど、井上先生は太鼓判を捺していたんですって」

「やはり、そうか……」

原田は、ふっと背筋に寒けをおぼえた。峰岸にいわれたときは、まさかと思った。推理的には院長に殺害の容疑がなりたたないではないが、原田には信じられなかった。医師が患者を殺す――それも医療過誤とかではなく、殺害の意志を持って。

「担当医は、最期まで武川を受け持ったのかね」

担当医に内密で患者を殺すことは不可能に近い。担当医が疑えば、死体は解剖に回される。もし、担当医まで抱え込んでの犯行なら、もはや病院とはいえない。魔窟（まくつ）だ。

「それが、院長先生が診察をしてから、担当の井上先生は外されたそうなの。突然、内科医長に栄転して、後任に新米医師が当てられ、患者を診（み）ることになったそうよ。でも、ほんとうは……」

高子はいいよどんだ。

「どうしたの、ほんとうは」

「ほんとうは院長先生がおもに診ていたそうよ。危険な脳障害だからって……」

「院長が？」

島中教授が中央医療センターで診察できるのは、多くて週に二日だ。通常は週一回も暇がとれるかどうかだった。学会とか医学会議とか、ともかく多忙をきわめる地位にある。

「頻繁（ひんぱん）に来てたらしいわ。で、受け持ちの看護婦さんは、患者さんが院長先生の親戚（しんせき）かなんかだろうと思ってたらしいの」

「そうか……」

原田は黙った。

そこまでわかれば、もう疑問の余地はない。島中教授は、麻酔分析で武川恵吉の深層心理を覗いた。秘めた過去を知った。おそらく、島中教授は、麻酔分析をかけるまで、武川恵吉の素性を知らなかったであろう。かりに三十余年前に同じ戦場にいたにしても、島中教授は軍医大佐であったのであり、武川は、おそらく最下級の兵士であったにちがいなく、それなら、三十余年後に顔をみて、わかるわけがない。三十年の歳月は、人の相貌を変える。

——だが、証拠はない。

島中教授が治療にみせかけて武川恵吉を殺したとする証拠は、得られない。それは不可能事だ。証拠は消し去られ、別の完璧な資料が用意されている。突破口があるとすればもとの担当医の井上医師だが、井上は証言はするまい。大病院の内科医長を棒に振るばかりか、島中教授に睨まれては、人生を棒に振りかねない。陰に陽に迫害が来る。

また、かりに証言をさせ得たとしても、担当医の証言と島中教授の証言のどちらが重くみられるかは、明白であった。証拠はないのだ。

——島中教授。

巨体で、赭ら顔の島中を、原田は思い浮かべた。島中が〈大佐〉であることはまちがいない。武川恵吉を殺害したこともだ。

原田は、父と妹の無残な死体を思った。父を追い詰めて殺し、妹を後ろ手に縛って、嬲り殺したその犯行の陰に島中がいた。直接に手をかけたのではないが、殺させたのは、島中だ。

——殺してやる。

原田のグラスを持つ腕がふるえた。

高子が浴衣の間から手を入れてきた。太股をまさぐりながら、しだいに股間にしなやかな指を這わせていた。

6

中央医療センターの建物に灯が入った。

原田義之は駐車場でそれを見上げた。高層ビルだ。壁面に残照が映えている。豪壮な建築だ。このビルの五つのフロアを占める最新医療設備を誇る中央医療センターに、年契約で診療を予約できる人間は限られている。すくなくとも、原田の父には無理だった。

医療機器はしだいに高度化し、恩恵に浴する者とそうでない人間の差は、極端になりつつある。貧富の差がこれほど顕著にあらわれるものは、ほかにない。しかし、ひとびとはだれもなんともいわない。ホテル並みの病院でいたれり尽くせりの治療を受けられる者がいれば、重症でも何時間も待たされる者もいる。病院をたらい回しされるうちに死ぬ患者もいる。ひとびとは首相と貧乏人がいてあたりまえだと思っている。首相ばかりでも貧乏人ばかりでも国はなりたたないと思っている。即、いのちにかかわることですら、諦(あきら)めてかかっている。

だれも、なんともいわない。

その、ものいえない弱者の中に、武川恵吉の一家がいた。父も、そうだった。

武川は担当医が太鼓判を捺した。にもかかわらず死亡した。なぜ、疑ってかからなかったのか。司法解剖を申し出なかったのか。武川は病院を替わりたいと、妻に懇願している。担当医も途中で外されている。外されてから容態が一変したのだ。

権威に気圧(けお)されたのだ。一流の病院と、医学界の重鎮である島中教授に。貧乏人には、権威は死よりも強い。

父が同じだった。殺害の手が伸びて来るのを知りながら、警察に救いを求められなかった。理由はわからない。わからないが、父にとっては、おそらく、相手が巨大すぎたのだ。弱者の哀しさである。闘うすべを知らない人間の卑小さだ。

闘う方法は幾らでもある。相手が国家そのものでも、方法はある。いかなる秘密といえどもおのが死よりは軽い。天下に事実を公表するでもあれば、男の意地にかけての、いのちがけの逆襲もある。

原田はやる気だった。

人間らしい抵抗もできずに惨殺された父と妹、そして野麦涼子の冥福を願うためにも、闘わねばならない。原田は父とはちがった。闘うだけの気力もあれば、体力もある。

ただ、原田は法律に報復をゆだねる気持ちだけはなかった。法律にゆだねて済ますには、三人の死はあまりにも無残すぎた。

高層建築を、原田はみていた。父や武川にはあらがうことのできぬ権威と映ったかもしれぬが、原田には権威の皮をかぶったただの殺人鬼の棲む建物に過ぎなかった。

中年過ぎの男が歩いてきた。

その男は原田の側を通って、車のドアを開けた。

「井上先生ですね」

原田は声をかけた。

「ええ、あなたは？」

「帝国大学病院で内科医をしていた、原田といいます」

「ああ、あの……」

殺人事件を思いだしたらしい。

「話があります。走りながらで結構です」

「では、どうぞ」

原田は助手席に乗った。

「島中教授から、あなたのことはききました。ご不幸で、病院をお辞めになられたとか。これからの人物だったのにと……」

井上は駐車場から車を出しながら、そのことばで挨拶を兼ねた。

「先生は、死亡した患者の武川恵吉をご存じですね」

原田はいきなり核心に入った。

「ええ」

声が引き締まっていた。

「先生は担当医として、太鼓判を捺したそうですね」

「待ってください」

井上は正面を向いたままだった。横顔にネオンの赤い光線が明滅していた。瘦せ型で、肉のないほおだった。

「なぜ、島中教授が急に担当医じみた真似をはじめたのです。しかも、教授はたった一回の診察で、患者は危険な状態だと、あなたの診断を覆した。わたしはあなたの医師としての良心に、うかがいます」

「しかし、原田さんは、武川さんといったいどんなご関係が……」

「関係ですか。直接的な関係は何もありません」

「それなら、なぜ、そのような——藪から棒に」

「もし、武川恵吉の死因に不審があれば……」

「そんなものは、あるはずがない！」井上は叫ぶように原田のことばを遮った。「あなたは、いったい、何がいいたいのです！」

「いいですか、あなたは家族の者に太鼓判を捺した。あなたには長年の経験があります。ご自分を、医師の良心を裏切るのですか。ただのヤブ医者のように、あれはみたてちがいだったと……」

「いいかげんにしないか」

「やめませんよ。あなたは内科医長の椅子と引き替えに、おそるべき犯罪の片棒を担いだことに気づいていないのです」

「おそるべき犯罪？」

井上は車を路肩に停めた。

「そうです」

「どういうことかね、それは」

「島中教授の武川殺害に目を閉じた。それだけでも殺人の共犯です。その上、武川恵吉の死は米軍がらみの巨大な謀略の発端なのです。発覚すれば——いや、かならず発覚するはずです」

「待ちたまえ――」井上は喉を引きつらせていた。「君は妄想狂かね」

「そうみえますか」

「だれにも誤診はある。どんな名医にも過誤はつきまとう。それは君も知っているはずじゃないかね。わたしは、未熟だったのだ。院長に指摘されるまで、打撃面とはまったく正反対の位置にできた脳損傷に気づかなかったのだ」

「そんなかんたんなものにですか」

「君は経験が浅い。脳にかぎらず、開けてみなければわからないことは幾らもある。レントゲンでは脂肪が腫瘍にみえるし、さまざまな場合があるのだ」

井上は声をふるわせた。

「そうは思いませんがね、自動車事故で頭に損傷のあることははっきりしているのです。さまざまな角度からレントゲンを撮れば、発見できたはずです。また撮ったはずです。それが常識でしょう」

原田は屈しなかった。そんないい逃れは通用しないのだ。どこまでも喰い下がるつもりだった。武川を島中が殺したことはまちがいないのだ。が、証拠は何もない。あるとすれば担当医の虚心坦懐な疑惑の吐露だけだ。それとて一片の状況証拠にすぎぬが、原田が必要なのはその状況証拠であった。裁判で有罪を勝ち取る証拠ではない。全貌をあばいたのちに島中を殺すための、自分自身の確証だ。

井上を攻撃することによって、医師の良心に訴えることによってしか、手に入らない証拠であった。

「わからん人だ」井上は肚だたしそうにいった。「物理的な力の作用というものは、計り知れないところに損傷を生むのだ。トンカチで頭を殴っても、そこの頭骨は陥没しないで、とんでもない逆の個所に損傷ができることがある。また、力の加わりかたによっては、頭骨は無傷だが、脳に損壊を生じている場合もある。どうして、君にはそのことがわからんのだ」

「では、島中教授は、なぜ、頻繁に武川の診察に病院にやってきたのです。異例というか、異様ではありませんか」

「わたしは知らん、そんなことは。だいたい君はどうかしとるのだ。島中教授が患者を殺したなどと、妄想もいいところだ。それに、わたしに対しても、失礼じゃないか」

「患者が、島中教授に会ってすぐ、病院を替わりたいといったのは、ご存じですね」

「もうやめんか！」井上は叫んだ。「それ以上バカをいいたいのなら、島中教授に直接いったらどうだ！　降りてもらおう。君のような無礼な男とこれ以上話す義理はない」

「そうですか……」

「降りろと、いっとるのだ！」

「わかりました。しかし、一言いっておきます。あなたは近いうちに法廷に引き出され、医師免許を剝奪されます。その上、殺人罪の共犯です。武川を殺した証拠はない――それはたしかでしょう。が、別の殺人事件から、島中教授の犯罪が徹底的にあばき出されます。かならずね。真実を喋るなら、いまです。よく考えてみることです。これは医師のモラルの問題ではなく、あなた自身のためです。気が変わりましたら、わたしに葉書をください」

原田は降りた。

数秒ドアを開けたまま待ったが、井上は何もいわなかった。原田はドアを閉めた。

井上は、はげしい勢いで車を発進させた。そこへ自転車が顔を出した。ボンと、音がした。自転車は転倒していた。井上は車から降りて、自転車に乗っていた中年の女を抱え起こした。

原田は見ていた。

井上が原田をみた。ネオンの光に、泣き出しそうにゆがんだ顔で井上は原田をみつめていた。

原田は歩きだした。

ふと、峰岸の激怒する顔が浮かんだ。絶対に悟られないようにと峰岸は念を押した。

――井上がどう出るか。

島中教授に告げれば、峰岸の捜査に支障をきたすことになる。たぶん、九分九厘まで井上は報告しよう。人には未来はみえない。現在にしがみつく。

〈かまうものか〉

原田は、つぶやいた。捜査に支障をきたそうが、原田にはどうでもよいことだった。

7

伊庭葉介と別れた峰岸五郎は、その足で警視庁に戻った。港区飯倉(いいくら)にあるＣＩＡのアジトを家宅捜索する令状を、地裁に申請した。

捜索令状の発行を受けたのは夜であった。ふつう、日没以後の家宅捜索は禁じられている。緊急の場合は夜間捜索の許可を裁判所からもらわねばならない。令状の発行は証拠主義に基づくから、証拠の提出なくしてはなかなか発行されない。

情報源を明確にできない情報だけでは、裁判官は発行を渋る。峰岸は目撃者を捏造(ねつぞう)した。事件当日、野麦涼子とおぼしき女性が、外国人に同家に連れ込まれるのを目撃したという者である。目撃者には捜査員の一人を使った。その目撃者からの調書を大急ぎで作り、裁判官を騙(だま)した。

警視庁を出たのは、夜の十時過ぎであった。

捜査員を七人、その他に鑑識班を連れて出た。

飯倉にあるその家には、D・ニコルソンの表札がかかっていた。豪邸とまではいかないが、それに近い建物だった。

峰岸は玄関に立った。五人の捜査員に万一の逃亡を見張らせた。

ほおから顎にかけて髯を生やした大男が出てきた。その男に令状を提示した。男は日本語が読めないようだった。

「警察だ」

峰岸は男を押しのけた。

部屋が七つほどある。それぞれに捜査員が散った。

峰岸は寝室らしいドアを開けた。中に、男と女がいた。男は外国人で、女は日本人だった。素裸で抱き合っていた。男が、女を組み敷いている。女は両足を男の尻に回していた。

男は、ドアが開いても振り向きもしない。

「やめろ」

峰岸は怒鳴った。

その声で男が振り向いた。

「なんですか、あなたは」

男が訊いた。女を抱いたままだ。

「警察だ」

「失礼ではありませんか」

男は立って、抗議した。男根が醜く垂れ下がっている。

「文句をいわずに広間に出ろ。女、おまえもだ」

隣の部屋で女の悲鳴がきこえた。どこか遠くの部屋からも女の声がきこえた。

峰岸は寝室を出た。あちこちの部屋から、男と女が出てきていた。どれも、外国人と日本女のペアだった。男が四人、女が四人、それで全員だった。

鑑識班が指紋採取をはじめていた。

「警察は乱暴ですね。外務省に抗議しますよ」

峰岸に踏み込まれた男が、流暢な日本語を操った。

「勝手にしろ。あんたがニコルソンか」

「そうです。アメリカ大使館、二等書記官です」

「ペックというのは、どれだ」

伊庭からもらった写真の男はいなかった。

「ペック？　その男、知りません」

「知らないわけはあるまい。ここはペックのアジトだ」

「ほんとうに、知らないのです」

ニコルソンは肩をすくめた。

「おまえたち」峰岸は女に向かった。「いくらもらっている」

「お金なんか、もらっていません」

女の一人が答えた。細面の若い女だ。四人とも二十四、五歳というところか。あどけない瞳をしていた。

「喋らなければ、連行するぜ」

「………」

峰岸は冷たい目で女をみた。

思いがけない獲物だった。ニコルソンからペックの居場所をきき出す責め道具になる。尋常なことではニコルソンが吐くとは思えなかった。大使館員だと名乗ってはいるが、どの大使館でも館員の大半は諜報員だというのが常識だ。大使館員の肩書きを使って諜報活動をやっているのだ。ニコルソンがそうなのは、ほぼたしかだ。

峰岸の目には憎しみが光っていた。ニコルソンはペックの仲間だ。野麦涼子を連れ込んだのを、この男は知っているにちがいない。あるいは共謀して、始末したのか。

大使館員の肩書きに隠れての横暴は、許せなかった。

「よし、名前から訊こう。住所と姓名を名乗るのだ」

「栗田、ひろ子です」

観念したように、栗田と名乗った女はうつむいて小声で住所をいった。

「職業は」

「会社員です」

栗田につづいて、他の三人も名乗った。

「おまえら、四人とも知り合いか」

「はい」

栗田がうなずいた。

「だれに、この男たちを紹介された」

「街で、知り合いになったんです」

「今夜で、何度目だ。このパーティは」

「二度目です」

「金はいくらもらっている」

「…………」

「お金は払っていません」ニコルソンが口を挟んだ。「自由な恋愛です」

「君は黙っていろ」

峰岸はニコルソンを遮った。

「いわなければ、連行して徹底的に調べ上げてやる。新聞にも公表するが、それでもいいのか」

「一人、三万円ずつ、もらいました」

栗田は泣きそうになっていた。

「三万円で四人を相手にするのか」

「………」

「答えたら、どうだ！」

肚立ちを、峰岸は抑えかねた。女たちにではなかった。CIA要員にであった。薄汚なすぎる。こうした小汚ない行為に埋もれていながら、平然と他国の警察権に介入してくる。この連中が野麦涼子を警察に渡してさえいれば、事件は解決できたかもしれないのだ。

「はい」

栗田はすっかり観念したようだった。

「おまえは、いまニコルソンと寝ていた。何人目だ」

「二人目です」

ふてくされたように答えた。

「ニコルソン！」

峰岸はニコルソンに向きなおった。

「おれは、君らを売春容疑で逮捕できる」

「わたしは、大使館員です」

ニコルソンは薄笑いしていた。

「どうかな」

「身分証明書を見せましょうか」

「それにはおよばん。君が大使館員であろうと、連行はできる。おれは、この売春行為を新聞に公表もできる」

「………」

「ペックは、どこだ」

「知りません」

ニコルソンは両手を拡げて、肩をすくめてみせた。

「よし、作業が終わるまで、寝室にこの連中を閉じ込めておけ」

峰岸は捜査員に命じた。

捜査員が八人を寝室に追い込んだ。

「大使館から抗議がきませんか」

部下が心配そうに訊いた。

「心配するな。ここで野麦涼子の指紋が発見できれば、抗議どころか、日米の政治問題にまで発展するだろう。連中はペックをわれわれに引き渡さざるを得なくなるのだ」

「指紋がなければ、どうなります」

「そんなことは、考えるな」

峰岸は一蹴した。

野麦涼子の指紋が出る可能性は低いと、峰岸はみていた。かりにもＣＩＡ要員である。そんな政治問題を惹き起こしかねないヘマをやるとは思えなかった。同じ理由で、ここに野麦涼子が幽閉されているとも考えなかった。ただ、ペックが居るかもしれぬという、いちるの希みはあった。

ペックが不在でも、峰岸としては捜索をしないわけにはいかなかった。捜査は行き詰まっていた。ひょっとして指紋が発見されるかもしれないという僥倖じみた考えが捨てきれなかったし、それにＣＩＡ要員に対する捜査担当者としてのメンツもあった。

捜索と指紋採取がつづけられた。

峰岸はソファに腰を落として、待った。

完了したのは十二時前であった。

指紋も検出されなければ、押収するべき何物もなかった。

「ニコルソンを連れてこい」

部下に命じた。

「何か、収穫ありましたか」

ニコルソンは相変わらず薄笑いを浮かべていた。

「捜索は終わった」峰岸は完了を告げた。「だが、おぼえておけ。かならず、君たちの薄汚ない行為は暴いてやる」

いい捨てて、峰岸は踵(きびす)を返した。

「苦しい、台詞(せりふ)ですね」

ニコルソンが背に浴びせた。

きき流して、峰岸は玄関を出た。

「女たちは、どうしますか」

四人の女がパトカーに収容されていた。

「放り出しておけ」

峰岸は車に乗った。

——負けたわけではない。

ペックを逮捕できる可能性は塞(ふさ)がれたわけではなかった。写真がある。バーで顔を寄せ合っている女だ。どこに住んでいる女ともわからないが、雰囲気(ふんいき)からみて、おそらくペックのセックスフレンドであろう。バーを探しあてれば、あるいは消息がつかめるかもしれない。

——苦しい、台詞か。

ニコルソンの嫌味(いやみ)を思いだして、峰岸は唇を噛んだ。たしかに、大使館員のニコルソンを逮捕はできない。もし指紋が発見されていれば、ニコルソンはひそかに帰国するだろう。キャラハンも急遽(きゅうきょ)、帰国しているのだ。犯罪の証明がなされないかぎり、キャラハンの引き渡しは請求できない。ニコルソンも同様だ。そして、証明はできない。ペックにも帰国されてしまえば、それまでだ。あるいは、ペックは野麦涼子を始末して帰国したのかもしれない。

いったい、CIAは原田光政殺害になぜ、かかわりを持ったのか。

解けない謎だった。

伊庭の情報が正確であれば、ペックは原田光政殺害に無関係であった。キャラハンに送られて原田家の前を通りかかったのと、事件に遭遇したのは、あくまでも偶然だ。それは、原田家を野麦涼子が訪ねるという、犯人にとっては計算し得ない状況が起こったことから判断してみても、明らかだ。野麦涼子を待ち受けていたとは思えない。

いざというときのために、殺害犯人を収容するつもりで待ち受けていたのでも、あるまい。それなら、キャラハンはわざわざ目に立つ軍服などは着ない。

たしかに、ペックは野麦涼子から事情を聴くまでは、事件に無関係だったのだ。

となると、野麦涼子はペックに自分が連れ去られるはめになる何かを、喋ったことになる。

ペックが関心を示したのは、〈ケイサツニ、クラシイ〉だったという。二度もそのことを訊いている。

——警察に、苦しいか。

ラはルのききまちがいだ。何かの暗号なのか——ふっと、峰岸はそう思った。暗号ででもなければ、そのことばにペックが関心を持ついかなる意味もあるとは思えない。ごくあたりまえのことばだ。

いや、と、峰岸は否定した。そんな暗号があるとは思えない。また息を引き取る寸前の男が、暗号などをいうはずもあるまい。〈早く警察にッ、苦しいッ〉と、それが真の意味であろう。

——苦しい、か。

ニコルソンの嫌味が、重なった。

——？

峰岸は、ふと、顔を上げた。ニコルソンの抑揚（イントネイション）が、脳裡（のうり）で蛇（へび）が鎌首（かまくび）をもたげたように、あることを思い出させた。

——ク・ラ・シ・イ。

原田光政は〈警察に、苦しい〉ではなく、〈警察に、クラシイ〉といったのではなかったのか。

クラシイ——それは島中教授が軍医大佐として配属されていた島の名だ。

〈クラシイ島か！〉

峰岸は、つぶやいた。

鼓動が高くなっていた。その鼓動の高鳴りを峰岸は無理に鎮めた。解けたと、思った。謎の半分が解けた。クルシイでなくて、クラシイなら、筋道が通るのだ。野麦涼子は凶行現場に行き合わせて動転していた。クルシイとクラシイを聴きちがえたと思ったが、そうではなかったのだ。

野麦涼子はキャラハンに事情を訊かれて、たぶん、泪(なみだ)ながらに恋人の父の最期のことばを反復したのだ。

〈ケイサツニ、クラシイ〉

ペックは、そう聴いた。クラシイ島はペックにとっては、特別の関心のある島だったのだ。それがいかなる事情かはわからない。わかりはしないが、野麦涼子を拉致(らち)し、国家権力に介入しなければならないほどの重大な意味を持っていたことだけはたしかだ。

警察に〈クラシイ島〉を告げられ、捜査をはじめられては重大問題が起こる何かが、原田光政の死の周辺にあることをペックは瞬時に悟ったのだ。

武川恵吉は〈大佐〉をひどく怖れた。その大佐は島中教授で、島中教授は、クラシイ島に配属されていた。

武川恵吉は島中教授に殺された。

そのことを嗅いだ原田光政は動転した。つぎつぎに仲間が殺され、最後に自分に殺人者が迫ったと知っても、警察にも告げることができず、ひそかに逃亡を用意した。が、殺された。その死の間際に、原田は、ついに警察に告げる決心をした。娘が目の前で犯され、殺されては、もう原田光政に秘匿しなければならないなにものもなかった。

野麦涼子に必死でいい遺し、野麦涼子は偶然にペックに話したばかりに、拉致された。

武川恵吉、北條正夫、関根広一、原田光政の四人はテニアン島に配属されていたという。捕虜になり、コロラド州に連れて行かれた。そこで、ペックとなんらかの関係があったことが考えられる。

そのペックはテニアンではなく〈クラシイ島〉に重大関心を持っていた。

島中軍医大佐もクラシイ島に配属されていた。

その島中大佐を武川が怖れ、武川は殺された。原田を含む他の三人も島中大佐に殺されたのだ。

鎖の輪だ。つながって一巡している。いや、一巡すべきところが、途中で失われた輪がある。

――失われた鎖の輪。

それは〈クラシイ〉と〈テニアン〉だ。原田ら四人の兵隊がテニアンではなく、クラシイ島に配属されていたのなら、鎖の輪は完全につながる。

原田たち四人の兵籍簿がないのは、なぜなのか？

峰岸は、放心したように、ヘッドライトの光芒が切り裂く街並みをみていた。

8

中央医療センターのロビーには分厚い絨毯が敷き詰めてあった。歩いても足音がしない。ソファも豪華なものが置かれていた。

原田義之はソファに体を埋めていた。

ロビーには美しい案内係の女性がいた。ここではマイクを使っていなかった。案内係が患者を呼び、出迎えの看護婦に引き継いだ。患者もその応対にふさわしい人種ばかりのようにみえた。どの患者も特権意識の中に浸って、ゆったりと構えていた。

原田は大学病院および市中病院の混雑を思った。老人や重症者や子供や、もろもろの人間が何時間も不平一つこぼすことができずに順番を待っている。診察は二、三分から数分である。それでも患者は最敬礼をして出て行く。

案内係が原田を呼んだ。

「院長先生がお会いになります」

案内係の女性は愛想笑いをした。

看護婦に引き継がれて、原田は院長室に向かった。

院長室は東南に面した角にあった。若草色のシャギーカーペットが敷き詰めてあった。踝まで埋まりそうに毛足が長い。

部屋には島中教授一人だった。

「掛けたまえ」

島中は重い声をだした。

原田は黙って掛けた。学生時代からインターン時代、そしてつい先日までは教授の声には荘重な響きがあった。医学的自信に満ちた雰囲気をその巨体にまとっていて、気圧されるものがあった。

いまはなかった。原田は双眸に憎しみをこめて島中をみた。

「君は、昨夜、井上君に会ったそうだな」

島中の視線はまっすぐに原田をとらえた。

「ええ」

「君は、わたしが患者を殺したと、いったそうだが……」

「いいました」

「なぜ、そのような妄想狂じみたことを、君はいうのかね」

「妄想だと、自分で思っているのですか」

単刀直入に、原田は切り込んだ。

原田は警告を与えにやってきた。昨夜、一晩考えた末の行動だった。井上医師がどう出るか、島中に会えばわかる。もし、報告していれば、もう状況証拠といえども入手できる希みはない。戦端を開くしかなかった。その警告を与えて置くべきだと考えた。はっきり、いのちを狙っていることを告げておけば、島中は動揺する。動揺はボロを生み出しかねない。

――苦しむがいい。

原田は島中を見据えた。

「妄想でなければ、なんだね」

島中の表情は苦りきっていた。

「あなたの行動には疑惑があります」

「よさんか。あの患者は脳に障害があった。危険だから、わたしが引き受けたのだ。井上君では難しかった。それだけだ。いったい、君はだれにそんなくだらぬことを頼まれて動いているのだ」

「べつに、頼まれたわけではありません」

「では、なんだね」大きな手で、いらだたしそうに島中は卓上ライターを摑んだ。「今回の不幸な事件で君が動揺しているのは、わたしにもわかる。なんといってよいのか、慰めることばもない。君は将来性のある男だとわたしは学生の頃から目をかけていた。今回の不幸な事件が君を医学界から連れ去るとしたら……」

「おやめなさい」

原田は遮った。虫酸の走る思いがした。教授から将来性を見込んでいるといわれて喜ばない医師はいない。大学紛争以前ほどには教授の権力はないが、それでも教授はピラミッドの頂点にいる。あらゆる医療機関は最終的には何々医大系に収斂される。教授に睨まれればその系列の病院からは声がかからない。また、かりに医院を開業するにしても、個人医院では手におえない患者を大病院に送り込むシステムにひびが入る。パイプが切断されるのだ。敷衍すれば医学界にはまだ徒弟制度が残っていることになる。

「わたしには恫喝は通じませんよ。いっておきますが、わたしは医師はやめたのです」

今回の事件が君を医学界から連れ去るとしたら——島中教授のそのことばにこめられた脅しを、原田ははねのけた。

「秘密を握られた患者を治療とみせかけて殺害する——そんな教授に学んだことが、わたしには恥ずかしい。いいですか、あなたは医師ではなくて殺人鬼だ」

「これは……」島中はちらと苦笑をしてみせた。「君に妄想癖があるとは知らなかった。あまりにも衝撃が激しすぎたようだ」

島中は患者を診る冷酷な目になった。

「お得意の幻影ですか。あなたは武川恵吉があなたを〈大佐〉だと見抜き、病院を替わりたいと家族に訴えたのをきき、脳障害による幻影か幻想だと説き伏せた。だが、武川の家族は騙せても、わたしは騙せない」

「君のいっていることは……」

「黙ってききなさい」原田は怒声を叩きつけた。「わたしがなんのためにきたか、そのわけをいっておく。わたしは、いずれ、あなたを殺す。証拠をつかみしだいだ。その理由をききたければ、いっておこう。あなたが殺したのは武川恵吉だけではない。北海道の北條正夫もそうなら、大阪在住の関根広一、そしてわたしの父と妹だ。武川恵吉以外は、あなたは手を汚していない。殺害者を頼んだのだ。――あなたのおそれたのは〈大佐〉だ。あなたは三十何年前の悪夢の蘇りにおびえている。わたしの父を含めて四人の下級兵のみがその悪夢を知っていた。あなたは武川恵吉を麻酔分析にかけてそれを知った。その悪夢がなんであるか、いずれ、わたしはあばいてみせる。そして、確認を得しだい、あなたを殺す。わたしは裁判も刑も望まない。わたしが狙うのは、あなたのいのちだ。父と妹が惨殺されたように、あなたを、惨殺してやる」

原田は宣告した。島中に突きつけた指が、激情にふるえていた。

「そいつは、夢物語りだ」島中の顔が青ざめていた。「妄想だ。たしかに、わたしは戦時中は軍医大佐であった。それは兵籍簿を調べればわかる。しかし、わたしには君がいうような悪夢などは、何もない。わたしが配属されていた連隊名や配属地その他の戦歴は防衛庁の戦史編纂室で調べればわかる。そりゃ、戦争だから、ふつうの意味での悪夢はある。だが、三十余年もたったいま、何人もの人間を殺さねばならない悪夢というものが、はたして存在するのかね。——いや、荒唐無稽もはなはだしい。そんなものは君、小説の中でしかあり得ない。だいいち、わたしは君の父上をはじめ、いま君が述べた人間とは、面識がない、たぶん、何かで、君は勘ちがいをしているのだ。冷静に考えてみることだ。たしかに、武川恵吉は〈タイサ〉と、家族に洩らしたそうだ。そして、わたしは大佐だった。つながりがあるといえばそれだけだ。偶然だ。たんなる偶然にすぎん。しかも武川は脳障害で軽度の幻影をみる状態であった。戦時中に大佐に苛められた記憶でもふっと蘇ったのだろう。いったい、それがわたしにどうつながるというのだ。いいかげんにしてもらいたい。君が妄想の支配から抜け切れないで、わたしの証拠を捜すというのなら、捜したまえ。殺すというのなら、殺したまえ。君が証拠を捜して踏み込むのは幻影の野原だ。君はまぼろしを追って進む。が、やがて、まぼろしは掻き消えるのだ。——わたしは、君に精神科医にかかることをすすめる」

島中の顔には血色が戻らなかった。尊大さも傲岸さもなかった。理路整然と説いて、妄想を払拭しようとしているのだという精一杯の仮面の中に、おびえが滲んでいた。

「そうですか」

原田は立った。

「待ちたまえ」

島中は呼びとめた。

「本来なら、これは、わたしの名誉をはなはだしく傷つけることになる。わたしとしては警察に告訴をするのが筋道だと思う。だが、君とわたしは縁がある。そこまでするには忍びないし、わたしは君が病気なら、治癒に力を貸さねばならぬ立場にもある。ともかく、もう一度、よく話し合おうではないか」

「わたしを精神科に入院させて、殺そうという計画を思いついたのですか。あなたなら、その方面に手を回してわたしを強制入院させることも可能でしょう。わたしがそんなてに乗ると思いますか。わたしは、父や武川、あるいは妹のような無抵抗な男ではない。警察に告訴するなら、したらどうですか」

「黙らんかね、君！」島中は怒声を上げた。「よくベラベラ喋る男だ」

声がふるえていた。

「あなたの取るべき方法は、ただ一つ。わたしに向けた殺し屋を強化することです。だが、おぼえておくがいい、いずれ、あなたは、この手で殺してやる」

原田は握り拳をみせた。その拳がふるえた。拳の中には父と妹の惨殺死体が握りしめられていた。

「…………」

島中は何も喋らなかった。にぶい光をたたえた目で原田をみた。油膜を張ったように、原田にはみえた。その油膜の奥で島中は殺意を昂ぶらせているのであろう。

原田は背を向けた。

第三章　倒錯の姦淫

1

原田光政および原田季美殺害犯人が逮捕されたのは、八月二十七日の夕刻であった。

峰岸五郎はその報告を出先で受けた。

港区の麻布にいた。C・ペックの住居がスペイン大使館の近くにあると突きとめたばかりだった。訪ねたが、留守であった。高級マンションの一室で、管理人の話では、三日ほど前にみかけたということだった。

張り込みを残して引き揚げようとしているところへ、新宿署の捜査本部から無線が入ったのだった。

「だれだ、そいつは」

峰岸は無線に怒鳴った。

「関西系の暴力団で野島組というのがあります。そこの組員で、横田洋一という男です。じつは、本庁の捜査四課にタレこみがあったのです。横田がくさいと。それで、捜査四課の協力を得て横田を急襲したわけです」

本部員の昂奮(こうふん)した声が答えた。

「わかった」

峰岸は無線を切った。

――犯人逮捕か。

このところ続いていた昂(たか)ぶりが醒(さ)めるのがわかった。昂ぶりというよりは緊張の弛緩(しかん)か。張り詰めていたものが急激に失われて、疲労感というか、懈怠(けたい)なものが四肢(しし)の力を抜いた。

新宿署に向かいながら、しかし、峰岸はしだいになぜともない違和感めいたものの濃くなるのを、抑えかねた。

犯人が暴力団員だというのは、うなずける。捜査四課への密告もだ。捜査四課は組織暴力が専門である。暴力団関係には強い。情報網も暴力団の仲間なみにある。

しかし、何かがそぐわない。いわゆる感覚とか肌に馴染(なじ)まないというやつだった。

原田父娘を殺害した犯人は尋常一様の男ではない。冷酷さにおいて暴力団員の比ではない気がする。情感を捨てた、殺しが稼業(かぎょう)の一匹狼(おおかみ)的雰囲気を、峰岸は感じていた。その犯人は原田父娘だけではなく、北條正夫も、関根広一も殺しているのだ。そこいらの暴力団員に可能な仕事だろうか。

それに、殺害の背景もある。巨大な背景から生まれた殺害でなければならない。島中教授やCIAがからむ事件だ。発覚すればただごとでは済まない予感がある。その事件の中心にいる殺害犯人が密告でつかまるというのが、感覚になじまない。

しかし、蟻の一穴ということもあると、峰岸は強いて自分を納得させた。

新宿署では上泉刑事課長が待っていた。

「拾い星だ」

上泉はご機嫌だった。

「自供は取れましたか」

峰岸は訊いた。

「それはまだだが、横田洋一の犯行にまちがいはありませんね。横田の部屋から、原田家から強奪した紙幣が百六十万ばかり、発見されています。紙幣番号が一致してね」

「そうですか……」

原田光政が逃走資金に銀行から下ろしたはずの紙幣が、そっくり消えていたのは事実だ。

「会ってみますか。いや、甲斐君が取り調べていますが」

「ええ」

峰岸はうなずいて立った。

刑事部屋に向かった。刑事調べ室は六畳間の畳敷きだった。細長い座卓があって、三人の男がいた。一人は横田洋一、あとの二人は老練の所轄署員だった。

「これは、峰岸さん」

甲斐は五十近い年配だった。落とすことがうまいと評判をとっていた。三十年近く捜査畑ばかり歩いてきた男だった。

「替わっていただけますか」

甲斐は自分の子供ほどの歳の峰岸をたてた。

捜査本部はだいたい事件の起きた所轄署に設けられる。本部長は本庁の刑事部長、副本部長が署長。実際の捜査担当は本庁捜査一課から応援に来る班と所轄署の捜査課長以下が共同でやる。本庁捜査一課にはベテランを集めてある。通常は本庁からの応援班に影の主導権じみたものがある。

「二、三、訊問させてくれませんか」

「どうぞ」

甲斐は場所を替わった。

「横田洋一か」

峰岸は横田をみつめた。

「濡れぎぬですよ、バカバカしい」

横田はそっぽを向いた。猫背の、痩せぎすな男だった。知性のなさそうな顔をしている。しかし、体そのものからは強靱そうな感じを受ける。女がふっと惹かれるのは、この強靱さと、その中に秘められた冷酷さなのかもしれない。

「事件当夜、どこにいた」

「………」

「喋らんと、痛い目をみるぜ」

「な、なにをしようっていうのだ」

横田は身構えた。

「おまえが殺した女は、おれの妻になる女だった。黙っているつもりなら、それでもよい。半殺しにしてでも、吐かしてやる。おれを、ただの刑事だと思うな」

「待ってくれ。何もそういきがることはねえだろう。おれは、その日は夕方から自分の部屋で寝ていたんだ。目が醒めたのは真夜中の二時過ぎでよう。人殺しなんぞ、知るもんか」

「金は、どうした」

「知るもんか。だれかが、おれを罠にかけやがったんだ」

「だれが、だ」

「わかってりゃ、いうさ」

横田は唇をとがらせた。

「峰岸さん――」

甲斐が口を挟んだ。

「この男は押し込みの前科が二つあります。強盗強姦……」

「そんなこたア、関係ねえじゃねえか！」

横田が大声を張りあげた。

「黙っていろ！」

もう一人の刑事が、おそろしい形相で机を叩きつけた。

「中野区にある小汚ないマンションに住んでいましてね」

「ほっといてくれ」

横田はまた叫んだ。

「夕刻から寝ていたというが、証人はいないし、それに、十一時過ぎに横田が外出から戻って部屋に入るのを、目撃した者がいます」

「どこのどいつだ！　そんなウソッパチをならべやがったやつは！」

横田はわめいた。短気な男らしく、どくどくしい青筋が額に浮いていた。

「横田、わめくのはよせ」峰岸はおだやかな声で制した。「眠っていたというが、眠る前はどこにいた」

「どこにもいるもんか！　午後おそく起きてよ、夕方から出かけるつもりだったんだ。ところがよ、体がだるくて――やい、おれが眠ったのが、なぜ、いけねえんだ！」

ふいに横田は、座卓を引っくり返した。目が据わっている。灰皿と紙とペンが飛び散った。

刑事が横田に組みついた。

「さあ、やろうじゃねえか、やい、おまわり！　半殺しにしてもらおうじゃねえかよ！」

わめく横田を、甲斐が加わって二人がかりで組み伏せようとしていた。

「あとは、たのみます」

峰岸は調べ室を出た。

新宿署を出て、本庁に向かった。

すでに夜だった。ネオンとヘッドライトが角筈の通りを埋めていた。

「解決ですね」

甲斐と同年配の相良刑事が話しかけた。

「横田は、犯人ではあるまい」

峰岸は答えた。

「しかし……」

「だれかが、巧妙に企んだのだ。あの男にできる犯行ではない」

犯行はできる。父を殺し、その娘を強姦して殺すくらいはあの男なら朝飯前であろう。だが、あんな男に殺害を依頼するバカはいない。犯人は冷酷非情だが、殺しに長け、また充分な読みのできる、依頼者にとって信頼のおける人物でなくてはならない。

「あんたと加田君は、明朝から横田の身辺を探ってくれんか。無罪を立証せねばならん。さもないと、横田の首をくくることで、事件は葬られる。たぶん、強力な睡眠薬を飲まされたのだ。何かに混入してあったのだろう。眠りにおちた横田に、さらに注射をしたことも考えられる」

「わかりました。係長は？」

「おれはペックを追う。事件の全貌を知るには、ペックを逮捕するしか、いまのところ、てがない」

「しかし、横田は自供するでしょうね」

相良は心配そうに訊いた。

「いずれ、そのうちにはね……」

検事勾留は最大限二十日ある。何日も勾留され、昼夜連続して徹底した調べを受ければ、耐えかねる者が出る。同じことを何百回でも訊かれたり、おだて、すかし、怒鳴り――いろいろある。つい、もうどうでもいいという気になる。そこで、いわれたとおりに自供をする。法廷で自供をひるがえせばよいと、最後は法廷に救いを求めるのだ。

峰岸もそれをおそれていた。横田が落ちるまでに無罪を証明しなければ、一件落着、事件は閉じられる。そうなっては、それでも真犯人を捜査することは機構上、むりだ。他の捜査に回される。長い裁判のあげく、無罪が宣告されても、同じことだ。原田父娘殺害事件は忘れ去られる。

敵の罠にはまることになる。

――したたかな相手だ。

峰岸はそう思う。敵は警察の機構を衝こうとしている。強盗強姦の前科のある横田を、いやおうなく犯人に仕立てて送り込む。やがて、横田は自供をする。物的証拠があれば、検事は起訴する。そうなれば、捜査本部は閉じられ、峰岸だけが異をとなえても、問題とはならない。おまけに本庁捜査一課は、九班まであるが、事件多発で慢性的人員不足が、ここ何年も続いている。

峰岸がふたたび原田父娘殺害事件に戻る可能性はない。

――そうは、させない。

峰岸は新宿の夜景に視線を投げた。

2

峰岸五郎は中野に近いマンションの六階に住んでいた。

電話が鳴った。

深夜だった。飲んでいたグラスを置いて、卓上の電話を把った。相良からだった。すぐにうかがうと相良はいった。

十分とたたないうちに相良はやってきた。

椅子に掛ける前に相良が報告した。

「横田が、落ちました」

「もう、か……」

峰岸は水割りを作りかけた手を、とめた。冷えびえとしたものが心に滲みた。横田逮捕は昨日の夕刻である。あまりにあっけなさすぎた。座卓を引っくり返して暴れた横田の顔が浮かんだ。

──あれは演技だったのか？

おそらく、横田は刑事に苛められたにちがいない。あれから暴れつづけたという。刑事は鎮めようとして腕を逆にとった。そのため、横田は左腕を脱臼したときいていた。

――横田の計画にはまった。

医師に治療させておけば、公判廷で証拠になる。警官に暴行を受けたと主張する。自白もそうした暴力のもとになされたのだと。裁判官はそういうのに弱い。警官しかいない署内でのことだから、警察のいい分は割り引かれて判断される。横田ほどになればそこらあたりの法廷のかけ引きは心得ている。自分の部屋から紙幣が出、その上アリバイがなければ、起訴はしかたないと踏んだのだ。そのために、すばやく自供を。

「明日は送検です。署の捜査課には喜色が張(みなぎ)っています」

「そうか……」

体から力が脱けるのをおぼえた。横田の犯罪ずれが、峰岸を窮地に追い込んでしまった。横田は検察庁でも自供をするだろう。どうせ同じ結果になるのなら、毎日の取り調べで苦しむことはない。

「あの野郎め」

峰岸はグラスを握った。検察庁で自白をすれば、完全に捜査は閉じる。

「いやな、野郎です」

相良はグラスを把った。

「署に寄って、偶然、自白に立ち合ったんですが、いけしゃあしゃあと、再演してみせやがった。強姦までですよ。いい尻をしていたと――あ、これはすまんことを……」

「まあ、いい。で、やつの血液型は？」

「O型だ、そうです」

「O型か……」

峰岸は瞑目した。O型では、たぶん、精液での血液検査もO型と出るであろう。そこまで、敵は読んで膳立てしたのか。

「で、やつの無罪立証のほうは？」

「それが……」

相良は首を横に振った。

徹底したきき込みを続けたが、横田のアリバイを証明する何ものもなかった。睡眠薬を混入したかもしれない飲み物はすべて検査した。毎朝配達される牛乳、冷蔵庫の水さし、ジュース類、コーヒーカップ——ありとあらゆるものを検査したが痕跡は検出できなかった。横田が十一時過ぎに帰宅したのを目撃したというマンションの同階の住人は、後ろ姿をみただけだった。横田は猫背だ。その猫背の男が鍵を開けて入るのを遠くからみただけであった。

「そうか」

そこらあたりにも、この事件を企んだ巨大組織は抜け目がなかった。睡眠薬を混入した容器はそのときに処分したのだろう。

「どうします?」

相良は訊いた。

「捜査本部が閉じられれば、もうどうにもなるまい。課長は説得してみるが……」

峰岸の気持ちは、暗かった。

検察庁が起訴を決めたものを、警察が別の犯人を捜すことはあり得ない。そんなことをすれば検察庁から厳重抗議が入る。警察は何をしているのだ。真犯人でもないものを送検したのかと。それには答えることばがない。もしそんな動きを横田の弁護士にでも知られれば、恰好の無罪状況証拠にされる。

一つ、ペックを捜す口実がないわけではない。ペックは野麦涼子を拉致している。捜査逮捕する名目にはなるが、それにも隘路があった。未確認情報だということだ。情報源を表には出せない。外事警察の伊庭との約束は破れない。そうした情報源を洩らしては伊庭の今後の情報活動が機能を停止する。

峰岸は暗い顔をテーブルに落とした。

翌日、峰岸は捜査一課長に呼ばれた。

「ご苦労」吉田課長の最初のことばだった。「捜査本部は解散だ」

「そうですか。しかし、わたしは横田洋一を犯人だとする意見には反対です」

一応の抵抗姿勢を、峰岸は示した。

「なぜだね」

吉田課長には神経質な面があった。切れ者だが肚は太くない。官僚主義的であった。能吏タイプだ。異常なほど清潔好きであった。執務室は埃一つない。暇があれば、自分で磨くのだった。

吉田課長の視線を受けて、峰岸は絶望感を深めた。

「君の疑問には裏づけがない。武川恵吉の死に殺害の容疑があるとするのは、想像だけだ。その想像を支えているのは、島中教授が〈大佐〉であったという一事だ。武川恵吉、北條正夫、関根広一、原田光政——この旧知の間柄の四人が前後して死亡したことに一抹の不審は残る。だが、個々をみればそれなりの納得できる状況がありはしないか」

「……………」

「武川は脳障害、北條は自動車事故、関根は酔って転落、そして原田父娘は横田洋一の強盗強姦殺害だ。そうみれば、不審は消える。他面、島中教授には、大佐であったというだけで、なんの動機も見出せない。島中大佐はクラシイ島に配属されていた。が、原田を含む四人には兵籍さえない。コロラド州の収容所にいたとする記録もなければ、テニアン島配属連隊にはその名前すら記載されていない。なんらかの事情があって旧知の四人が過去を、経歴を偽っていたらしいことはわかるが、そのことが島中教授および、今回の事件に関係をもたらしたとする積極的な証拠とはなり得ない」

吉田は一呼吸おいた。

「原田光政が最期にいったという〈ケイサッニ、クラシイ〉を、島中教授が配属されていたクラシイ島に結びつけるのは、わたしには我田引水の感じがしないでもない。死に際に〈苦しい、医者を！〉というのは、ありふれたことばだときいたことがある。まして、君が入手したという情報には、提供者がいない。はたして原田光政がそういったのか、それとも、島中大佐の配属が〈クラシイ〉だから、そうなったのかの判断が、わたしにはつかない。捜査本部長である刑事部長の意見も同じだ。だいいち、野麦涼子をＣＩＡが拉致したとする説そのものも、非常にあいまいだ。米軍人の車が収容したという目撃者の話から、そういうふうになったのであろうが、君の意見によれば野麦涼子をキャラハンとかいう軍人の車が拾ったのは偶然だという。しかし、その偶然にＣＩＡが介入するというのは、穏当ではない。ペックとかいう男は〈クラシイ〉に興味を示し、それが介入の引き金になったのだというが、この情報自体、あまりにもできすぎてはいないかね」

「………」

答えることばが、峰岸にはなかった。何かをいえばいうだけ、ことばはうつろになる。こういう状況ではことばは本来の熱を失う。

「一つ一つ君の疑惑を粉砕するようで悪いが、わたしは決定しなければならないのだ。そこで、問題は〈クラシイ〉に絞られる。クラシイ島は飢餓の島と呼ばれていることは、戦史で明らかだが、その他に何があるかとなると、何もない。三十余年後の現在になって四人もの人間を殺さねばならんほどの何かがあったと、考えられるだろうか。――いや、そんなことは、わたしには、考えられん。もちろん、兵は餓死したが、将校は生き延びている。怨恨はあったかもしれない。だが、それなら、逆でなければなるまい。当時の兵隊の生き残りが、つぎつぎと将校を殺していくというのなら、話はわかる。しかし、そうだったにしても、なぜ、CIAが介入しなければならないのか？　三十余年前に戦場となった南方の一小島の名を耳にしただけで……」

「わかりました」

峰岸は諦めた。

武川恵吉の死に際のことばをきいただけで、なぜ、原田光政はおびえたのか。北海道に飛び、大阪に飛んだのは、なぜか。その二人が相前後して死亡したのは、なぜか。原田はなぜ、逃亡しようとしたのか。

なぜ――。

疑問は解けないままに残っていた。吉田課長の論破は固い結氷の表面を通り過ぎたにすぎなかった。

しかし、横田洋一は自供した。紙幣という物的証拠がある。アリバイがなく、強盗強姦の前科のある横田は、警察で演じた計画とちがって、有罪をまぬかれない。すべては、目にみえぬ巨大な組織の計画通りにことは運び、横田は絞首台に消えて、すべてが無に帰す。

峰岸が戈を納めないとなれば、キャラハンおよびペックの情報源を明らかにしなければならない。だが、それは不可能なことだ。外事警察にも、公安警察にも、また自衛隊の調査機関である陸幕二部別室にも、そういった諜報活動が主のセクションにはそれなりの機構がある。人の生き死にを見捨てても守らねばならない機構というものがある。そうでなければ、なりたたない職種だ。

また、かりに伊庭があるていどの情報源を公けにすることを承知したとしても、横田の自供を無力にすることはできない。

徒労感が深かった。

無残に凌辱され、殺された原田季美の死体が思われた。

「納得したかね」

吉田はタバコをすすめた。

「捜査本部の解散は、やむを得ないでしょう。しかし、野麦涼子の捜索はどうなるのです」

「一応、そのペックとかいう男を、容疑者として追及はする。米軍人の車に救けられたのは、主婦が目撃しているのだ。その軍人がキャラハン中佐であったかどうかは、確信は持てないがね。在日米軍司令部を通じて捜査を再度、依頼したが、その事実はないとの正式回答があった。キャラハン中佐は電子工学系の技術将校で、温厚な人物だそうだ。米本国に転勤した本人に問い合わせたが、C・ペックなる人物は知らないと答えたそうだ。もちろん、野麦涼子なる人物もね。当夜は自宅にいたとの証言者もあるそうだ」

「そうですか」

「おおかた、不良外国人グループに拾われ、欲望の対象になったのではあるまいかと、わたしはみている。だとすれば許せないことだし、その方面の捜索は継続する。だが、野麦涼子を捜索するのに、君の班は割けない」

「ええ」

　峰岸は立った。

　一礼して踵を返しかけて、峰岸はふと、動きを停めた。振り返って、吉田課長の面貌に視線を据えた。

　しかし、峰岸は何もいわなかった。黙って踵を返した。捜査に圧力がかかったかを訊こうとしたのだが、それは無駄なことに思えた。

3

　原田義之が峰岸五郎と会ったのは、八月三十日の夜おそくであった。

新宿のKホテルに滞在している原田の部屋に、峰岸が訪ねてきた。

「おい、なぜ、連絡しなかった」

峰岸は最初にそれを詰った。

「まあ、掛けろ」

突っ立ったままの峰岸に、原田は椅子を蹴ってやった。峰岸の顔にいくらかやつれが出ていた。眉のあたりに険相が溜まっている。

「話を、聴こうか」

峰岸は掛けた。

「おれは、島中教授にゆさぶりをかけた」

「ゆさぶりをかけただと」

「そうだ。ゆさぶりではなくて、挑戦かな。証拠をつかみしだい、殺してやるとな」

原田は峰岸に水割りを作って渡した。

「バカだよ、君は。そんな小児じみたことをしてなんになる」

峰岸は語気荒く詰った。

「なんにもならんということはないさ。殺すといわれていい気持ちではいられまい。やつが一連の犯罪の元凶であることの証拠を半分はつかんでいると脅したのだ。いずれ、動き出す」

「で、動いたのか、やつは」

「まだだ。しかし、やつには愛人がいることを突きとめた。マンションに囲ってある。やつの自宅に忍び込むのは無理だろうから、愛人の部屋に盗聴器をしかけてみようと考えているところだ」

「その前に、君が殺されるぜ」

「用心はしている。だからホテルに泊まっているのだ」

「ここだって、安心はできん」

「まあな」原田はうなずいた。「しかし、殺し屋を待つ気持ちもないわけではない。島中はなにがなんでもおれを消しにかかるだろう。殺し屋をつかまえれば、案外すっきりと島中まで辿れるかもしれん」

「楽天家だ、君は」

肚だたしそうに峰岸はウイスキーを呷った。

「ところで、横田洋一という男だが……」

「ちがう、あんなものは」

峰岸ははげしく否定した。

「やはり、な。新聞で読んだが、間が抜けている」

「横田は罠にはまったのだ。悪くすれば、やつは絞首刑になる。おかげで、おれは捜査から外された。いや、捜査は終幕になったのだ。捜査に圧力がかかるものと、おれは思っていたが、連中には切れ者がいた。役所の機構を衝いて、捜査をむりやり終わらせたのだ」

横田が起訴されれば、もう自分の力ではどうにもならぬことを、峰岸は説明した。

「終わりか。哀れな犠牲山羊(スケープゴート)の首をくくって……だが、おれの復讐(ふくしゅう)はこれからだ。かならず、殺し屋と島中を惨殺してやる」

もともと警察をあてにしていたわけではなかったから、原田は、失望はしなかった。

「表だって、おれは協力はできない状態になった」

「わかっている」

「おれは、考えている。なにがなんでもこの犯行の真相をあばこうとすれば、警察を辞めざるを得ないはめになる」

正面きって捜査に圧力がかかったわけではないが、課長の口ぶりから、これ以上、波紋を拡げない深慮を峰岸は読み取っていた。抵抗すれば、峰岸は任務を解かれ、場合によっては場末の署にとばされる。

「君に人生を棒に振って欲しくはない。おれだけでたくさんだ。おれも人生を捨てたくはない。だが、おれの脳裡には父と妹の惨殺死体が刻み込まれている。これを消すには復讐しかないのだ。復讐を終えたあとになにが残るか、そこまでは考えたくない。おそらく何も残るまい。それまでの人生だったのだと思えばそれで済む」

「…………」

「それに、君が警察を辞めたのでは、情報が入らなくなる」

「おれも、それを考えている」

峰岸はグラスをみつめた。季美は峰岸と婚約していた。その婚約者が犯され、殺されたのだから、峰岸は立つべきかもしれない。職を抛って（なげう）も婚約者の恨みを晴らすべきかもしれない。しかし、峰岸には逡巡（しゅんじゅん）があった。原田の直情に較べて（くら）忸怩（じくじ）たるものがある。が、自分が警察を辞めれば情報が入らなくなることもまた事実だった。理由は不明だが、CIAがからんでいるのはまちがいない。とすれば、姿をみせないこの組織は、容易な相手ではない。情報も得られない状態では、一匹狼の原田は右往左往したあげく、消されるのがおちだ。それは、自分が警察を辞めて立ち向かったとしても同じであろう。

「教えてくれ。君がこれまでつかんだ情報を。解明はおれがやる」

原田には峰岸を泥沼（どろぬま）に引きずり込む気持ちはなかった。もし、そうするといっても、断わるつもりでいた。

「教えよう。幾つか、疑問点が浮かんだ」

峰岸はこれまでの捜査で明らかになった問題点を説明した。

キャラハン中佐とペックが通りかかって、偶然、野麦涼子を救けたこと。ペックが野麦涼子の説明の〈クラシイ〉に関心を示したこと。島中大佐の配属地が〈クラシイ〉島であったこと。原田光政ら四人の名前が兵籍簿に見当たらぬこと。コロラド州に設けられた捕虜収容所には公式名簿が存在しないこと——それら、すべてを説明した。

「緊急の課題はペックを押えることだ」

峰岸の顔は暗い。

「いいか、ペックは三年間の商用ビザで入国している。本籍はシアトルだ。六十日以上日本国内に滞在する場合は、居住地の市町村役場に外国人登録をしなければならない。外国人登録法で定められている。ペックは港区の区役所に登録がしてあった。住所はスペイン大使館近くにある〈ブルースカイ・マンション〉だ。外国人がほとんどの貸マンションだ。六日前、つまり二十四日にペックの姿を管理人がみている。ペックはまだ日本にいるのだ。出入国管理事務所を調べたが、出国はしていない。空港署にはペックが出国しようとすれば押えるよう手配はしてある」

「ペックがCIA要員だというのは、たしかか」

「まずまちがいない。信頼のおける情報だ」

「それなら、いずれ空港署に逮捕されるだろう」

「いや」峰岸はゆっくり首を振った。「警察が動いているとわかれば、やつは軍用機で出国するだろう。軍用機なら、われわれの権限はおよばない。自由だ。だから……」

「極秘に捜す」

「そうだ」

峰岸は写真を渡した。ペックと女が写っている写真だ。

「このバーの所在を捜すのも、一つのてだ。おれの捜査はそこまで行く前に幕を引かれた」

「いいだろう。この野郎を、捜し出してやる」

原田は写真を納った。

「もう一つ重大なのは、君の父上をはじめ、死亡した四人の仲間の経歴だ。四人ともテニアンに配属されていたと家族には洩らしているが、そこに派遣された連隊名簿に名前がない。念のためにクラシイ島を調べたが、こっちにも名前は出ていない。そこに謎がある。四人とも過去を偽っていたとしか思えない。親戚とか、子供時代の友人とかを探して、本当の過去を調べるのだ。そうすれば、容易にこの一連の事件の発端となった謎が浮かび上がるかもしれない」

「わかった。調べてみよう」

「ただし、いっておく。君は、たぶん元凶であるはずの島中教授に挑戦した。島中はそこまで疑惑を抱いた君を、そのままにしてはおくまい。手練の殺し屋を向けて来る可能性が強い。くれぐれも用心することだ」

「心配するな。めったに死にはせん」

原田は笑った。透明な感じのする笑いだった。

「短慮はつつしめ。君は医師のくせに、直情径行すぎる」

「医師は廃業したんでね」

「だが、資金がつづくのか」

「当分は、なんとかなる。底をつけば、土地を売るつもりだ。殺人のあった土地でも、いくらかには売れるだろう」

「そうか……」

それ以上、峰岸にはいうべきことばがなかった。原田の微笑の底にある冷え固まったものは、ことばでどうこうできるものではなかった。原田の暗いが精悍さを秘めた面貌にとどめた視線を、峰岸はそらせた。

4

港区全体にバーが何軒あるのか、原田義之には見当もつかなかった。

調査に先立って、原田は風俗営業組合を訪ねた。そこで写真をみせて該当するバーがないかを訊ねた。結果は不明だった。組合に入っていないバーが多かったし、店内の一部が写った写真では自分の店でもないかぎり判定のしようがないという。

原田は歩いた。ブルースカイ・マンションを中心に捜索の輪を拡げていった。マンションの見張りには峰岸が部下を一人、ひそかに寄越してくれていた。最初の晩、原田は二十数軒のバーを回った。どこでもビールを一本注文した。飲みはしなかった。バーテンに写真を示して女とペックに見覚えがないかを訊いた。収穫はなかった。二日目の晩も三日目の晩も同じだった。

四日目の晩、原田は我善坊町を回った。

七、八軒目に入ったバーで、同じようにバーテンに写真をみせた。期待はしてなかった。その店も写真の店とはちがっていた。バーを回ることに原田は疑問をおぼえはじめていた。ペックの住居が港区にあるからといってバーが港区とはかぎらない。新宿かもしれないし、極端にいえば大阪かもしれないのだ。

ペックはマンションに戻(もど)ってこなかった。あるいはもう軍用機で本国に引き揚げたのかもしれない。

――今夜でおしまいだ。

雲をつかむような捜索はやめて、父とその仲間の過去を捜すべきかもしれない。

「さあね」バーテンは首をかしげた。「場所柄、外国人客は多いんですがね。どうも……」

バーテンは写真を返しかけて、ふと気づいたように原田の隣にいた二人連れの男の外国人に写真をみせた。

「そのかた、仲間とちがいますか」

冗談をいった。

外国人は写真を眺めた。

「このひと、恵子さんね」

澄んだ青い目を、原田に向けた。笑っている。

「ご存じ、ですか」

「すんでいるところ、知っています」

「どこです」

「行くと、わかります。教えましょうか」

「おねがいします」

「しかし、リザーブないと……」

外国人は首をすくめて、はっきり笑った。そのしぐさで、恵子なる女性の職業がわかった。原田はかすかな失望をおぼえた。多数の外国人を相手にする女では、ペックの消息を知っているとは思えない。しかし、訪ねないわけにもいかなかった。

十分ほど経って、二人の外国人と一緒にバーを出た。立つと、二人とも大男だった。原田も低いほうではないが、見上げる恰好になった。

近くの路地に停めてあった乗用車に原田は案内された。車に乗ろうとした原田は、車が外交官ナンバーなのをみた。とっさに、峰岸の話したD・ニコルソンという男のことを思いだした。野麦涼子が連れ込まれたという家の借り主。

原田はドアに掛けた右腕を離した。その右腕の肘を背後に立った男の胸に叩き込んだ。が、空を切った。その一瞬前に拳銃様のもので後頭部を一撃されていた。


目が醒めた。

いや醒まされた。両ほおに衝撃を受けて、意識が戻った。後ろ手に手錠が喰い込んでいた。どこともわからなかった。畳敷きのガランとした部屋だった。男が二人いた。一人はさっきの青い目の男で、もう一人はほお髯を生やしたみたことのない男だった。

「写真の男を捜して、どうするのです」

ほお髯が訊いた。達者なことばを操った。

「会って、話があるのだ」

船酔いに似た重いものが頭にも体にも残っていた。

「どんな話です。はらだ・よしゆきさん」

「おれの名前を、なぜ……」

無駄な質問だと原田は悟った。相手はなにもかも承知している。だからこそ、罠を設けたのだ。

——殺される。

おびえが原田を襲った。澄んだ青い目の男は、いまはその青さが肉食獣を思わせる残忍そのものに変わっていた。原田はすばやく状況を判断した。ここは峰岸の家宅捜索したD・ニコルソンの借家かもしれない。かなり広い家のようだった。通りの物音がかすかにしかきこえない。家の中に、他の物音はなかった。

絶望を悟った。手錠さえなければ、相手が二人ならなんとか脱出できないことはなかった。

こんなところで、殺されたくはなかった。ここで殺されたのでは、死んでも死に切れない。

「手錠を、外せ、そうすれば、喋る」

「むだですね。喋らせる方法はいくらでもあります」

ほお髯がいった。

「殺すのか、おれを」

「さあね……」

「だれに、たのまれた」

「さあね……」

ほお髯はうすら笑いを浮かべていた。

だれにたのまれたのかは訊くまでもなかった。ＣＩＡは野麦涼子を拉致して、殺した。野麦涼子は凶行の目撃者だ。放せば、犯人がわかり、そこから捜査は島中教授に伸びよう。島中教授を救けるために、野麦涼子を消したのだ。

島中は、外苑で原田を襲わせた。峰岸が尾行していなければ、あそこで殺されていたのだ。いまの島中は強烈な殺意を持っている。この連中が殺さないわけはなかった。

「野麦涼子も、こうやって殺したのか」

「のむぎ・りょうこ――知りませんね」

ほお髯が答えた。

「知らんわけはあるまい。きみたちの仲間のペックが、ここに連れ込んだのだ」

「そのペックを、あなた、なぜ、知っているのです」

ほお髯の顔から、笑いが消えていた。

「そんなことは、警察でも知っている」

「そうでしたね。警察はペックを見張っていますね」

「…………」

「警察とあなた、そのほかにどんなこと知っていますか」

「それだけだ。おれのほうで訊きたいのだ。なぜ、ペックは野麦涼子を殺したのか。だから、捜しているのだ」

「いえ。あなた、まだ、いろいろと知っているはずですね」

「知らん。それだけだ。おれは必死になって野麦涼子を捜している。それだけだ」

「ウソです。知っていることを、正直にいいなさい」

「知らんといったら、知らんのだ」

島中教授とCIAは協力して事件を葬ろうとしている。原田がこの事件の真相にどこまで迫っているかを、殺す前にきき出すつもりのようだった。原田が真相に近づいていれば、原田の妹の婚約者であった峰岸五郎もとうぜん同じことを知っている。原田の自供いかんでは峰岸も事故死させる計画であろう。

――この連中は!

キャラハンとペックは偶然、通りかかったと峰岸はいったが、そうではなく、やはり、犯人を収容すべく待機していたのではないのか。そして、殺したのは、この連中ではないのか!

「静かにしていなさい」

青い目の男がいった。男は、原田を畳に押し倒した。倒れた原田のバンドに手をかけた。

「何をする!」

抵抗も何もなかった。あっさりズボンが脱がされた。男はつづいて原田のパンツも引き剝いだ。

「やめろ！　やめんか！」

原田はわめいた。

「静かにしないと、痛い目にあいますよ」

ほお髯はどこから持ち出したのか、いつの間にかゴムの太い棒を持っていた。中に鉄の芯が入っていそうだった。

「なにを、しようと、いうのだ」

屈辱で声がふるえた。

「われわれは、日本人の男、抱いてみたいのです。これから、交替であなたを犯します。それがいやなら、白状しなさい」

ほお髯はするどい目で原田の素裸の下半身をみつめた。

原田は鳥肌の立つのを感じた。ほお髯の目にも、もう一人の男の青い目にも、ぬめりが出ていた。じっとりとした狂気が浮かんでいる。脅しではなかった。脅しでも取引きでもなかった。もう抜きも差しもならないところに二人の男は踏み込んでいた。

――どうせ、殺す男だ。

その冷酷さが欲情の中にあった。

「バカな真似は、やめろ！」

しかし、その甲斐はなかった。青い目の男が原田の前でズボンを脱いだ。無造作な脱ぎっぷりだった。パンツははいてなかった。男根が醜く垂れ下がっていた。

思わず原田は尻で後退(あとずさ)った。ヒーと悲鳴を上げたかった。何か得体の知れない怪物に襲われる気がした。貧血を起こしそうになっていた。

男は原田をうつ伏せにしようとした。原田は男を蹴(け)った。股間(こかん)を狙ったが、外れた。どうせ殺されるのなら、こんなけだものに自由にはされたくなかった。

必死の形相になっていた。

「抵抗すると、殺して犯してもいいのですよ」

ほお髯がいった。目に炎が燃えている。

「殺せ！」

叫んだとたんに、ゴム棒が腹に打ち下ろされた。うっと、原田はうめいた。息が停まった。体を折り曲げた。二撃目は向こう臑(ずね)にきた。足が折れたかと思われた。意識が薄れかけた。

「わかりましたか」

ほお髯が訊いた。

「………」

答える気力はなかった。

青い目の大男が傍に蹲(かが)んだ。原田をうつ伏せにした。原田はもう逆らわなかった。足を折ってでも目的を遂げようとするこの二人の大男に抵抗は無駄だった。

うつ伏せに這った。男が尻を摑んだ。恐怖が脊髄を走った。尻を拡げられた。男が何か自国語でいったが、ききとれなかった。屈辱で、全身にふるえが走った。

男の男根が尻の割れ目に当てがわれた。悪寒が走った。生暖かい肉の棒であった。ヌルヌルしている。その肉の棒がくねくねと動いていた。原田は畳に横顔を押しつけて耐えていた。悪寒のために貧血を起こしていた。尻におそろしい寒けがする。

ギャッと、原田はうめいた。肛門に男根が差し込まれた。肛門が裂けたのがわかった。おそろしい太さだった。まるで蛇が侵入するように棒が押し込まれた。体を這いよじって逃れようとしたが、男が尻をガッチリ摑み、押えていた。

原田は歯を喰いしばった。激痛が襲っていた。悶絶するかと思われた。男が強い力で尻を抱えていた。ゆっくり、腰を使いだした。そのたびに激痛が走った。

どのくらいたったのか、男は相変わらず腰を使っていた。

原田の顔はあぶら汗でベットリとなっていた。男が、腰を使いながら、原田の尻を抱え上げた。抱え上げられると接合が深くなった。

「や、め、ろ――」

内臓にまで棒がふかぶかと喰い込んでいる気がする。もう尻の感覚はなかった。痺れたようになっていた。

男の右手が原田の股間に伸びた。どうにも逃れる方法がなかった。胸と横顔が畳についているだけで、尻は高く抱え上げられ、両腕は背で手錠にとらえられていた。

男の手が原田の男根を摑んだ。激痛と姿勢の苦しさに原田はあぶら汗とよだれをたらし、それがほおにねばっていた。男は執拗に原田の男根を弄んでいた。巧妙に擦りはじめた。

男の腰使いが早くなった。男は原田のを握りしめたまま、叩きつけるようにクライマックスを押しつけてきた。歯を喰いしばって、原田は耐えた。おお——と、男が咆哮に似た声を上げた。男は原田のを離した。両手で原田の尻を摑みしめた。

原田の閉じた網膜に閃光が走った。激痛が光になって明滅した。

ほお髯がじっとみていた。

男が、尻から離れて、ほお髯に替わった。ほお髯はズボンを脱いだ。裸になって、原田の傍にきた。原田は目を閉じていた。泪と汗とよだれが出ているが、拭う方法がなかった。ほお髯は原田をあお向けにした。ほお髯は原田の男根を摑んで、擦りはじめた。その動作には執念がこもっているようだった。裸の尻を原田の傍に落としていた。その目的を、原田は悟った。擦りつづけて、放出させる気だった。原田は、しっかりと目を閉じていた。目を開いて無残な光景をみる気にはなれない。ほお髯の手淫は巧妙だった。緩急自在を心得ていた。

——殺してやる！

原田は呪った。すこしでも隙があれば、殺してやる。喰らいついてでも、殺してやる。

そう、呪いのことばを自身につぶやきながら、しかし、原田は、勃起の頂点に向かいつつあった。

身の竦む思いがした。

5

風の吹き過ぎる音で目が醒めた。

夜明けの林の中だった。小鳥が鳴いている。

原田義之は上体を起こした。手錠がなくなっていた。ズボンも靴もはいていた。

立ち上がった原田は、うっと、眉をしかめた。肛門に疼痛が湧いた。動けなかった。周りを見回した。枯れ枝が落ちていた。それを拾って杖にした。杖に縋って、ゆっくり、重病人が動くように歩いた。

どこだかわからなかった。武蔵野のようだった。櫟の林がつづいていた。遠くに自動車の音がする。そちらに向かった。

道路に出た。そこに腰を下ろして、タクシーの来るのを待った。ものの数分と待たないうちに空車がきた。

「新宿まで。ここは、どこですか」

タクシーに乗って、運転手に訊いた。

「練馬区の外れで、すぐ向こうは埼玉県の和光市ですよ。どうしたんですか」

「いや、ちょっと」

原田は座席にもたれて、腕を組んだ。閉じた網膜に昨夜の屈辱が蘇った。

——許さん。

どんなことがあろうと、決して許すことのできない二人だった。ほお髯の掌の中で屈辱の放出をしたことを思うと、そのうそ寒い光景に体が細る気がした。ほお髯はそれから、原田の尻を抱きにかかった。長い苦痛の時間が、体に刻み込まれていた。

あの家は、どこにあったのか——原田はとぎれとぎれの記憶をつなぎ合わせてみた。

我善坊町のバーに入ったのが十時過ぎであった。だが、後頭部を殴打されて意識を失い、あの家に連れ込まれた時間がわからない。そこは手馴れた男たちだった。原田の腕時計は外していた。時間の経過から場所を割り出されるのを警戒したのだ。いまは腕時計ははまっていた。ポケットには紙幣もある。

結局、推理はできなかった。殴打され、車中で麻酔薬でも射たれたのだろう。醒めたときの、船酔いに似た揺曳感がそれを物語っていた。

ほお髯が尻を離してすぐ、原田は注射をうたれた。運び込まれるときと、運び出されるときにどのくらい眠ったのか、判断のしようがない。その判断ができなくては、家の割り出しようがない。

――だが？

原田には不可解なことがあった。それは連中が原田を殺さなかったことだ。なぜ、殺さなかったのか？　二人の男が、ＣＩＡの関係者であることはまちがいない。原田がペックを捜し回っていることを知って、網を張っていたのだ。しかし、ペックの仲間なら、とうぜん、島中教授の仲間か味方であろう。野麦涼子を始末したことから判断して、そうなる。島中教授は原田を殺そうと刺客を向けている。いまは殺意はより強固になっているはずだ。なのに、なぜ――。

ＣＩＡと島中教授とは無関係なのか？

峰岸はキャラハンとペックは偶然に野麦涼子を救けたにすぎず、原田の父のいい残した〈クラシイ〉にはじめて興味を示したという。その情報はやはり正しかったのか。殺されなかったことを、原田はそう解釈するほかはなかった。

だとすると、原田の父とその仲間は〈クラシイ〉島に秘められた何か巨大な謎を知っていて、ＣＩＡもひそかにそれを探っていたということになる。

一方、その謎が公表されては死命を制せられる人間がいた。島中教授だ。だから、島中教授は四人を殺した。

では、CIAはなぜ野麦涼子を始末したのか。始末することは島中教授に味方することになる。それなら、あそこまで男の尊厳を傷つけた原田を殺すのが至当だ。殺せば、報復におびえることはないのだ。

それとも、CIAは野麦涼子を生かして、どこかに監禁しているのか?

――まさか。

それなら、島中教授とは対立していることになる。そして対立しているのなら、野麦涼子の恋人の原田をあそこまで無残には扱うまい。報復をおそれねばならないのだ。

――わからない。

考えれば考えるほど、混沌としていた。

ただ一つはっきりしていることがあった。それはCIA側は警察がペックを張っていることを知っていることだ。ペックはもうあのマンションには戻らない。おそらく、軍用機で本国に引き揚げていよう。キャラハンがそうしたように。

ペックを捜すことは無益だ。同様に、昨夜の二人を捜すことも無益だと原田は悟った。捜したとて容易にアジトが発見できるわけはなく、それなら、事件の真相に向かうのが本筋であった。真相を探り当てて行く過程で、昨夜の二人の男も、ペックも、そして野麦涼子の消息も、おのずと知れよう。

野麦涼子――。

原田は臓器の痛みに似たものを感じた。野麦涼子はD・ニコルソンの借家に連れ込まれた。おそらく殺されていようが、殺されるまでにどのような、凌辱につぐ凌辱を受けたことか。大男たちに犯される野麦涼子の白い肢体が、自分が犯された昨夜の屈辱の肢体にダブって、網膜の闇に浮かんだ。

九月六日。

原田は浜松市にきていた。

浜松市は父の故郷であった。故郷といってもそれは名目だけのもので、親戚が一人もいるわけではなかった。空襲で全滅したのだと原田はきいていた。

浜松市の空襲は無残だった。昭和十九年六月から二十年八月にかけて合計二十七回の攻撃を受けている。攻撃は艦砲射撃と空襲の両方が集中した。わけても最大の被害の出たのは十九年六月十八日の空襲であった。このとき五十機が襲いかかった。実に焼夷弾六千五百発を投下している。そのために全市が焼野が原となった。焼失家屋一万六千戸、死傷者二千人という大惨事であった。

浜松市が前後二十七回にもわたって狙われたのにはわけがあった。ここには陸軍の浜松飛行場があり、さらに無数の軍需工場があった。代表的な工場は中島飛行機である。が、当時は各民間の小さな工場がすべて軍需工場の下請をやっていたから、その数は多かった。

さらに、浜松には火薬工場があった。これも民間の小さな工場に造らせていた。浜松市を叩くことは軍需物資を叩くことであった。そうした背景があって、前後二十七回という猛攻撃を受けたのだった。

原爆を投下された広島でもそうだが、浜松でも一家が全滅した家はすくなくなかった。たとえば広島に例をとれば、「原爆幽霊戸籍」と呼ぶ戸籍がある。これは全滅家族の戸籍を指している。一人暮らしの者もいれば大家族も全滅戸籍には入っている。だれも死亡を届け出る者がない。二十数万人もの人間が一瞬にして抹殺されたのだから、しかたがないといえばいえる。

広島市では、そうした幽霊戸籍を整理するために毎年、戸籍原簿で百歳に達したひとを職権で抹消する作業をしている。

浜松でも同じ状況が起きた。全滅家族は届け出る者がないから、自然消滅的処置をとるしかなかった。

原田光政の家族も光政を除いて全滅していた。市内にあった親戚も全滅したときいていた。

父の過去に秘められた謎を調べるために浜松にやってきた原田は、しかし、とほうに暮れた。親戚が全滅し、町内が大半は滅びているのである。いったい、どこのだれを捜しだして父のことを訊けばよいのか。

原田は市役所に足を向けた。戸籍簿にたよるしかなかった。戸籍には除籍簿というのがあるときいていた。たとえば死亡した者は戸籍から除籍される。原田は自分の戸籍の過去に遡ったことがなかった。父の父がどういう人物であるのか、そういった面には関心がなかった。

また、父もそうしたことは語らなかった。

除籍簿をみれば、祖父母の兄弟のことがわかる。祖父母と父の兄弟姉妹は空襲で全滅していることはわかっているが、祖父母の兄弟というのがどこかに分散していはしまいか。もし分散していれば、その方面から何かのてがかりがつかめるのではあるまいかと思った。かぼそい希みであった。

市役所で除籍簿を閲覧した。

祖父は次男だった。弟が一人に兄が一人いた。三男は六歳で死亡している。兄は生存していた。生存しているといっても現在生きているかどうかはわからない。十七の年に祖父は高知県から浜松に転籍してきていた。

「高知県か……」

市庁舎を出て、原田はつぶやいた。

行ってみたものかどうか、迷いがあった。行っても無駄だという気がする。一般に交際のあるのは父の兄弟姉妹、つまり叔父、叔母、または伯父、伯母および、その子供たちまでであろうという気がする。同じ町に住むのならともかく、遠隔の地に離れては祖父の兄弟はもう他人に等しい。父となんらかの交際があったかどうかは疑問であった。

――だが……。

行ってみるしかあるまいと、原田は結論を出した。父の過去を探るにはそのあたりから始めるしかなかった。市は焼野が原になってしまい、住人は死亡し、四散していた。父の本籍地である浜松市倉吉町五一四番地を訪ねても、三十余年前のことをおぼえている人間はどこにもいなかった。代が替わり、いまはそのあたりは繁華街になってしまっていた。過去は埋没されてしまっていた。

高知を訪ねてみて、そこで何もわからなければ、また別の方法を考えるしかなかった。

6

高知県中村市下田町。

祖父の長兄、原田作太郎――つまり原田家の先祖の地であった。

四万十(しまんと)川の河口で汽水域に面した小さな町だった。原田義之は町役場に寄った。わけを説明して原田作太郎の戸籍を調べてもらった。小さな町だから、町役場の職員が原田家を知っていた。

とうぜんのことだが、原田作太郎は死亡していた。その子の原田保高が現在の戸籍筆頭者であった。原田保高は半農半漁の生活をしているという。

職員に家を教えられて、原田は四万十川の傍にある原田家に向かった。教えられた原田家は小さな建物だった。その外観をみただけでも裕福でないことがわかる。

汽水域べりに佇んで、原田はしばらく立っていた。奇妙な感慨にとらわれていた。ここは自分の祖父の出た家である。そんなことは夢にも想像したことがなかった。いってみればここは原田家発祥の地である。代々、ここから出てそれぞれに生きる糧を求めて散った多勢のひとびとがいるのだ。その一人が祖父であった。祖父は浜松に流れ住んで晩年は洋服の仕立屋をやっていたと、父にきいたことがある。父も戦争がなければ、洋服屋になっているところだった。

それはともかく、ここから出て、もうここの存在することさえ知らないでいた一族の一人が、戸籍を探しながら訪ねてきた。貧弱な原田家をみつめながら原田は、今は昔の思いに浸っていた。

家から漁網を持った老人が出てきた。痩せた、小柄な老人だった。褐色の皺ひだが深い。

「原田保高さん、でしょうか」

原田は声をかけた。

「そうじゃが……」

老人は漁網を路端に置いた。

「わたしは……」

原田は名乗った。

原田の話をきいている間、老人は格別に親しみを浮かべるふうはなかった。黙って、きいていた。あまり原田の顔もみようとしなかった。汽水域に視線を向けていた。

訪ねてきたわけを説明しながら、原田は、歓迎されないのを知った。血のつながりはもうなかった。原田がおぼえた、今は昔の感慨は、この老人には無縁のようだった。

犬が出てきて、老人の傍に尻を落とした。犬は原田を見上げたが、なんの感興もなさそうにそっぽを向いた。

「妙じゃな……」

話をきき終わった老人は、ポツンとことばを落とした。

「はあ」

老人が何をいったのか、原田にはすぐに理解できなかった。

「わしのおやじの弟――つまり、あんたのじいさんの作次どんは、わし、よう知っとる。たしかに、浜松で洋服屋やっとったのう」

老人は汽水域をみたままいった。

「そうですか」

訪ねてきた甲斐があったと、原田はほっとした。しかし、老人のすげない対応がなにかあっけないというか、あじけなかった。老人は一族の者がはるばる訪ねてきたにもかかわらず、家に招じようとはしなかった。

「それに、わし、あんたのおやじの光政どんにも会うたことがある」

「父に、ですか――」

「したが、妙じゃな……」

老人は首をかしげた。

「なにが妙なのです？」

「浜松は焼野が原になったときいて、戦争が終わってしばらくして、わしは、浜松に行ったんじゃ。一家全滅が多いときいたからな。たしかに光政どん一家は、死んでしもうとった。そんだもんで、わしは、市役所に死亡届けを出してやって、戻ってきたんじゃ」

「ええ。そのことは父からもきいています。父は捕虜になってアメリカにいたそうです。帰国したのは、ですから何年かのちに……」

「うんにゃ」老人は視線を原田に戻して、はげしく首を振って遮（さえぎ）った。「光政どんは、戦争にゃ行かなんだ」

「戦争に行っていない？」

「行くわけがないでのう。光政どんは、生まれつき、足が悪かった。大きゅうなっても、左足が動かなんだのじゃ。松葉杖をつかにゃ歩けなんだ」

「なんですって！」

ふわっと、原田を悪寒が襲った。名状しがたい不安を孕んだ悪寒だった。

――父が松葉杖を。

「それは、何かのまちがいじゃありませんか。父は戦争に行っていたはずですし、松葉杖どころか、いたって丈夫でした。だれかとまちがっているのでは……」

「うんにゃ」

老人は首を振った。

「じいさんの作次どんが、光政どんの足の悪いことをさんざん嘆いたもんじゃ。わしも何度か会うたことがあるが、光政どんは、足が悪いだけじゃのうて、ひ弱な体質じゃった。長生きはできんじゃろうと、わしは思うたよ」

「ほんとうですか」

原田は顔から血がひくのがわかった。

「ほんまにも、なにも……」

老人は、また汽水域に視線を戻した。

「そうしますと……」

原田はことばを失った。

「あんたの父親は、原田光政どんじゃないな。そうかもしれんが、わしの血筋の原田光政じゃない。他人じゃな」

「しかし父の戸籍は浜松市倉吉町五一四番地で、原田作次の長男と……」

「なにかが、まちごうとるのよ。わしには、わからんが。前にもそんなことをききにきた人があった……」

老人は、ゆっくり首を振った。

「前にも？」

「うん」老人はうなずいた。「家内がたしか、そんなことをいうとったな」

「そうでしたか……」

原田は、小声で答えた。

「そうとは知らず、失礼しました」

持ってきた手土産（てみやげ）を原田は老人に渡した。老人は固辞した。

「お気のどくじゃが、それをもらうわけにゃいかん。それじゃ、これで」

老人は網を持った。

犬が老人の後について歩きだした。

老人を見送って、原田は歩きだした。人家が絶えたところまできて、川岸に腰をおろした。手土産を水面に落とした。しばらくは、浮いていた。

雄大な四万十川の河口だった。葦の繁った中州があちこちにある。秋の陽射しはここではまだ夏のものだった。水面にキラキラ映えていた。

——原田光政?

父は、原田光政ではない。それは疑いようがなかった。あの老人がウソをいっていると は思えない。ウソをつかねばならぬ理由もあるまい。だとすると、父は、いったい何者で、また戸籍はどうなっているのか。そして、前にも似たようなことを調べにきたというのは、何者なのか?

夏の陽射しの中に佇みながら、原田はさむざむとした寂寥感に包まれた。父が原田光政でないとしたら、自分も原田ではない。血筋だとか祖先だとかにこれまでまったく関心を示さなかった原田だが、父以前の過去が消滅しているとわかって急に孤独感に襲われた。荒野の中に放り出された気がした。

原田は動かなかった。

父が原田光政でなければ、考えられることはただ一つ。それは父が、自身を抹殺するために原田光政になり代わったのだ。

——だが、そんなことが可能か?

可能も不可能もなかった。現実に父は他人になりすましているのだ。三十何年間、他人の戸籍をおのがものとしてきたのだ。それだけではない。他人の戸籍で死亡したのだ。

いったい、父は、どこのだれなのか。

父は戦場に行った。本人もいっていることだし、これはまちがいあるまい。こうなっては戸籍面の父の年齢は信用できないが、年頃からすれば父が戦争に駆り出されなかったわけはあるまい。とすれば、テニアンからコロラドの捕虜収容所にいたという話は真実であろう。

父はコロラドの収容所から帰国した。当時の戦争捕虜は大半が本名を名乗らなかったという。生きて虜囚（りょしゅう）の辱（はずかし）めを受けずという教育がそうさせた。米軍にも捕虜の名簿はないし、受け入れ側の日本国にも捕虜名簿はない。一般復員兵と一緒に敗戦のドサクサにまぎれて偽名のまま帰国している。

父は偽名で帰国した。帰国しても本名を名乗れない理由があった。生涯を偽名で通す覚悟を固めた。とうぜん、故郷がどこかはわからないが、そこには帰らなかった。だが、戸籍なしでは生活できない。

父は浜松にやってきた。

浜松は猛爆撃を受けて全市が焼野が原だ。全滅家族がゴロゴロしている。肉親を探すとかの理由で、戸籍簿を閲覧し、全滅家族を探し出して父はその家族の一人として名乗り出たのだ。そうして、東京に出た。

——？

原田は、ふっと顔を上げた。

——四人とも、そうなのか！

死亡した父の旧友のそれぞれの本籍地を、原田は思いだした。

関根広一、北條正夫、武川恵吉。

三人とも浜松だ。たしか、そうきいた。すると、コロラドの収容所から引き揚げた四人の仲間は、四人とも偽名を通したのか。浜松も広島もともに全滅家族が多く、幽霊戸籍がいまだにあるところだという。それぞれが全滅家族を捜し出して……。

〈そうだったのか……〉

原田はつぶやいた。

調べるまでもないことだと思った。九分九厘、四人は幽霊戸籍を継いだのだ。父もそうなら、武川も北條も関根も自分たちの子供や妻に過去を語らなかったという。語るべき過去が、いや語ってはならない過去があったのだ。

いったい、その過去とはなんなのか。

おのれの戸籍を抹消してでも隠さねばならない過去とは。

7

「やっかいだな、そいつは」

峰岸五郎はグラスに視線を落とした。

「父が何者だったのか、調べるとすれば、テニアンに派遣されていた各連隊の名簿を一人ずつ消去法で調べていかねばならない。しかし、そんなことが可能かどうか」

何ヵ月、いや何年もかかる迂遠(うえん)な調べとなろう。事実上は不可能だと、原田義之は思った。暇があれば調べてみたいという気持ちはある。どこかには、父の故郷があるのだ。そこにほんものの父の家族がいる。原田とはいとこになる若者も何人かはいるだろう。

しかし、いまはその推理に溺(おぼ)れている暇はなかった。

「テニアンでは、あるまい」

峰岸は洞察する目で原田をみた。

「テニアンではない?」

「そう。たぶん、クラシイ島だ。ここまで事情がわかれば、四人の配属されていたのはクラシイ島だと、断定してよかろう」

「そうか……」

「島中大佐との関連で、それはうなずける。君の父上の最期にいったことばも、やはり〈クラシイ〉だったのだ。それからペックだ。ペックが〈クラシイ〉の一語をきいて野麦涼子を隠したのは、おそらく、ペックがなんらかの事情でクラシイ島のことを調査していたからだと思う。そのなんらかの事情というのは、君の父上を含む四人と、島中大佐の間にある事情と同じものだろう。これは想像だが、ペックは君の父上たち四人を知っていたのかもしれない。あるいはそれとなく監視をしていたということも考えられる。かりにだ、四人がクラシイ島で捕虜にされたものなら、そしてクラシイ島に何か重大な秘密があったのなら、ＣＩＡは四人を収容所で徹底的に調べただろう。だが、四人は白状しなかった。しかたなく帰国させたが、目は放さなかった——そう考えると、すべてに、つじつまが合う」

「なるほど」

「しかし、テニアンにしてもクラシイ島にしても事情は同じだ。クラシイには五千人もの兵隊が派遣されている。混成部隊だ。いまさらその一人一人を調べて、君の父上を含む四人をピックアップすることは、不可能に近い難事だ」

「うん」原田はうなずいた。同感だった。「しかし、それにしても、妙だ」

「なにが、妙なのだ」

「考えてみろ、クラシイ島には五千人もの兵隊が派遣されている。父たち四人がその中に混じっていたとして、なぜ、四人だけが島中大佐にいまになって殺されねばならんのだ。それにＣＩＡまでも……」

「そいつは、おれにもわからん。謎の核だ。その理由がわかれば事件も解けるだろう。何かがあることだけは、たしかだ」

「そりゃ、な」

なにかがなければ、自分の戸籍を抹消などはするはずがない。

「われわれが調べたクラシイ島は〈飢餓の島〉だった。防衛庁の公式発表だから、そのていどのことしかわからん。だれか、生き残りを捜して実情を訊いてみる必要がある。何が、クラシイ島にあったのか……」

「そうしよう」

「だが、困ったな」

峰岸は声を落とした。

「なにが、困ったのだ」

「捜査が中止になったことだ。横田の野郎、検事にも自白しやがった。紙幣という証拠もあるし、即、起訴だ。どうにもならん。肝心のペックは米本国へ帰った様子だし、君の父上の身許を調べるにも、君だけの力では不可能ときている。攻撃をかける方法がない。何もかも手詰まりの状況だ。クソッ」

「なんとかなるさ。たしかに横田に罪を被せたやり口からみても容易ならん相手だが、どこかには隙があるだろう。そいつを、おれは捜す」

「島中の愛人か」

「そうだ。盗聴器をしかけてみる。何も情報が得られなければ、また別のてを考える」

「だが、どうやって仕掛ける」

「東電の検査員に化けるさ」

「つかまるなよ」

それしか峰岸にはいうことばがなかった。事件の全貌に足がかりはできた。島中教授とCIAのペック、それに幽霊戸籍の四人の絡まる何かとほうもない過去が南海の孤島、クラシイにはあったのだ。そのクラシイをめぐる殺人と陰謀だとわかりながら、捜査員としては手も足も出ない。横田が吊るされることになって、闇に葬られようとしている。

原田は身を捨てて報復に立ち向かっている。その原田一個人の力で刃向かえる相手ではないことがわかりながら、どうにもできない自分が、峰岸は肚だたしかった。

「おれは、だれなんだろうかね」

原田はポツリとつぶやいた。

原田という姓にしだいに馴染みが薄くなっていた。四万十川汽水域のあの老人から姓を盗んでいるようで、おちつかなかった。

島中教授の愛人は武蔵野市吉祥寺にあるマンションに住んでいた。

島中教授の家は荻窪にあった。島中が週に二回の割りで通っているらしいことを、原田はつきとめていた。

牧丘美都留。

愛人の名だった。二十四歳で、もと中央医療センターの看護婦だった。その情報をもらったのは看護婦の平野高子からであった。

平野高子と寝たのは三度だった。それ以後、連絡もしてなかった。連絡をとって、とうぶんは仲よくしておく必要があるのだが、騙していると思うと、その気にはなれなかった。

原田が東電検査員に化けて牧丘美都留宅を訪ねたのは九月十二日の午後だった。原田の患者に東電の漏電を調べて歩く係の若者がいた。その男を呼び出し、服装一式を借りた。要領も教わった。原田家の惨事を知っていて、捜査に必要なのだといわれた若者は、反対はしなかった。

牧丘美都留は美しかった。島中が囲うだけのことはあった。背が高くプロポーションが優れていた。下半身が長く、尻が高い位置についていた。その尻も豊かで、ジーパンがはち切れそうにみえた。

検査を牧丘美都留は疑わなかった。

３ＬＤＫというのか、かなり豪華なマンションだった。原田はヒューズボックスからはじめた。だいたい屋内の配線まではあまり調べないものだそうだが、そんなことに構ってはおれない。部屋部屋の電灯まで覗いて回った。

電話は応接間にあった。電話の近くに盗聴器をセットしたいのだが、そこは無理だった。隣室がベッドルームになっていた。その境の壁に油絵がかかっていた。油絵の裏にすばやく貼りつけた。

「オーケーですか」

美都留が訊いた。

「ええ」

「電気屋さん――」美都留が玄関に向かった原田の背に声をかけた。「あなた、どこかでお会いしなかったかしら……」

原田は足を停めた。振り返りはしなかった。医師と看護婦、それも同系統といってもよい病院だから、可能性がなくもない。

「電気屋ですから、前にうかがったかもしれません」

「いえ、どこか、もっとちがう場所で……」

「思いちがいでしょう」

原田は背を向けたまま、出た。

冷たい汗が出ていた。看破られたとは思わなかったが、そういわれてみれば、原田もどこかで会ったような気がしないでもなかった。

その晩から、張り込みをはじめた。

マンションの向かいに二階建てのボロアパートがあった。一室を借りてあった。半分ほどは空いていて、取り壊す予定だという。十五日間の約束で借りた。十五日の間に収穫がなければ、中止するつもりだった。そのときはまた別のてを考えねばならない。

翌晩、九時過ぎに島中教授はやってきた。車から降りてマンションに入ったのを見届けて、原田はFMラジオのスイッチを入れた。盗聴マイクはFMラジオに受信される仕組みになっている。

会話が入ったり、跡絶えたりした。

本式に入ったのは、十時頃であった。島中が応接間でウイスキーを飲みはじめたらしい、グラスや皿の触れる音がした。格別の話ではなかった。男と女のありふれた会話がつづいた。そのうちに、とつぜん、美都留のかん高い声がした。

「常平ッ」

意表を衝かれて、原田はラジオから耳を離した。自分が怒鳴られたように思った。常平は島中教授の名前である。

「そこに、土下座しなさい。常平ッ」

「は、はい」

島中のうわずった太い声が上がった。

「今夜は、許さないから。わかっているだろうな」

「はい。わかっております。美都留さま」

声がふるえを帯びている。

「這え！」

怒鳴ったのは、美都留だった。

「はい。美都留さま」

「さあ、この野郎！」

鞭の音がした。つづけさまに鞭が鳴った。さして高い音ではない。軽く肉を叩く軽快な音だ。島中が悲鳴を上げた。抑えた悲鳴だった。美都留に許しを乞うている。

「だまれ、きさま！」

声が男じみていた。

原田はふーと息を吐いた。そこまで聴いて、二人がしていることが理解できた。理解すると同時に、自分の行為を聴かれているような恥ずかしさにとらわれた。島中は素裸になって這っているのだ。これもたぶん裸になっているにちがいない美都留が鞭を振るっている。居丈高（いたけだか）になって――。

原田はタバコをくわえた。恥ずかしさが通り越すと、無性に肚がたってきた。島中は日頃の尊大さをかなぐり捨てて、看護婦であった美都留に苛（さいな）まれて喜びの悲鳴をあげている。その性倒錯は別に悪いわけではない。だが、外面（そとづら）と内面（うちづら）がちがいすぎた。汚ならしいと思う。まるで汚物に接したような不潔感がベトリと原田にまといついていた。あの図体を子（こ）雀（すずめ）のようにちぢめて這いつくばり、美都留さま――と細い声を上げているのを想像すると、吐き気がした。

「さあ、これからおれが好きなように犯すんだからな、じっとしておるんだぞ、おまえ」

美都留の声。

「ああ、みつるさま、ゆるして――」

島中ののぼせあがった声。

「野郎ッ」

原田はわめいた。

わめいて、スイッチを切った。

8

原田義之はアパートを出た。

アパートの前に公衆電話がある。そのボックスに入った。

原田が盗聴器をしかけた目的は電話の盗聴にあった。島中と美都留が事件のことを話すわけはない。島中がマンションにいるのをたしかめて原田から脅しの電話を入れる。それを島中がどうとるか。脅しに迫力があれば、殺しを依頼している組織かどこかに電話をかけて善後策を講じるにちがいないと、それを狙っていた。

ラジオのスイッチを入れてみた。

「どうだ、犯されて、気持ちいいだろうが、おまえ」

美都留がいっていた。美都留の声が昂ぶっていた。

「あ、あ、あなた――」

島中は、想像もできない声をだしていた。完全に主客転倒している。

原田は、ダイヤルを回した。

電話の鳴る音がラジオに入った。

声が熄んだ。

「だれだ、今頃」

島中は不興げな声に戻った。

数回目に美都留が出た。

「島中を、出せ」

原田は無造作にいった。

「あのう、どちら……」

「どちらでもかまわん。そこに島中教授がいるだろう。電話に出せ」

「でも、あのう……」

「おれは原田だ。やつのいのちにかかわる話がある」

受話器が塞がれた。だが、二人のひそひそ話はラジオにそっくり入ってきている。

島中が電話に出た。

原田は小型テープレコーダーをラジオに設置して、スイッチを入れた。

「しつこいな、君も！」

島中の怒鳴り声が出た。

「いいか、よく聴け」原田は島中の怒り声に、押しかぶせた。「だいたいの証拠はつかんだぜ。あんたらは横田に罪をかぶせて、それで事件を葬り去ったと思っていようが、そうはいかない。おれは、父をはじめ、あんたが殺させた四人の人間の出生を調べてみた。いいか、父たちはテニアンに配属されていたといっていたが、それはウソだった。その上、父たち四人はコロラドの収容所から偽名で帰国し、浜松の他家の幽霊戸籍に入っていた。三十余年間、自分の戸籍を抹消したまま、生きてきたのだ。もちろん、故郷にも一度も帰っていない。戦死扱いになっているのだ。なぜそんなことをしたか——そいつは、あんたがよく知っている。あんたや、ＣＩＡの追及から身を隠すためだった。ところが、運悪く、武川恵吉があんたの麻酔分析にかかった。おい、聴いているのか」

「くだらない話だ。だが、それで君の気が済むのなら、喋りたまえ。妄想をな」

島中はおちついていた。

「いいか、父とその仲間はテニアンではなく、クラシイ島に配属されていたのだ。それがやっとわかった。これで、大半の謎が解けた。あんたは知らんだろうから、一つ教えておいてやる。極秘事項だが、父は死ぬ間際に〈ケイサツニ、クラシイ〉と告げた。そのことばを野麦涼子がきいた。外国人の車に救けられたと発表してあるが、それにはＣＩＡの要員が乗っていたのだ。野麦涼子はそのことを話した。昂奮していたのだろう。ところが、そのクラシイの一言にＣＩＡ要員であるＣ・ペックという男が反応をみせ、そのまま野麦涼子を連れ去った。これが何を示しているか、あんたにはわかるだろう」

「………」

「すべてが〈クラシイ〉を指している。そのクラシイ島に何があったのか、おれはこれからクラシイ生き残りの兵隊を捜して、徹底的きき込みをやる。あんたがどう隠そうと、もう破局は目の前にきておる。あんたらは警察に圧力はかけたかもしれん。が、おれは全貌を暴いて新聞に公表してやる。苦しむがいい。いずれ、そう遠くないうちに、あんたは、おれが絞め殺してやる。わかったか」

「わからんね、わたしには。君が誇大妄想だという以外には」

「そうかね。こんど会うときにはかならず、あんたを殺す。おぼえておけ」

原田は電話を切った。

急いでボックスを出た。アパートに駆け戻った。部屋に入るまでに一分とたたなかった。

「なんなの、そのひと？」

美都留が訊いていた。心配そうな声だ。

欲情が醒(さ)めはてて、ドス黒い顔色で空間をみつめている島中が目にみえる。

「なんでもない。妄想狂の男だ」

「でも、気味悪いわね」

「心配することは、ない」

「そう、なら、いいんだけど。——ねえ、つづけても、いい」

「いや、今夜は、もうよそう」島中の声には力がなかった。「それより、ちょっと外に出て車をみてきてくれんか。迎えに来ていれば、運転手を呼んできてくれ」

「まだきてないわ。だって、まだ……」

「いいから、みてきなさい」

「はい」

美都留の立つ物音が入った。

——かかった！

原田は緊張した。美都留を出したのは、電話をするためだ。

——どこに、電話を！

電話をした相手と、その内容さえたしかめれば、そこから堅城を崩す何かが発見できる。

たぶん、島中は殺し屋に電話をする。父と妹を殺し、三人の仲間を殺した凄腕の殺し屋に。

督促をする気だ。早く殺らんか、と。

島中が電話を把った。

原田の全神経が収縮した。

ダイヤルが回った。

七回。

「もし、もし」島中が小声で呼びかけた。「島中だが、きておるかね」

電話の相手の声はきこえない。

「そうか……」

　不在のようだった。

「連絡は？」

　先方が何か答えている。

「いや、いい。それでは」

　島中は電話を切った。

　原田は吐息をついた。

　――やった！

　おそらく、まちがいなかった。島中は電話をかけるために美都留を外させた。危険な用件の電話だったのだ。先方は、だが留守だった。短い会話の雰囲気から、原田は電話に出た相手が女性らしいことを悟った。〈きておるかね〉と、島中は訊いた。それは、相手が囲っている女のところに電話したものと受け取れる。

「あなた――」遠い声が入った。「ねえ、車なんか、きてないわ」

　美都留だった。

「そうか。まあ、いい」

　島中の声は心がそこにないという感じに、きこえた。

「ねえ、どうして、こんなに早く帰るの。いやよ、みつる、いやよ」

美都留が膝に乗った気配だった。

「下りなさい。急に用件を思いついたのだ」

「いや。つづきを終わらせてくれなきゃ」

「わからんことをいうものではない」

そこまで聴いて、原田はラジオを切った。テープレコーダーをそっと取り外して、ポケットに納めた。

アパートを出た。

大通りに向かって歩いた。ひさしぶりに闘魂が湧いていた。事件の闇にまぎれ込んで方角を見失っていたのが、ようやく曙光を見出した思いだった。そのかすかな曙光に万感の思いがこもっていた。島中がかけたダイヤルの長短音から番号がわかる。素人では難しいが峰岸にたのめば解読できる。日本に一台しかない番号解読機が、ある機関に備えられていることを、峰岸からきいていた。

――もし、殺し屋なら。

武者ぶるいが、原田をふるわせた。

父と妹と、野麦涼子の仇を、討ってやる。

9

　峰岸五郎から連絡のあったのは、翌十四日であった。

　夜、九時前に峰岸がホテルに訪ねてきた。

「わかったか！」

　原田義之は昂ぶりを押えかねた。

「よくやった」

　峰岸の表情に明るいものが浮かんでいた。愁眉を開いたという感じにみえた。

「おれたちにはできない捜査が、君にはできる。刑訴法を無視すればするほど、遠去かれば遠去かるほど、事件の核心に迫れる。うらやましいよ」

　盗聴が暴露すれば、捜査員なら馘につながりかねない。

「前置きは、やめてくれ」

「電話番号だけはわかった。いや、持ち主もだ。島中が電話で話した相手は、芝村葉子という女だ」

「何者だ」

「そこまではわからん。家は代々木にある。借家だ。あとは、張り込みで調べるしかない」

「わかった」

「内密で、捜査員を一人つける。もう手配済みだ。その女がいつ、どこで、だれと会うか、素性を徹底的に調べてみる必要があるのだ。電話の様子では、おそらく牧丘美都留と同じ愛人だろうが、島中が美都留を外に出して電話したところをみると、芝村葉子を囲っている男はただの人物ではあるまい。君の脅しに島中はおびえた。その対策を練るための電話だったのだ。男の素性はもちろんのこと、芝村葉子の行動範囲を調べれば、何か、貴重なものが得られそうな予感がする。こういうのは焦ってはいけない。相手に悟らせないで、じっくり調べを重ねて、証拠を積み上げていくのだ。島中は、動く。たぶん、この芝村葉子の周辺から、島中はボロを出すだろう」

「ああ、おれにもその予感がある。やつは破滅に向かって踏み出したのだ」

原田は昨夜の島中の狂態を思い浮かべた。尊厳ぶった仮面を捨て、あの肥え太った男が素裸で美都留の前に這いつくばり、美都留の鞭を受けて泣きながら喜んでいる。美都留が裸で島中の前に立ち塞がり、片手を腰に当て、片手に鞭を握っている姿がみえる。美都留は暴行男で、島中は犯される女だ。性の倒錯はだれにもある。人間だけではない。条件しだいでは動物にも生じる。鼠(ねずみ)にストレスを昂まらせれば、牡(おす)同士、牝(めす)同士の性衝動を示す。ストレスが昂じっぱなしの現代人に性倒錯がつきまとうのは、やむを得ない現象だといえる。

しかし、原田には昨夜の島中の狂態は滅びの前奏に思えた。島中は四人の男を殺さなければ自分が滅びる秘密を抱いていた。偽名で帰国し、幽霊戸籍に入った四人の男を捜すだてはなかった。軍医大佐から医師に戻り、医学界の巨峰である帝国大学医学部教授にまでのし上がるのはなみたいていの努力ではなかったことは、想像がつく。

島中はその巨峰に向けて階段を昇りつめた。昇りながら、だが、島中には〈クラシイ〉から抱いている不断の恐怖があった。昇りつめても恐怖は去らない。四人の男があらわれれば、教授もなにも、一挙の転落が待ち構えているのだ。偶然から島中は四人の住所を知る。抹殺する決意を固める。

そして、殺した。

島中の性倒錯の狂態は、その不断のおびえから発生したゆがみではあるまいかと原田は思った。遠い過去のおびえが性格をねじまげ、押し潰していったのだ。

それだけに、原田には島中の狂態は汚ならしくみえた。美都留に叩かれ、犯されて喜ぶ島中の中に、にこごりにも似たおびえと、皆殺しにしてでも自分を守ろうとする残忍さがドロリと溶けていた。

許せない男だった。

「慎重にやってくれ。うまくいけば、再捜査の可能性が出てくる」

その希みは充分にあると、峰岸は思った。

「まかせておけ」

原田は峰岸の目をまっすぐにみて、うなずいた。

峰岸とホテルのロビーで別れて、原田は外に出た。

代々木はすぐ近くだった。教えられた家までは歩いて十数分とかからなかった。その家は南新宿駅からさほど離れていないところにあった。大きな家ではないが、洋風のカッチリした建物だった。十坪ほどの庭がついている。

その筋向かいの小さな二階建ての家を、原田は訪うた。品のよい老婆が出てきた。老婆に案内されて二階に上がった。

初老の男がいた。相良という捜査員であった。

「この家は老夫婦だけが住んでいてね、ちょうどよかったんですよ」

相良が説明した。ほおにたて皺の彫れた相良は、捜査一課の刑事には似合わないおとなしそうな風貌の持ち主だった。

窓が細目に開けてある。そこから、芝村葉子の家がみえる。

「お手柄でしたね」

相良はやわらかな笑顔を向けた。

「あなたがたの、おかげです」

「それが、お役にたてなくて。でも、この女から何かが得られれば――真犯人を放ったらかしてはおけませんからね」

「ええ。まだ、だれも、きませんか」

「夕刻からこうしているんですがね……」

相良はタバコをすすめた。

「交替しますよ」

「そうですか」相良は席を替わった。「根気のいる仕事でね、今日来るか、三日後か四日後か――時には半月たっても、こないこともあります」

「何時まで、見張るのです」

「まあ、常識的には深夜の二時くらいまででしょう」

「そうですか」

厳しい張り込みになりそうであった。

深夜の二時まで見張ったが、その夜はだれも訪れなかった。

「寝ますか」

相良は窓を閉めた。

毛布と枕（まくら）が用意されてあった。

相良は横になるとすぐに眠りに落ちた。

原田は明け方近くまで、輾転反側していた、眠ろうとすれば、父と妹の無残な死体が浮かんだ。犯行を解明できる緒となるかもしれない人物を突きとめたと思う昂ぶりが、よけい、父と妹を思わせた。

原田は闇をみつめていた。なぜ、父は打ち明けてくれなかったのかと、闇の中に歯ぎしりするほどの肚だたしさを声もなくつぶやいていた。打ち明けてさえくれれば、殺されることはなかったのだ。すくなくとも妹まで捲きぞえにはさせずに済んだものを。

決断力のない、臆病な父が呪わしかった。

しかし、そう呪う傍から、臆病な父の苦悩の人生を哀れだと思う気持ちが湧いた。戦場から帰国したが、故郷にさえも戻れないで他家の幽霊戸籍の中で生きねばならなかったことを思うと、原田はたまらなかった。

——巨大な獲物だ。

そう思う闘魂を原田は静かに胸に溜めた。父だけではなく、たぶん他の三人も幽霊戸籍であろうが、四人の男を幽霊戸籍に追いやった闇の巨大さが、ひしひしと迫るのだった。

一夜が明けた。

原田と相良は動かなかった。老婆が朝食を振舞ってくれた。パンと牛乳を買いに出るというのを押しとどめて、馳走してくれたのだった。原田はその好意に感謝した。事件が起きてこのかた、他人に感謝する気持ちの湧いたのははじめてだった。

事件を解明したときには、どこかに、この物静かな老夫婦のような祖父母の存在することがわかるかもしれないと、ふっと、思った。

芝村葉子は動かなかった。洗濯(せんたく)屋がきたのと、酒屋がきただけだった。

長い一日が過ぎて、夜がきた。

「盗聴器をしかけさえすれば……」

原田は焦(あせ)った。

「わたしも、そう思っていました。いけないことですがね」

相良は笑った。

動きがないままに、夜が更けていった。

「今夜も、だめか……」

十二時近くなって、原田は嘆息した。何日もかかるかもしれぬという覚悟はあるものの、焦りはしだいに深まった。

人通りも、車も絶えた。住宅街だから、九時を過ぎれば深閑となる。

十二時を過ぎた。

「交替しましょう」

相良が立った。

「ちょっと！」

立ちかけた原田は、ヘッドライトをみた。曲がり角から路地に光芒が流れ込んで、乗用車がゆっくり入ってきた。

「来たな」

相良の声が変わった。するどさがこもっていた。

乗用車はゆっくり滑ってきて、芝村家の前に停まった。中から二人の男が降りた。その二人は車の前と後ろにさり気なく立った。

「あれは……」

相良が押し殺した声で、つぶやいた。何かに驚いた声だった。

また、男が降りた。中年過ぎの男のようだった。太っている。男は芝村家に入った。無造作にドアを開けて、中に消えた。

二人の男が車に乗った。車はゆっくり後退して、路地を出て行った。

「連中は、ヤクザですか」

二人の男が車の前後に立って警戒したのをみて、原田はそう思った。さりげない身構えだが、隙がなかった。

「ちがう」

相良が重い声で、首を振った。

「ちがう？」

「あの二人は、警官です」

「警官？　まさか――」

「それも、ただの警官ではない。ＳＰです」

「ＳＰ？」

信じられなかった。ＳＰといえば重要人物の護衛役だ。射撃と体術に優れた……。そのＳＰが、いったい、なぜ、こんなところに？　ＳＰが登場するとなれば、芝村家に入った男は……。

「気づきませんでしたか」

相良の声がかすれ気味だった。不安に包まれている。

「何を、です」

「あそこに入った男です。後ろ姿をみただけですが、あの男は保守党の幹事長の中岡亮介です。たぶん」

「幹事長――」

原田は、相良をみた。冗談をいっているのかと思った。だが、そうではなかった。相良は喰い入るように芝村家をみていた。

カーテンの隙間から糸のような光がのぞいていた。

――まさか、幹事長が。

原田は打ち消そうとした。一国の政治を牛耳る政府与党の幹事長が、深夜に、ひっそりと女の家に消えた。信じられない。幹事長であろうが、愛人を置くことにふしぎはない。だが、芝村家に入ったいまの男がまぎれもない幹事長だとすれば……。

島中の電話した相手は、幹事長。

——いったい、これは。

原田は戦慄をおぼえた。

「容易ならん、事態です」

相良の声がふるえを帯びていた。

第四章　飢餓の島

1

「まちがいでは、ないのか」

峰岸五郎が相良に訊いた。

「九分九厘、幹事長にちがいありません」相良は自信を持って答えた。「あの中岡幹事長は大日本狩猟協会の名誉会長なのです。狩猟マニアといわれている男です。じつは、わたしも狩猟をやるもので、興味があるから、よくおぼえているのです。狩猟行政はあの人が動かしているといってもいいくらいですから」

「そうか……」

峰岸は腕を組んだ。

時刻は夜半の一時過ぎだった。原田義之と相良は幹事長が芝村葉子の家に消えて、すぐ中野の峰岸のマンションに駆けつけたのだった。

「幹事長だとすると……」

原田の声は重苦しかった。

「超大物を、われわれは掘り当ててしまったことになる」

峰岸はつぶやいた。どうしてよいのか、とっさには思案が浮かばなかった。島中の電話した相手が幹事長なら、事件の背後に幹事長がひかえていることになる。

「島中教授に、幹事長に、ＣＩＡか……」

原田はグラスに水を注いだ。ひどく喉がかわいていた。

「ゆゆしき、事態だ」

峰岸は上司の捜査一課長を思い浮かべた。吉田課長が捜査に冷たく、傍証をすべて無視したのは、すでに圧力がかかっていたからではないのか。

――潰される。

峰岸はその不安を肌に感じた。幹事長が絡んでいるのなら、警察はおろか、検察庁も意のままになる。峰岸の歯の立つ相手ではなかった。逆らえば、馘になる。それでも闘う意志をみせれば、死体になって転がることになりかねない。

部屋に重い空気がただよった。

「一つ、提案がある」

原田が沈黙を破った。

「君は捜査から手を引いてくれ。相手が相手だ。幹事長を嗅いでいることがわかれば、一撃で叩き潰される。ここは、おれ一人にまかせてもらおう。おれはどうせいのちを捨ててかかっている。相手が何者であれ、おれはおそれない」

「…………」

「おれには刑訴法もくそもない。徹底して、非合法捜査をやってやる。巨象は蝶とは闘えまい。おれは黒い蝶になって、闇に舞ってやる。証拠をつかんでみせる。確実な証拠さえ握れば、こっちのものだ。それに、君がここで動くと、かえってまずい結果になる。警察が動いていることを感づかれたら、それで事件は葬られてしまいかねない」

「そうするしか、なさそうだ」

峰岸も、そう思った。これは警察の扱える問題ではなかった。完全に動きを停めて、原田の探索を見守るしかない。証拠が揃えば、そのときはなんとでもなる。上司が抑えようとするなら、野党に持ち込むか、新聞に公表する手もある。

「では、このことは、もう忘れてくれ」

原田は立った。

峰岸は黙って原田を見送った。

長身の原田は大股に部屋を出た。

「わたしは、何もみなかったことにします。もう、忘れました」

相良が、ボソリといった。

「そうだ。忘れてもらう」

峰岸は、テーブルのグラスをみつめた。

翌十七日。

原田は電話で起こされた。腕時計をみた。昼の十二時近かった。

「おれだ」

電話は峰岸からだった。

「例の男の経歴を教えておく。いいか、男もやはり、軍医大佐だ。出身校は西海大医学部だ。敗戦前に配属されていたのが、クラシイ島だ。敗戦一年半前に、島中と一緒に帰国している」

「事実か——」

原田の声がかすれた。

「事実だ。いいか、外出時には、擦れちがう人間に注意しろ。わかっているだろうが、女に誘われても乗るな。危険だぞ。おれにいえるのはそれだけだ」

峰岸は電話を切った。公衆電話だった。それが峰岸の周到さを思わせた。いや、相手の巨大さを。

――軍医大佐か。

しばらくは、原田は動けなかった。

父がおそれた秘密がわかる気がした。

四人の男が幽霊戸籍に入らねばならなかったわけが。

身支度をして、原田はホテルを出た。峰岸にいわれたせいか、通行人の大半が刺客にみえた。もうそろそろ、敵は原田の潜伏場所を突きとめる頃だった。突きとめたら、手段を選ぶまい。

老夫婦の二階に戻った。

芝村葉子を見張った。

原田は肚を据えていた。生半可な探索はかえっておのれの首を絞める結果になりかねなかった。またそうした探索で証拠を得られる相手ではなかった。懐深くに入らねばならない。

辛抱強く見張りをつづけた。

二日間、原田は坐り続けた。その二日間に芝村葉子は二回外出した。買い物だった。

遠目にだが、美しい女だと思った。身長もあるし、なにより色が白かった。おとなしそうな貌にみえた。二十五、六歳という感じだった。幹事長の中岡亮介は六十前後のはずだった。六十の男が、たるんだ体で若い女に溺れる様を想像した。島中教授もたしか六十を過ぎている。その島中は、牧丘美都留に平伏していた。幹事長もそうなのだろうか。

三日目の夜になって、はじめて芝村葉子が家を出た。外出支度だった。原田は時計をみた。九時近かった。たぶん、若い恋人に会いに行くのだ。それなら、しばらくは戻るまい。

原田は家を出た。

芝村家には、鉄格子の門がある。芝村葉子が鍵をかけないで出たのを見届けていた。人通りはなかった。家を出て、原田はしばらく闇に潜んでいた。

行動を起こしたときには、ためらいはなかった。無造作に門を開けて芝村家に入った。門を入ると植え込みがあって玄関になっている。右側は芝生の庭がある。左に回った。塀と家との間を通って裏の勝手口に出られるようになっていた。ご用ききがそこを通っていたのをみていた。

勝手口には内部から鍵がかかっていた。ドアになっている。原田は用意してきた針金を取り出した。このドア錠は容易に針金一本で開けることができるときいていた。

さんざんひねくり回した。どうにかドアが開いたのは数分後だった。入って鍵をかけ、靴を脱いで手に持ち、部屋に上がった。

部屋は四部屋あった。寝室が二つに、居間と応接室とだった。各部屋を覗いて回った。

盗聴器をしかける場所を選ばねばならない。電話の近くに設置するのだが、その電話は差し込み式になって、コンセントが応接室と寝室の二ヵ所にあった。

どちらにしかけるか、原田は迷った。中岡幹事長の好みがわからない。ベッドで電話するのを好む人間もいる。

しばらく考えて、原田は寝室に設置することに決めた。中岡がやってくるのは時間がおそい。多忙を極める職務でもある。来ればすぐにベッドインするものと判断した。

広い寝室だった。十五畳ほどもあろうか、ベージュ色の分厚い絨毯が敷きつめてあった。ダブルベッドだ。サイドテーブルに密輸入らしいポルノ誌が三冊ばかり置いてある。

設置場所を探した。

押入れがあった。開けてみると、夜具が放り込んであった。めったに使いそうにない押入れのようだった。両開きのドアに隙間がある。その中の隅に取りつけるか、それともベッドの下にするか、迷った。高感度の集音マイクだから押入れの中でも充分であった。

押入れの内部を調べていた原田は、物音をきいて、身をちぢめた。玄関の開いた音だった。逃げ出そうと身構えたときには、もう廊下を歩いて来る足音が迫っていた。原田は顔色を変えた。窓から出ようとしたが、そのときになって窓は一枚ガラスのはめ込みなのに気づいた。

足音は複数だった。

その足音が寝室に近づいていた。ドアが半開きになっている。どうにも方法がなかった。押入れに入って、息をひそめた。隙(すき)をみて脱出するしかない。

「アラ、ドアが開いているわ」

芝村葉子とおぼしき声がした。

「ドロボウじゃないのか」

男の太い声がした。

中岡幹事長！

「まさか」

葉子が内部を覗いた気配がした。

原田は身をちぢめていた。ここで発見されれば、計画は崩れる。つかまらずに逃げることは可能かもしれないが、逃げたところで、発見されてしまえば中岡幹事長に警戒をうながすことになる。ドロボウだとは、中岡は思うまい。島中に警告を受けているから、まっ先に原田ではないかと疑う。そうなれば、盗聴器の設置された可能性に思いをいたし、警視庁から係員を呼んで調べさせるだろう。そうなるとはかぎらないが、ならないともかぎらなかった。もし、なれば、原田の報復は挫折(ざせつ)しかねない。

ドアが閉まった。

中岡と葉子が隣室に入った。隣は応接間だった。グラスか何かの物音がする。中岡が飲みはじめたようだった。葉子の足音が廊下に出たり入ったりしている。廊下の向かいはダイニングルーム兼用の台所になっている。

原田は冷や汗を浮かべていた。脱け出ることは絶望的だった。ドアから出て廊下を玄関まで行く間に発見されないですむ自信がなかった。開けたら、葉子が台所で立っているかもしれない。

——いったい、なぜ！

葉子は外出姿で出たのだ。なぜ二十分もたたないうちに戻ってきたのか。それに中岡幹事長まで一緒に。

何があったのかはわからない。わかることは、ただ、自分が重大な危地に陥っていることだけだった。

低い話し声がしている。何を喋（しゃべ）っているのかはわからない。どのくらいたったのか、絶望に沈んだ原田の耳にどこかでシャワーの音らしいのがきこえた。中岡がシャワーを浴びているらしいのがわかった。足音が廊下を行ったりきたりしている。葉子が世話をやいているようだった。

逃げ出す隙はなかった。

そのうち、中岡の重い足音が廊下を歩いて来るのがわかった。太い声で葉子に何かをいっている。

足音が迫った。

原田は息をひそめた。呼吸がともすれば浅く、荒くなる。自分にその音がきこえる。深呼吸をして、鎮めた。

ドアが開いて、電灯がついた。

ベッドに体を投げ出す音がした。原田は硬直したようになっていた。こうなってはもう逃げ出る隙はない。絶望であった。何かの拍子に発見されるか、それとも朝まで、あるいは二人が眠りに落ちるまで息をひそめて待つかの、どちらかしかなかった。

細い隙間が扉の間にある。光が射し込んでいた。布団にもたせた体を動かして、原田は隙間に目を当てた。ベッドがみえた。中岡があお向けに転がっていた。素裸だった。腹が盛り上がっている。妊婦のような腹だった。手足も太ってブヨブヨしている。

ポルノ誌を拡げてみていた。一枚一枚、ゆっくり観ている。表情はみえないが、醜怪なその肥え太った裸体がポルノ誌を喰い入るようにみている構図は、品性がなかった。ひどく醜かった。

遠くできこえていたシャワーの音が、やんだ。しばらくして、葉子が入ってきた。箱を持っている。肌の透けてみえるネグリジェを着ていた。

中岡がポルノ誌を放り出した。素裸のまま、むくり、起き上がった。無言でそばに立った葉子をねじ伏せた。

「許して、あ、許して」

待っていたように、葉子が声を上げた。

「許さん」

中岡は葉子が持ってきた箱を開けた。中からロープを取り出した。ベッドの下に手を入れて二本の棒を引き出した。中岡はその棒の端に葉子の片方の足を縛りつけた。もう一方の足首も縛った。葉子はしきりに許しを乞うていた。その声がしだいに昂ぶっている。

葉子の足は拡げられるだけ拡がっていた。原田はみていた。ネグリジェがめくれ上がって、股間が露出していた。中岡はつぎに葉子の両手も別の棒に縛りつけた。葉子の両足が高くかかげられた。縛り終えると、中岡の呼吸は荒くなっていた。すこし下がって、葉子をみた。

葉子の白い足首が原田にみえた。繊細な感じの足首だった。ロープがそれに喰い込んでいる。足首からふくらはぎ、太股から腰へと白い肌が苦しげに動いていた。

中岡が動いた。顔がゆがんでいる。手にロープの切れ端が握られていた。中岡はそれを振りかぶった。葉子の豊かな太股にパシッと音が砕けた。葉子がかん高い悲鳴を上げた。

「あ、許して、おねがい」

許すもんかと、中岡は大声でいって、ロープを振りかぶった。乳房に振り下ろされた。葉子が体をよじってもだえた。中岡はなおも打った。打ちながらしだいに形相を変えていた。血が昇って顔がドス黒くなり、悪鬼めいた感じになっていた。中岡は葉子を抱えて、裏返しにした。ロープで棒と棒をゆわえてあるから、葉子は尻を空間に突き出さざるを得ない姿勢になっていた。白い、大きな尻だった。二回、三回、その尻に中岡はロープを打ち下ろした。

葉子が尻を振った。

「お許しくださいッ、お許しくださいッ」

「だまれ、すべた！」

中岡はなおも打ち据えた。

葉子の真っ白い尻に赤い筋が浮き上がっていた。

原田は息をつめて見守っていた。島中と中岡は正反対だった。島中は美都留に虐げられ、犯されることを乞い願い、中岡はサディスティックに、女の体に暴虐を加えている。両者ともに六十の坂を越えている。性欲の汚ならしさが、饐えたにおいを放っていた。

原田は凌辱のはてに殺された妹の死体を思った。中岡は金で買った若い女にドス黒い加虐の炎を燃やしている。見守っていると、妹を犯して殺したのは、目の前の中岡ではないかという気がしてきた。

幹事長の面はこの男の仮面なのだと思った。日頃の尊大さも、政治家面もすべては仮面にすぎない。本性は目の前にあるぶざまな肉体そのものなのだ。金で買った女を虐めて、おのれの欲望を引き出そうとする醜い老人。

この中岡と島中が妹を凌辱し、父とその三人の、闘うすべのない弱い仲間を殺した元凶なのだ。中岡の振るうロープが、原田には妹に向かって打ち下ろされたもののような気がした。

中岡はロープを捨てていた。高くかかげて、せいいっぱい拡げた葉子の尻に、中岡は太い腕をあてがった。

「ああ、それだけはやめて！　それだけは、お許しください」

葉子のその悲鳴で、原田の幻が消えた。

中岡は箱から小道具を取り出していた。葉子の尻の前に中岡は跪（かが）んだ。ペニスの形をしたものを葉子の股間に当てた。太いゴム製品のようだった。それが、ゆっくり葉子の局部に挿入（そうにゅう）されていた。

「ああッ——」

葉子があたりをはばからぬ高い声を放った。

2

中岡と葉子の痴戯（ちぎ）はえんえんと続いた。

中岡は張り型で葉子を責めたてた。執拗な責めかただった。葉子は身動きのならない尻を左右と上下に打ち振ってもだえた。泣いていた。泣きわめいていた。中岡はその頃には別の器具も使っていた。肛門を責めている気配だった。二本のペニスが動いていた。そうされると、葉子に絶頂がきた。悶絶しそうな、たえだえの声がひときわ昂まった。二本のペニスはほとんどくっついて挿入されていた。原田は医師だからそれがどんな状態かわかる。膣と肛門は薄い膜で隔てられているだけだ。ペニスを二本挿入すれば、隙間がなくなる。二本のペニスが動けば、女の下半身はもはや異物で埋まってしまった感じになる。おそろしい責め苦だ。葉子は体の他の感覚を失い、いまはもうそこだけが呼吸している。他は消えてしまっている。波濤が打ち寄せては細り、すぐにまた波濤が打ち返した。

原田は凝視していた。陰惨な気配が部屋に満ちていた。もはや、性交ではなかった。二匹の淫獣のたうちであった。

葉子の悲鳴が消えた。何度、波濤が打ち寄せたかわからなかった。精魂が尽きて、ぐたりとなっていた。その葉子の尻に中岡が顔を埋めていた。舐めているようだった。這いつくばり、顔をのめり込ませて葉子の液体を舐め取っていた。

舐め取ってしまうと、中岡はその場に腰を落とした。目の前にある葉子の尻の割れ目をみながら、中岡は手淫をはじめた。

原田は隙間から目を放した。

――幹事長か。

原田は、つぶやいた。一国の政治を牛耳る幹事長と、医学界の巨峰である教授の赤裸々な像をみた。原田自身が医師だから性に暗い面があり、倒錯した面があるのは、わかる。外界の抑圧が高ければ高いほど、人間の性衝動は陰惨になる。

だが、島中と中岡の倒錯はそれだけのものとは受け取れなかった。両者には最後のところでおのれを支えるものがなかった。どこまでも欲望に耽溺しようとする醜さがあった。饐えて腐った臓器からただよう腐臭があった。その腐臭から、犯罪が生まれたのだという気がした。人間に尊厳がなかった。究極において自己を律するものがなかった。

躍り出て、殺してやりたいと思う。そんな人間に父と妹を殺され、野麦涼子を拉致されたのだと思うと、耐えがたかった。

中岡と葉子が眠ったのは、一時間近くたってからであった。

寝入るのを待って、原田は扉を開けた。二人とも鼾をかいていた。ナイトランプの仄青い光がシェードから洩れて室内を染めていた。葉子の素足が太股まで毛布から出ていた。肌が仄青く、深海魚のような感じにみえた。原田は足を停めて中岡をみた。中岡は口を開けて眠っていた。みていると、この場で絞め殺したいという衝動に駆られた。いとも無造作なことだった。中岡を殺して、島中も同じように忍び込んで殺せばいい。証拠などと、面倒なことをすることはないのかもしれない。

原田はドアを開けた。

勝手口から出た。外に出ると、夜気が気持ちよかった。臭気が洗われる気がした。

門を出た。

ホテルに戻ろうと、路地を歩いた。十一時近い時刻だった。まだ深夜には間があるが、人通りは跡絶えていた。

前方の暗がりに、男がいた。原田はその男が闇から湧いて出たのをみて、足を停めた。男は路地の真中に立った。街灯は近くにあるが、男の顔まではみえなかった。若い男のようだった。身のこなしからそれがわかる。動きに柔軟さがあった。

——刺客か。

闇から湧いて出た男は、闇そのもののような暗い気配をまとっていた。黙って路地の中央に突っ立ったまま動かない。

原田も動かなかった。

背後で物音がした。原田はゆっくり、振り向いた。路地の曲がり角から男が二人、姿をみせていた。同じ種類の男だった。原田は視線を戻した。いつの間にか、前方の男が二人になっていた。

戦慄が走った。うかつだったと思った。島中の愛人の家に原田は電話をかけて脅した。愛人の家を捜し当てた執念でもう一人の大佐である中岡を嗅ぎ出し、その愛人の所在も突きとめるであろう危惧を、島中が抱いたとしてもとうぜんであった。

島中と中岡は、殺し屋を原田に差し向けているが、原田の所在がわからない。いずれここにやってくるだろうと予測して、張り込ませたにちがいない。

原田は周りを見回した。路地は一本道で逃げ場がなかった。逃げるとすれば人家に入るしかないが、そんなことをしたところで、逃げ切れるわけではなかった。たちまち、追い詰められる。

消音拳銃か、ドスか。

射殺されていた父と妹の死体が、よぎった。ここで殺されては、一家が鏖殺しになる。

原田は足を開いた。拳銃なら、あっという間にかたがつく。だが、ドスなら、まだ絶望とはいえない。

前方の男二人が動いた。ゆっくり動いて、原田に向かってきた。二人とも、右手がスーツの腹に入っている。腹なら、たぶんドスだ。原田は後退った。その背後からも二人の男がゆっくり詰め寄っていた。無言の殺気が路地に漂った。

原田は動きを停めた。武器はなにもなかった。あわただしく周りを見回したが、棒切れ一本なかった。

――最期か！

絶望とはいえないが、生き延びる道もなさそうだった。相手が一人なら、問題はない。

柔道で鳴らした学生時代の記憶が体に蘇っていた。ドスなら叩き落とすくらいの技はある。二人でもなんとかならないものではない。だが、相手は四人だった。どちらに突進しても二本のドスが待ち受けている。

進退を失って、原田は立ち竦んでいた。

コッ、コッ、コッと低い靴音が前後に迫った。恐怖を刻む、地に滅入り込むような音だった。

前方の男が三メートルほどの距離にきた。

原田は体から力を抜いた。最期になるかもしれないが、黙って殺されるつもりはなかった。かなわぬまでも、闘うしかない。突進して、相手の動きを誘って、足をとばそうと思った。一人ぐらいは蹴倒せるだろう。そのあとは運に任せるしかなかった。

原田は、ゆっくり動いた。

「動くんじゃ、ねえ」

目の前の二人の男がドスを抜いた。街灯の光ににぶく映えた。二人の男はドスを腹のあたりに構えた。

「島中に、たのまれたのか」

訊いた声が、かすれていた。

「だれだろうと、しっちゃいねぇ」

陰気な声だった。

「動くなといっとるだろう」

一歩、踏み出した原田に、前方の二人は、すいと身構えた。

「おめえに、訊きてえことがある。来てもらう。騒げば、ブッスリ、殺るぜ」

「なにを、訊きたいのだ」

原田は踏み出しかけた足を停めた。訊きたいことがあるといわれて、それにたよる気持ちになった。すくなくとも、ここで殺す気はないらしい。それなら、どこかで隙をつくることができるかもしれない。

そのときには、背後の男二人はすぐそばにきていた。四本のドスが体を囲んでいた。一瞬のためらいが原田を窮地に落とした。もう、身動きができなかった。殺しに馴れているらしい男たちの、物静かな詰めだった。その静けさの中に死臭がたち込めていた。

「歩きな」

男二人が左右から腕を取った。もう二人が前と後ろを固めた。

前方の曲がり角に車のヘッドライトが流れて、停まった。

原田はそっちに運ばれた。乗用車だった。ドアを開けて待っていた。

原田は押し込まれた。するどい後悔が疼いていた。車に乗せられた瞬間、原田は罠に落ちたことを悟った。男たちは何も訊ねたいことがあるわけではなかった。殺す場所を選んだだけのことだった。このまま、どこかへ運ばれて、殺されるのだ。

左右からドスが突きつけられていた。切っ先が服を透して皮膚に刺さっている。車は静かに滑り出していた。その揺れで、皮膚が傷ついているのがわかる。血が滲(にじ)んでいるねばい感触がわかる。

「おめえも、バカな男だ」

右隣の男がいった。

「そうかね」

「黙って医者をしてりゃ、いまに医院くらいは開業できたのによ」

「医者が、嫌いでね」

「声がふるえてるぜ」

低い声で嘲笑(あざわら)った。

「そりゃ、こわいから、な」

「すぐに、らくになるさ」

男は、それっきり黙った。だれも喋らなかった。異様に静かな男たちだった。車も静かに走っている。遠くにすこし広い通りがみえた。そこは車が走っている。賑(にぎ)やかな通りに出たところで何かをするべきだと原田は思った。このまま連れて行かれたのでは確実に殺される。それも死体が発見されないような殺しかたを。

報復を果たさないで死ぬわけにはいかない。島中教授と中岡幹事長が黒幕だとわかったばかりだ。父を殺され、妹を殺され、恋人を奪い去られて、それで一矢も報いずに殺されるのでは、たまらなかった。

隙をみて、ドアを開ける。刺されることは覚悟だ。刺されてもドアから転げ出ることはできよう。人通りがあれば、連中は逃げるしかない。すぐに救急車が来れば……。

「このドアは、開かねえぜ」男が、原田の考えを見ぬいたようにいった。「オートマチックでね、運転手が操作するのよ」

「考えた、な」

喉がひからびていて、声がひび割れていた。

「そうさ」

男は、ふっふっと含み笑いをした。

前方に車が入ってきていた。その車はゆっくり路地に入ってきて、どういうのか、横向きになって停まった。

「なんだ、ありゃ!」

運転手がスピードを落とした。

「妙だぜ! おい、停めろ!」

「いけねえ! 後ろをみろ」

「油断するな！」

男たちの声に殺気が漲った。

原田は後ろをみた。前照灯を消した、黒々とした一台の乗用車がすぐ近くまできていた。

明らかに挟み撃ちを狙っていた。

前方の横向きになった車から、男が降りて、近づいてきた。後方の車からも男が降りて
近づいてきていた。三台とも前照灯を消していた。明りは遠くの街灯だけだ。

「いいか！」

右隣の男がいった。

「やつらの出方をみるんだ。やばいことになるようなら、まっ先にこいつを殺す。あとは、
切り抜けるんだ」

男は無造作に車に近づいた。長身の男だった。

「おい」男は声をかけた。「その男を、こっちへよこせ」

そういった男の声をきいて、原田は全身から力が脱けた。声の主は峰岸五郎だった。

「なんだ、てめえは」

「警察だよ」

峰岸は警察手帳をちらとみせた。

「早くしないか、おい。それとも、おまえら、殺人未遂で逮捕されたいのか」

「何が殺人未遂ですかい」右隣の男が、反対側から車を降りた。「ただ、話をするだけですよ」

「そうかね」

うなずきながら、峰岸は男の腹に拳を叩き込んでいた。男はうめいて、崩れおちた。

「こいつら、逮捕しますか」

傍に二人の刑事がきていた。訊いたのは相良刑事だった。

「いや、いい。こいつらは屑だ」

峰岸が答えた。

原田は外に出た。

黙って峰岸に肩を並べて歩いた。

「収穫は、あったのか」

車を走らせながら、峰岸が訊いた。

「なんの、だ？」

「芝村家に忍び込んで、だ」

「知っていたのか」

「君に、というわけではないが、芝村家には相良をつけてあった」

「そうだったのか……」

「君が忍び込んですぐ、葉子と中岡が戻ったと、連絡があった。やばいことになったと、おれは車をとばしてきた。万一、君が追われて逃げ場を失うとか、そんなことになっては、処置なしだ。おれが逮捕するしかないと思ったのだ。ところが、君が発見される前に、あの連中がひっそりと闇にまぎれて立った」

「だが、なぜ、逮捕しない」

「屑だよ、やつらは。ほんものの殺し屋なら、一人でやる。それに、つまらぬ騒ぎで事件を葬りたくないからな」

「そうか……」

「いいか、今日の連中は君の所在をつかむように命令されている男たちだ。やつらは、君が芝村家から出てきたのをみた。このつぎは、たぶん本職の殺し屋が出てくる。凄いやつがな。ところで、盗聴器はしかけたのか」

「ああ」

盗聴器は押入れに仕掛けてきていた。

「むだだな。君の侵入は、連絡が行く。中岡はあの女と手を切るか、別の場所に移すだろう」

「君は、おれを救けた。警察が動いていることを、中岡は知るだろう」

「たぶんな。ところで、芝村家で何をしていたのだ」

「押入れから、痴態をみていた」

「どんなだった」

「やつはひどく性格のねじまがったサディストさ」

「サディストか……」

峰岸はしばらく黙った。

「じつは、あの女の素性がわかった」

「それで」

「関西系の暴力団で根来組というのがある。港湾荷役の組からしだいに組織を拡げたものだが、そこの下部組織員の人妻だった女だそうだ」

「………」

「何かが、あるな。人妻の人身御供だ。たぶん、さっきの連中も根来組の組員だろう」

「だとすると、父と妹を殺したのは、そこの殺し屋か」

「そいつは、わからん。だが、殺し屋は一匹狼ではないかと思う」

「着いたぜ」

峰岸は車をホテルに着けた。

「捜査四課の協力を得て、内密に根来組を調べさせてある。いずれ、何かがわかるだろう。それまで生きていることだ」

「ああ」

原田はうなずいて、車を降りた。ホテルに向かった。

峰岸はその長身を見送った。孤愁じみた影がしみついていた。原田光政が三十余年間、幽霊戸籍に入ってまでも秘匿しつづけてきた謎が蘇って、原田は一挙に人生を失った。家族も恋人も、いまは家まで売り払おうとしている。復讐のみをしがみつかせた後ろ姿はわびしかった。島中教授と中岡幹事長、それに殺し屋に報復を加えたのちの原田に残るものを考えると、それは索漠とした荒野でしかなかった。

3

その男に原田義之が気づいたのは、新宿駅だった。

原田は地下鉄を待っていた。周囲に人混みができていた。その中に、原田は、何者かが凝視している気配を感じた。さりげなく、周りを観察した。痩せぎすで、背の高い男が目についた。別にその男が特別にどうのというのではなかったが、原田には何十人という人混みの中でその男の存在しか感じられなかった。男が消えれば、気配も消えてしまうだろうというのが、なんとなくわかるのだった。

男は孤寂感をただよわせていた。そこだけ、ポツンと空気が冷えた気配がする。痩せぎすで、ほお骨が高い。そのせいか、眼窩が深かった。唇は薄い。一文字に引き締めていた。

電車に乗ったときは、男の姿はみえなかった。原田も捜しはしなかった。尾行者か、それともたんなる乗客かは判然としない。

――尾行者なら……。

たぶん、殺し屋だろうと原田は思った。男のまとう雰囲気にその感じがあった。人混みに混じってなお自分だけ孤寂をただよわせているのは、沈着で冷酷無残な性格が滲み出ているからにちがいない。

そう思うと、かすかな戦慄があった。

地下鉄を銀座で降りた。

銀座六丁目の裏通りにあるN新聞社の資料室に原田は足を向けた。資料室に曲がる手前で、振り向いてみた。

四、五メートル後に男が立っていた。

男は、秋の陽を半顔に受けていた。高いほお骨の頂点が陽に光っていた。原田をみているともみていないともわからなかった。銀座の中にいて、野原の中に立って一面の芒を眺めているような寂寥感を身にまとっていた。

原田は視線を戻した。男に挨拶すべきかを、考えた。九分九厘、男は殺し屋にちがいなかった。峰岸のいった一匹狼だ。とうとう、出てきたのだと思った。男が一匹狼なら、父を殺し、妹を凌辱して殺した殺害者はこの男にちがいないであろう。そう思うと、体の奥深くで憤怒にふるえるものがあった。

はやまるな——原田は自身にいいきかせた。かりにそうであったにしたところで、なんの証拠があるわけではない。島中教授も中岡幹事長と同じことだった。復讐を加うべき相手とわかりながら、手が出せない。証拠がないからだ。

——誘うのだ。

打つ手はそれしかなかった。男は自身の存在を隠す気はない。こそこそ尾行したりして隙を窺うのではなかった。白昼、悠然と立っている。それなりの自信が男にはあるからだ。凄腕を身に秘めているからだ。それなら、原田にも好都合であった。まさか白昼、人中で拳銃は撃てまい。男が襲いかかるとすれば夜だ。その夜に、男を誘い込む。

そして、拷問を加える。

容易に吐く男ではあるまい。それは承知している。だが、原田は吐かせる自信があった。指を一本ずつ切り落としてでも、吐かせてやる。

一匹狼が姿をみせたことに、事態の急迫を感じながらも、原田は安堵を感じた。謎はいまだ五里霧中だった。背景は書き割りの絵に似て動かない。背景が動かなければ、攻撃の方法がつかめないのだ。だが、その書き割りの中から、ようやく、男が一人抜け出てきた。

男の視線を背に感じながら、原田は資料室に入った。

資料室に尾形という男がいた。その尾形に面会を求めた。

尾形は六十過ぎの老人であった。

「どうぞ、お掛けください」

尾形は椅子(いす)をすすめた。

「停年退職者の厚生施設ですからね、ここは」

尾形は笑った。

広い事務室だった。停年退職者らしい初老の男たちが十人ほど机に向かっていた。

「クラシイ島のことを、知りたいとか」

「ええ」

尾形は何年か前に〈飢餓の島〉というタイトルの本をN新聞から出版していた。飢餓の島はクラシイ島の別名である。尾形は戦時中、クラシイ島に配属されていた。数少ない生き残りの一人だった。そのことを突きとめて、原田は電話で面会予約をとりつけてあった。

訪ねる前に原田は〈飢餓の島〉を読んで、およその感じはつかんでいた。

クラシイ島は内南洋諸島中の西カロリン諸島の外れ、フィリピンに近いところにある。

南洋諸島は大正九年十二月以来、国際連盟の決議で日本の委託統治領となっていた。クラシイ島は、正確には、北緯一三度〇五分、東経一三四度三八分。マニラ東方約千三百キロ、パラオ北方約八百キロに所在する。

周囲が四キロ弱の珊瑚環礁である。住民は開戦時は四百人あまりいた。ほとんどがカナカ族である。それ以上住むには食糧がなかった。環礁の上にできた島だから、標高がわずか数メートルしかなかった。熱帯性の植物は繁茂しているが、四百人を養う食糧以上の食糧を生み出す余地がまったくなかった。もちろんその食糧には魚も入っている。

その薄っぺらな島に昭和十八年九月以降、陸軍の増強がはじまった。

最初に上陸したのは南洋第五支隊、第七派遣隊の野戦高射砲隊を含む二千七百余名であった。その後、海軍設営隊防空警備隊等が続々配備された。総勢で五千名を越した。これは大本営政府連絡会議で「今後執るべき戦争指導の大綱」ができ、「絶対国防圏」構想が打ちたてられたことによる増強であった。

それまで、クラシイ島には陸軍の「熱帯性伝染病研究所」があるだけであった。もとは南洋庁管轄の研究所だったが、昭和十六年十二月、太平洋戦争開始と同時に陸軍に接収され、マラリアその他の熱帯性伝染病研究所となった。接収されるのと同時に、島に四百人余り住んでいた住民は南洋庁のあるコロール島に強制移住させられていた。

熱帯性伝染病研究所といっても、その規模はたかがしれていた。二十人ほどの陣容であった。研究所は島の北部の、そこだけは湿地帯となったジャングルの中にあった。周囲は湿地帯で取り巻かれていて、クリ船がなければ渡れなかった。大蜥蜴、鰐、大蛇等が棲息していて、環境絶好の研究所であった。

わずか四百人の人間しかいなかった島に、一挙に五千余人の戦闘部隊が配属されたのだから、その混雑は想像に余る。

たちまち食糧が底をついた。

その上、戦局は悪化の一途を辿っていた。

十九年六月十五日に連合軍はサイパンに上陸を開始。七月七日に守備隊が全滅した。「絶対国防圏」の破綻である。同年の八月にはマリアナ諸島はグアム玉砕で米軍の手に陥ちている。米軍は反転して西カロリン諸島、パラオ、ペリリュー、アンガウルに襲いかかり、九月にはそれらの島に上陸作戦が開始された。

サイパンに連合軍の上陸が始まる頃には、クラシイ島は文字どおりの飢餓の島となりはてていた。

食糧が皆無になっていた。戦局の悪化で輸送船は入らなかった。真っ先に滅びたのはトカゲ、ワニ、ヘビ、ザリガニ、ネズミ等であった。五千人余の兵隊が目の色を変えて漁り尽くした。主食は芋であった。司令部は芋とカボチャの増産を指令した。戦闘らしい戦闘はなかった。空からの爆撃だけであった。対空砲火はじきに沈黙した。なにしろ、標高五メートル足らずの小島である。一度猛爆を受けたあとは島全体が野ざらしの状態になった。

椰子もバナナもパパイアも、野生の樹はすべて焼き払われ、唯一の食糧源としては芋とカボチャの栽培しかなかった。司令部は戦闘などはどうでもよかった。生きることと闘っていた。一日の配給食糧が五百グラムからどんどん落ちていき、最後には五十グラムになった。

餓死者が続出した。わずかばかりの食糧には兵隊が〈コンソリ〉と呼ぶ大型の蠅が群がりたかった。敵機のコンソリデーテッドB24に似ているからである。銀バエに似て青味を持ったハエである。食糧が見えないほどたかる。兵隊はハエごと五十グラムの食糧を喰った。ハエだけではない。海岸に出てヒトデをむさぼり喰う兵隊が出た。ヒトデを喰えば猛烈な下痢をするか、糞づまりになる。腹痛もともなう。衰弱した体ではひとたまりもなかった。コロコロと死亡した。

最初は兵隊が名づけた〈膝ガクガク症〉というのになる。膝がガクガクして歩けない。歩行困難から腓腸筋握痛、脛骨の知覚鈍麻、膝蓋腱反射消失、立ち上がり困難、浮腫の圧痕、心臓麻痺、筋肉萎縮、そうした段階を経て、兵隊の皮膚が青白くパンパンに膨れ上がる。そうなって、気づいてみたら死亡している。

二十年の中頃までには半数以上の兵隊が餓死した。

クラシイ島には飛行場があった。二六一航空隊が零戦を十数機持って来ていた。が、戦局の悪化が深まった十九年の四月に、零戦は撤収した。飛行場は爆撃で破壊され、破壊された滑走路にまで芋とカボチャが植えられた。耕作適地は限られていたのである。

カボチャの人工交配をやっていて、花を喰ってしまう兵隊が多くなった。

ダイナマイトを喰う兵隊も出てきた。

戦闘用の食糧というのがある。それだけは命令で喰わさなかった。敵が上陸してきたら、それを喰い、体力をつけて突撃するというのである。

その罐詰が腐った。腐ると罐がふくれ上がる。そのまま喰えば嘔吐、下痢、腹痛、蕁麻疹等になる。とても助からない。そこで蓋を開けて放っておく。コンソリが卵を生む。短時日のうちにつやつやしたウジが湧く。そいつを洗って食う。ウジは中毒を起こさないばかりか、栄養がある。腐った罐詰はウジ培養器になった。

ウジ培養は人体にもおよんだ。餓死者は海に捨てるのが命令だが、捨てるふりをして、ウジを湧かせる。

島全体が濃い死の影に覆い尽くされた。

他班の栽培している芋が盗まれた。発見されれば私刑を受けるから、そのまま生で喰う。栄養失調で弱った胃ははげしい下痢を起こし、それだけでコロリと死亡する。発見されるとその場で銃殺だった。毎夜、畑で銃声がとどろいた。

兵隊はしだいにものをいわなくなり、沈鬱が支配した。そんな中で、何かがはじけるような高笑いが湧く。発狂者だった。たいていの発狂者は海に向かった。〈潜水艦が食糧を持ってきて、浮上した〉〈輸送船がきた〉そういって環礁に消えた。

そうした状態が続いた。

最後には食糧を喰っただけで、ショック死する者も出た。

皮肉なことに、連合軍はクラシイ島には上陸しなかった。ニミッツ提督の機動部隊、スプルーアンス提督の第五機動部隊、ミッチャー中将の快速機動部隊、ハルゼー提督の第三機動部隊、それに海兵師団二十数万人の陣容で、日本が絶対国防圏としたマーシャル諸島、東カロリン諸島、マリアナ諸島、西カロリン諸島と、いわゆる蛙とび作戦で叩き潰しながら、小笠原・沖縄に向かった。

クラシイ島は気まぐれ爆撃だけで、ほったらかされた。取り残されたのだった。

二十年九月十九日。

米駆逐艦および砲艦がクラシイ湾に入港した。日本の特設病院船も入港した。

収容された人員は八百余名であった。四千五百人近い兵隊が餓死していた。

4

「クラシイ島の惨状については、〈飢餓の島〉にすべてを書いてあるのですがね」

尾形は自分で茶をいれて、すすめた。

「ええ、本は読ませていただきました。しかし、あの本には書かれていない何かがあるのではなかろうかと、思いまして」

どう切り出したものかと、原田義之は迷った。

「たとえば、どのような」

尾形は椅子を回した。くつろいだ姿勢だった。話し相手を得たことに満足している感じがみえた。

「たとえば、将校と兵隊の軋轢などはなかったのでしょうか」

原田は自分が訪ねた理由を、父がクラシイ帰還兵だったのだと説明していた。だが、父はクラシイのことは何一つ語ろうとしなかった。晩年にただ一言〈クラシイには悪魔が棲んでいた〉といったことがあり、そのことが気にかかっていたところに、尾形の著書を読み、それで訪ねてきたのだといってあった。

「それは、ありました。しかし、わたしの方針としては、憎悪を書きたくはなかったのです。憎しみを書けば、それが真実であったにせよ、いちじるしく名誉を傷つけることにもなりかねませんからね。恩讐を超えたところで、わたしはわたし自身の戦争に訣別を告げる意味で、あれを書いたのです。キザにいえば、わたし自身の戦後を終わらせるとでもいいますか」

「教えていただくわけにはいきませんか。わたしにも格別の意図はありません。ただ、何が、父のいった悪魔だったのか、それが知りたいだけなのです」

原田は大学病院に勤務していたときの名刺を渡していた。それで、尾形はいらざる不安というか、不審を抱かないですむはずであった。

「まあ、端的にいえば、将校で餓死者は一人もなかったということですか。栄養も行き届いていたようですし、ビタミン等の薬も将校には充分だったそうです。衰弱して死を迎える兵隊の中には、将校を呪う者も少なからずあったのです。なかには将校を殺してから死ぬと口走る者も……」

その話に、尾形はさして抵抗を感じないようだった。活字に残すのとはちがって、歳月が憎悪をたんなる思い出に変えているようであった。

「それだけでは、なかったのです。決定的な憎しみといいますか、それは司令部そのものが兵隊を置き捨てて島を逃げ出したときに、はっきり刻みつけられたのです」

「司令部、全員がですか……」

「ええ。敗戦の六ヵ月ほど前でした。飛行艇が夜半に接岸しましてね、司令部以下、高級将校は引き揚げたのです。作戦の打ち合わせという名目でしたが、それっきりでした。残ったのは中尉が数人だったと思います」

「………」

「怨嗟の声が出ました。生きて戻ったら、捜し出して殺してやるとの声も、あったようです。なにしろ、コロコロと戦友が死亡して行き、つぎは自分かもしれないのですから。栄養失調にもならず、さっさと飛行艇で引き揚げた高級将校への恨みは、抱いてとうぜんでしたね」

「尾形さんは、いかがでした」

原田は笑ってきいた。

「まあ、そんな状況だったのでしょうね、当時のわたしも」

「敗戦前に捕虜になった兵隊というのは、いませんか」

問題の一つはそこにあった。父を含む四人の男がクラシイ島に配属になってなければ、事件が噛み合わない、というか、構成されがたい。だが、偽名では捜すすべがない。国家機関は、捕虜は書類上で扱っていない。

「捕虜はありません。なにしろ、敗戦後になってはじめて、敵兵をみたようなありさまですからね」

尾形は苦笑した。

「そうですか……」

その答えは覚悟していたことだが、原田は失望した。父が捕虜になってコロラド州にいたというのは、つくり話なのか。だとすると、なぜ、父は……。

「島中軍医大佐、中岡軍医大佐というかたが配属になっていましたね」

「島中に中岡ですか……」尾形はちょっと首をかしげた。

「いえ、そんな軍医はいませんね。いたのは広里軍医大尉に、たしか竹沢軍医中尉です。広里が医長でした。あとは看護兵です」

「たしか、ですか」

「ええ。記憶もあるし、本を書くときに調べ直しましたからね。まちがいありません」

尾形は微笑を浮かべた。

「しかし……」

原田はふっとことばを失った。兵籍簿には島中と中岡のクラシイ配属が明記されてある。帰国したのも、十九年の二月と。

「父の話に、その両軍医大佐のことが、ちらと出たのですが……」

「妙ですね。そんなはずは……」

いいかけて、尾形は何かを思い出したようだった。不審顔が消えた。

「それは、ひょっとしたら〈熱帯性伝染病研究所〉の軍医ではありませんか」

「研究所——研究所にも軍医が……」

われながら愚問だと思った。

「しかし、研究所とは交流がなかったのですか？」

やっと体勢をたてなおした。何かが、原田の胸中に黒い花を開きかけていた。〈熱帯性伝染病研究所〉の存在は本で読んでいた。しかし、島中と中岡を研究所に結びつけて考えようとは思わなかった。〈飢餓の島〉のイメージが強すぎ、四千五百人が餓死したその酸鼻な地獄図の中に、事件の要因となる何かが潜んでいるのではあるまいかと思う、先入観があった。

「あれは、別の世界でした」

尾形はあっさりしていた。

「別の世界と、おっしゃると……」

「まるっきり、交流がなかったのです。本に出ていたように、研究所は湿地帯で隔てられています。その向こうに塀があって、入るに入れないのですよ。もっとも、あそこは赤痢だとか、マラリアだのペストだのと、ぶっそうな病気の研究所だから、だれも、行けったって行きはしませんがね。それに、行ったところで、地獄なのは同じです。食糧はどこからも補給がないのですから。いや、もっと悪いかな、耕作地がまるでないから、われわれよりも悲惨だったかもしれない。司令官命令でね、むごいようですが、先方の兵隊がこちらへ来ることさえも禁じられていたんです。伝染病が拡がっては、それこそ全滅ですからね。医薬品は払底しているし……」

「酷い状況だったようですね。たしかに、生き地獄です。それで、研究所には何人ぐらい人員がいたのですか」

「指揮系統もちがうし、司令部でも知らなかったようです。どうせ邪魔者ですからね。でも二十人ほどではなかったかと思いますよ。そう広い建物ではなかったですから。もっとも、建物といってもたいしたものではないんです。屋根に椰子の葉を葺いたり、われわれに似たりよったりです」

「でも、引き揚げたのは一緒でしょう」

「いえ」尾形は茶を入れ替えながら、首を振った。「研究所は全滅だったときいています」

「餓死ですか」

「そうではないでしょうか。敗戦後に特設病院船が来て、研究所にも回ったが、生存者はいなかったそうです。それに、研究施設は完全に破壊されていたときいています。菌の四散をおそれて、焼却したのでしょうね」

「すると、司令部も知らないうちに全滅していたのですか？」

「でしょうね」無造作に尾形は答えた。「四千五百人近い餓死者が出ているのです。この世の地獄です。研究所のことなど、だれも思いさえしなかったのです」

「その特設病院船ですが、研究所に寄ったとき、死体はみたのでしょうか」

「そんな、あなた——」

尾形はひらひらと顔の前で手を振った。

「死体は、まだ動ける兵隊が海へ放り捨てるんです。もっとも、おしまいにはウジの培養に使いましたが……」

「ということは、遺体もなく、あなたがたも知らないうちに全滅して消えてしまっていたと……」

「そういうことです。おそらく、われわれよりもっと早い時期に死に絶えたものと思います。芋もカボチャも栽培する耕作地がありませんからね。それと、五千何百人もの兵隊がいると、農業の専門家、漁業の専門家——なかにはドロボウの専門家までいますから、たいていのことは創意工夫でできるんです。それでも、四千五百人もの餓死者が出たんです。最初の間は魚がとれたが、五千人の飢えには追いつかない。そのうち爆薬で魚を大量にとりだす。そうなるともう魚は寄りつかない。爆薬で壊した岩礁には当分は魚が寄りつかんのですよ、あなた。悪循環です。やがて、爆薬もなくなり、魚を獲る体力もなくなる——多勢の漁業の専門家がいて、それです。二十人ぐらいの人間では、あっという間に死に絶えますすよ」

尾形は力説した。

「そうですか……」

「われわれは、まだよかったのかもしれません。同じ歴史の一コマだったにしても、戦史にも記載されれば、出版物でも証言しています。しかし研究所の人間たちは証言者がないのですから。歴史の一コマの、そのコマとコマのつなぎ目に埋没してしまっているのです。そういうのが、無数にあったでしょうがね」

尾形は声を落とした。

「たしかに……」原田はうなずいた。「しかし、尾形さん、その研究所の所属部隊というのですか、どこの連隊の何部隊だというのは、わかるんでしょう。その全滅した兵隊の家族には戦死の公報が入るはずだと思いますが」

「常識的にはね」

尾形はあっさりといった。

「常識的には？」

「南方戦線では、そんな系統だった部隊はすくなかったんですよ。一つの島でも陸軍がいれば海軍もいる。どこかの島に兵隊を輸送中の船が撃沈され、それらの兵隊が、手近の島にわんさと泳ぎ寄る。飛行機の不時着がある。特攻機まで不時着しているんですよ、クラシイ島には。三機ほどですがね。あれ、搭乗員は敗戦までは名誉の戦死になっていたわけです。もっとも、結局は、搭乗員は飢え死にしました。完全な混成部隊です。それに、兵隊のほとんどは関東軍から引き抜かれており、同じ部隊があちこちの戦場にバラバラに配属されたり、まるで雲を摑むようなものです。ですから、研究所の要員が公的にどうなっているか、じつは〈飢餓の島〉を書くにあたって調べてみたのですが、これが見当がつかない――つまり公的な記録にはないわけですよ。所員なんてのは、たぶん人材を各部隊から引き抜いて寄せ集めたのでしょうから。もっともその要員もどこかでは戦死したことになっているでしょう。中国大陸かもしれないし、別の島かもしれない……」

「そうですか……」

原田は体から力が抜けていくのをおぼえた。

5

資料室を辞去したのは、午後だった。

憔悴の深まったような目で、原田義之は街並みを見渡した。多勢の人間が歩いていた。男も女も、老人も子供もいる。そのどれもが満ち足りた顔にみえた。すくなくとも飢えた人間はいない。

それらの群集の背景に原田はクラシイ島の飢餓地獄を思い描いた。三十余年前に南方の小さな一環礁(リーフ)でそんな地獄図が描かれたことが、ウソのような気がする。

原田一家を襲った悲劇の根がそこから伸びていることも、信じがたい気がする。

〈熱帯性伝染病研究所、か〉

つぶやいて、原田は歩きだした。

壁が目の前にそびえ立っていた。戦後の壁のような気がした。抜きがたい壁だ。

クラシイ島の存在がわかり、島中教授と中岡幹事長がクラシイ配属の大佐だったことがわかった。父と三人の仲間もクラシイ島に配属されていたらしいとわかり、推理の枝葉が繁った。あとはクラシイ島で何があったのかを探せば謎(なぞ)は解けるものと思っていた。

その謎は強固な壁の前に消えた。

尾形にきいたかぎりでは、謎はなかった。将校と兵隊の間に軋轢(あつれき)はあった。殺意もあったという。だが、飢餓の島での殺意が三十余年を経た現在になって事件を起こすとは、思えなかった。かりに起こすものなら、兵隊が将校に向かって起こすものでなければならない。父と、殺された三人の仲間が高級将校であったとは考えがたい。殺されるのではなくて、島中と中岡を逆に殺さねば筋が通らない。

だが、その問題の二人は軍医大佐としてクラシイ島に配属されていた形跡がない。兵籍簿には十九年二月にクラシイ島より撤退したことが記録されているから、配属されていたことはまちがいない。

熱帯性伝染病研究所――。

残ったのはそれだった。軍医大佐の二人が伝染病研究所に派遣されていたであろうことは、常識的にうなずける。しかし、その研究所は歴史の闇に消えている。同じ島にいながら守備部隊とは没交渉だ。いつ全滅したのかさえ、わからない。しかも、厚生省の記録にも、防衛庁の戦史にも記載がないという。どこのだれが勤務していたのか、まるで不明だ。

――どうすればよいのか。

悩みはそこにあった。新聞記者をしていた尾形が調べてわからないことが、原田にわかるわけがなかった。各地から引き抜き、寄せ集めた研究員だったろうという。

標的を見失ってしまった不安が、原田をとらえていた。

想像はできる。

島中と中岡は軍医だ。熱帯性伝染病研究所ではおそらく秘密兵器の細菌研究でもしていたにちがいない。細菌兵器は国際条約で禁止されている。公けにはできない。熱帯性伝染病の研究の名を借りて極秘裡に研究したのだ。

極秘だから、配属された兵の記録がないのかもしれない。全滅した兵隊は尾形のいうようにどこかの戦場で戦死したことになっているのであろう。それを裏づけるのが、守備部隊との交流を禁じた処置だ。

研究所員は全滅した。

島中と中岡は、だが、帰国した。

今回の事件がその研究所から発生しているとすれば、島中と中岡を除く、全滅した研究所員の中に原田の父を含む四人の兵隊がいたにちがいない。しかし、四人だけはなんらかの事情で死をまぬかれた。

――捕虜か！

ふっと、原田は足を停めた。尾形はクラシイ島から戦時捕虜は出なかったといった。連合軍との接触は空襲以外になかったのだから、それはとうぜんであろう。

だが、父を含む四人はコロラド州の収容所にいたといった。戦時捕虜になったのだ。クラシイ島に配属されていた生き残りは敗戦の年の九月に日本政府の特設病院船で復員している。武装解除を受けただけで、復員兵となっている。捕虜ではない。八百何人は別府に上陸し、そのまま病院に収容されたことが、尾形の著書に明らかにされている。

父たちはクラシイにいた。研究所に。そして、戦時捕虜になった――そこから引き出せる結論は何か？

――脱出か！

脱出したのなら、戦時捕虜になったであろうことは、充分、考えられる。十九年から二十年にかけて、内南洋諸島はすでに連合軍の勢力下にあった。クラシイ島を四人が脱出したとすれば、たぶん、カヌーかなんかであろう。西カロリン諸島のそのあたりは数多い島や環礁(リーフ)がある。島伝いにどこかに逃げようとして連合軍に捕虜になった可能性は、大だ。

〈そうだったのか……〉

原田は歩きだした。

父を含む四人の兵隊は、なぜ、脱出したのか。餓死をまぬかれるためか？　それとも、研究所内に脱出せざるを得ない、そこまで四人を追い込んだ内部紛争があったのか。

帰国した島中と中岡は、三十余年後になって、偶然の機会から、四人のもと脱走兵の所在を知った。片や医学界の巨峰、片や政治を牛耳る幹事長にまで変身した二人は、その地位を失い、転落するかもしれない危険な賭(か)けに走ってまで、四人を殺害した。いや、地位も人生も賭けなければならない過去が、熱帯性伝染病研究所にはあったことになる。

——それは、何なのだ？

たんなる内部紛争ではあるまい。それは、四人の決死の脱出にもうかがえるし、また四人を捕虜とした米軍から、現在になってまでもＣＩＡが何かを引き継いで動いていることからもうかがえる。

——細菌兵器か。

想像は、そこで行き詰まった。

細菌兵器であったにしろ、そして、四人がその秘密を握っていたにしろ、三十余年後に血腥い殺人事件を生まねばならないほどのものであったとは、思いがたい。

原田は駅に入った。

壁は依然として立ち塞がっていた。想像はしょせん想像にすぎなかった。証拠らしいものは一片もない。かりにそこまでの想像が真実を衝いていたにしても、壁は乗り越えることができなかった。研究所の生き残りを捜すことが不可能であれば、想像を真実に変えるよすがはない。生存しているのは島中と中岡だけで、その二人から証言を引き出すことは、だれにもできない。

真実を知っている四人は、消された。

地下鉄に乗った。

新宿に戻ったのは、四時前であった。

駅を出て、原田はホテルに足を向けた。

ふと、だれかの視線に気づいた。原田は振り向いてみた。人混みの後ろのほうに、今朝の、あの男がいた。男は流れに身を任せながら、相変わらず、孤寂感を周辺にただよわせていた。

肌が収縮した。男の執念深さが粘液のように皮膚にまつわりつき、息苦しくさせた。男は原田が資料室から出て来るのを、蛇の潜むようにどこかに佇み、身動きもせずに待っていたのだ。

――殺る気か。

そのようだった。あえて男は自身の存在を隠そうとはしない。気づくと、いつの間にか背後に立っている。殺し屋にしては異様な行動だった。その異様さに、自信と、冷酷な殺気が、みてとれた。

〈そっちが、その気なら……〉

原田は、口の中でつぶやいた。

雌雄を決してやる。

推理の枝葉の繋りを原田はみた。枝葉は幹を埋めて繋っている。肝心の幹がみえない。また、みる方法がない。閉ざされてしまっている。ならば、この殺し屋を襲うてだ。殺し屋が依頼者を白状すれば、それが証拠になる。

証拠さえあれば――もともと原田には復讐しかない。おのが手で、犯人はもとより、首謀者を殺す。

――やって、やる。

凄腕であろうことは想像がつく。それは覚悟の上だ。凄腕であろうとなかろうと、殺さねばならぬ相手だ。調べが行き詰まったところへ姿をみせたのは、好都合といえる。倒せば、無駄が省ける。自白を得られれば、一挙にかたがつく。

原田はホテルに向かった。

ホテルのロビーに、峰岸五郎がいた。

黙って部屋に向かった。峰岸はついてきた。

「新宿署にきたので、寄ってみた」

峰岸はベッドに掛けた。

「例の女、芝村葉子のことで何かわかったかね」

原田は訊いた。

「あの女はもと川田宏という、根来組の下級組員の妻だった。その川田宏は今年の二月六日に行方不明になっている。二月の二十日に女は大阪から東京に出てきている。芝村というのはもとの姓だ。上京してすぐ、あの家に住みついた」

「どういうことかね」

「おそらく、芝村葉子は人身御供として供えられたのだ。亭主は殺されたのだろう。これは想像だが、中岡幹事長はサディストだ。ふつうの女では満足しない。金で買っても、虐めかたがひどければ逃げ出すだろう。根来組は葉子に目をつけた。そのために亭主を消したのだ。提供したのだ。組からの供えものとしてな。葉子が背けば、殺すといってあるのだろう。また、あの連中なら殺すだろう。本人だけでなく、親まで殺すと脅しているのかもしれん」

「で、組の代償は?」

「中岡が運輸大臣をしていた頃から、根来組は急速に伸びている」

「なるほど」

「中岡幹事長の存在がわかるまでは、島中教授が殺害者を雇ったものと思っていたが、どうやら、動いているのは根来組らしい」

「中岡が、命じたのか」

「命じたりはするまい。根来組は中岡と利権でつながっている。中岡がそれとなく危機に瀕(ひん)していることを洩(も)らせば、根来組は中岡の敵を消しにかかるだろう。殺し屋は根来組が雇ったにちがいない」

「殺し屋か……」

原田は孤愁を身にまとった尾行者を思った。

「君のほうは、何かわかったのか」

峰岸は、原田の表情が沈んでいるのが気になった。なにか放心したようなものがみえる。懈怠(けたい)感に似ていた。

「巨大な壁に行き当たったよ……」

原田は尾形からきいた事情を説明した。

「熱帯性伝染病研究所か……」

「そこから先は闇に消えている。細菌兵器を研究していたものなら、いまとなっては、どう調べても真相はわかるまい。軍は意図的に、関係者など一切の資料を作成しなかったのだ。敗戦を考慮して証拠湮滅(いんめつ)を計ったのかもしれない。あるいは、研究所員の全滅というのは……」

原田は口を閉じた。

「餓死を装った、皆殺しか」

峰岸は重い声をだした。

「父たち四人は、それを察して、事前に逃亡したのかもしれない……」

「かもしれん。しかし、それだけなら、君の父上をはじめ、何も戦後になっても幽霊戸籍に隠れることはあるまい。逆に島中と中岡を探し出して告発するだろう」

「そういうことだ」

そこが原田にもわからない。

「かりに細菌兵器を研究していて、君の父上を含む四人の逃亡者も同罪だったと考えてみよう。研究所で何か得体のしれない細菌兵器を造り出し、ひそかに米軍に使ったとする。その秘密をCIAが嗅ぎつけて、戦争犯罪かなんかで、調べはじめていた——すこし、荒唐だが……」

「それなら、島中と中岡はなぜ、CIAをおそれないですむのだ」

「そうだな……」

峰岸は黙った。

「どっちにしろ、この件は行き詰まりだ。熱帯性伝染病研究所で、何が起こったのか、それは想像の域を出ることはあるまい」

原田は視線をテーブルに落とした。

しばらくの間、沈黙が訪れた。

「おい」峰岸はベッドから椅子に移った。「何を考えている」

「べつに。なぜだ？」

「隠してもむだだ」

「…………」

「いえよ。その表情は何か重大事を考えているか、決心した顔だ」

「殺し屋が、あらわれた」

隠しておかねばならないわけではなかった。のるかそるかの闘いが待ち受けている。もし自分に運がなくて殺されることになれば、あとは峰岸に任せるしかない。

「たしかか」

「ああ」

「で、どうしようというのだ」

「やつに罠をかける。そして、拷問をする。そうするより以外に方法がない」

「危険だな、そいつは」

「危険は承知しているさ」

「いつ、やる気だ」

「今夜だ。やつは、おれを見張っているはずだ。誘いに乗ってくれば、今夜、ケリをつける」

「だめだな」

「おれをとめても無駄だぜ」

原田はにぶい目で峰岸をみた。

「とめはせん。だが、計画はできているのか」

「いや、これから考える」

「なら、夜になって、そうだな、七時に君はタクシーで自宅に帰れ」

「自宅に？」

「そうだ。君が自宅に帰れば、そいつは襲いやすくなる。君が帰る前に、おれが行っている」

「君が？」

「おれが行かなければ、君はたぶん、殺される。相手はただ者ではあるまい」

「妙なまねは、よせ。君は警察官ではないか」

「別に犯罪を犯そうというわけではない」

「しかし……」

「黙って、いうとおりにしろ。七時前に、おれは君の家に入っている。鍵をよこせ」

峰岸は立って、手を出した。

「断わる」

峰岸に介入されたのでは、拷問もなにもできない。

「なら、邪魔をするぜ。たったいまから、四六時中、君に尾行をつけることにする。どっちにするかを、決めろ」

峰岸は手を引っ込めないでいた。

「そういう了見だったのか、君は」

「どういう了見であるにしろ、君にとって、悪いことではない」

「汚ない真似をする」

原田は鍵を峰岸の掌に落とした。

「死ぬよりは、ましさ」

峰岸は踵を返した。

原田は峰岸の出ていくのをみていた。

——警察官根性か。

一度ならず峰岸にはいのちを救けられている。そのことを忘れたわけではなかった。しかし、いまの峰岸の豹変じみた態度から、原田は、峰岸が事件を虎視眈々と狙っているのを知った。正面切っては動かないが、それなりのツボを押えた情報を集めている。原田はついいままでその峰岸の動きを自分への好意からだとみていた。殺された妹への憐憫からだとみていた。が、それはまちがいだったかもしれない。峰岸は自分のために狙っていた。情報をくれたのは、倍にして受け取るためだったのだ。

最終的に峰岸が事件をどう処理する気でいるのかわからないが、峰岸は超大物の絡む事件の真相を握ることで自分を太らせようとしているのではあるまいかと思った。

〈季美……〉

原田は小声でつぶやいた。冬の風に身を晒すようなさむざむしいものがあった。父も季美もそうなら、そして自分も、どうにもならぬ卑小な星の下に生まれてきたような気がした。

6

ホテルを出たのは六時三十分だった。

原田義之は歩いて自宅に向かった。その時刻には新宿はまだ混雑がつづいていた。

男が尾行してきているかどうかはわからなかった。たぶん見張っているはずであった。男がいかに手練であろうと、昼間は襲いかかれまい。夜を待っているはずであった。

歩いて家に向かうのは危険であるかもしれないとは承知していた。しかし、原田はタクシーは拾わなかった。四谷方向に向かって足早に歩いた。車には注意していた。男が車を走らせながら狙い撃つおそれもある。あるいは、根来組の男たちが車から降りてうむをいわさず連れ込むことも、ないとはいえない。

原田は歩いた。

男が尾行していることは、たしかであろう。またはだれかに見張らせている可能性もある。どちらにしても、原田が行動を起こせば、男が出てくることは確実であった。

男が最後の行動に出ないことを、原田には祈る気持ちがあった。男が襲ってくれば、そこには峰岸が待ち構えている。そうなれば、男に逃れる道はない。

男は襲わないかもしれない。原田が自宅に戻れば、そこには罠が設けられていると、常識的にはそうみよう。まして、男が一連の殺人の犯人なら、その原田家は凶行現場だ。父を殺し、妹を無残に犯して殺したその現場に、ふたたび殺しに押し入るとは思えない。

あるいは、男はそんなことは意に介さないかもしれない。男が周辺にただよわせていた孤寂感を原田は思った。男は殺しが仕事だ。殺しに感情は不要であろう。隙さえ見出せば、冷然と押し入ってくる。あの男はそこに人生を賭けているのだともいえる。

どちらとも、原田にはわからない。

ただ、原田は、男に襲ってもらいたくはなかった。どこか別の場所で、二人だけで対決したかった。真相の解明は道を閉ざされている。最後に残った切り札が、男であった。のるかそるかの闘いに勝ち、男から自白を奪いとらねばならない。

峰岸に邪魔をされたくなかった。

原田は家に戻った。ひさしぶりに戻った家だった。ポケットから鍵を出して開けるしぐさをして、入った。鍵はかかっていなかった。家の中は真っ暗だった。冷やりとしている。黴（かび）のにおいがした。あるいは死のにおいかもしれない。

峰岸は応接間にいた。父と妹が殺されていた部屋だった。

「一人か」

原田は妙な気がした。峰岸は部下を連れてきているものと思った。それとも、どこかに配置してあるのか。

「おれだけで、充分さ」

峰岸は小声で答えた。

原田はウイスキーを持ち出した。

「やってくると思うか」

水割りを二つ作った。それを飲みながら、訊いた。

「ものをいうな。おれはこの部屋で動かないでいる。君はかってに動け。二時間たったら電灯を消して寝ろ。来るかこないかを考えてもはじまらん」

峰岸はグラスを乾して、ソファに沈み込んだ。腕を組んで、目を閉じた。

「いいだろう。かってにするさ」

原田は独り（ひと）で飲んだ。

何杯か飲んで、原田は部屋を出た。溜（た）まった郵便物を開き、返信のいるものは返事を書いた。それがすむと書斎の整理をした。不必要なものは、ダンボールに詰めた。

家は売りに出していた。いつ買い手がつくともわからないから、整理はしておく必要があった。

二時間ほどかかって自分のものは整理したが、父と妹、さらには亡母の遺（のこ）したものとなると手がつかなかった。何をどうすればよいのかわからない。すべてが不必要なことはわかっているのだが、しかし、いざ捨てるとなればふんぎりがつかないのだった。とくに妹の洋服類はなおさらであった。

諦（あきら）めて、応接間に戻った。峰岸は同じ姿勢でいた。目を閉じたままだった。原田は黙って書斎に戻った。峰岸の考えがわからなかった。独りできて、二時間あまりも身動きもしないで腕を組んだ厳しい表情には、警察官臭がなかった。いったい、峰岸は男を捕えてどうしようというのか？

原田は電灯を消した。

十時前だった。

枕を出して横になった。枕元には学生時代に素振り用に使った木刀を置いた。ほかに用意するものとてなかった。男が侵入してくれば木刀で闘うまでだ。まさか家中の電灯を点けてから攻撃してくることはあるまい。闇にまぎれて、消音拳銃で始末しようとするはずだ。木刀でも、待ち構えたほうに分がある。

それに、峰岸がいる。

物音が絶えた。通りを走る車の音以外には物音はない。庭で虫が鳴いていた。秋が深まっていて、それだけ声が高い。聴いていると、虫は近づく死への焦燥に駆られているように思えた。

時が過ぎた。

十一時近くになって、原田は緊張を解いた。男は、やってくるまいと思った。原田は尾行されているとわかって、隙をみせた。そんな隙に乗じる相手ではない。襲うとすれば、意表を衝くような襲いかたをするはずだ。

そう思って寝返りを打ったとき、原田はかすかな物音をきいた。あるかないかのそれは、物音というよりは夜気が揺れたような気配だった。

原田は、そっと木刀を握った。物音はそれっきりだったが、何かが闇の中に潜んでいる気配があった。肌がその気配をとらえている。

――あの男か！

原田はゆっくり立った。立って、ドアの陰に潜んだ。闇の中に威圧感のようなものが溶けている。それは、男から出る殺気のようであった。男はどこかに潜んだまま、身動きもしないでいる。

木刀を握りしめた掌に汗が出た。おそろしい敵だと思った。玄関のドアには鍵をかけてある。物音一つたてずに開け、ひっそりと闇に溶けた技術はなみたいていのものではなかった。よほど神経を集中してなければ、気配をとらえることはできない。その技術があるから、男は原田がわざとみせた隙に乗ったのか。

――峰岸は、悟ったのか。

呼吸を、原田はととのえた。男の位置がわからない。むやみには動けない。動けば銃弾を受けるおそれがある。拳銃の腕に男は自信があるのだ。二人や三人ならたちどころに射殺できる腕があるから、やってきたにちがいなかった。

男は闇の中に幽鬼のように立っている。

だれも動かないまま、数分が過ぎた。

――空耳だったのか？

しだいに気配が薄れていた。異物を挟んだようにちらと揺れた闇は、またもとの密度に戻りかけていた。

だが、動くわけにはいかない。闇に異常は感じられなくなっていたが、それが男のてかもしれないのだ。三十分でも一時間でもじっと動かないでいて、相手の所在をたしかめる戦法かもしれない。しびれをきらしてドアを開ければ、すぐそこに拳銃が待ち構えているかもしれなかった。

峰岸も同じか。峰岸も先刻の気配はとらえているはずだ。だが、峰岸も動くに動けない。動けば、死だ。三竦(さんすく)みの状態であった。どちらかが動けば、動いた者が死ぬ。おそらく、男はけものじみた嗅覚(きゅうかく)で、応接間にも書斎にも人間の潜む気配を勘でとらえていよう。

十分か二十分が過ぎた。

依然として三竦みの状態だった。

原田は男の術中に陥ったのを知った。罠にはめる計画が逆にはまったのかもしれない。男が潜んでいるとすれば、そうであった。男は気配を悟らせるだけで、すぐに優位に立った。そうしたことも男は最初から読んでいたのかもしれない。だから、ためらわずに誘いに乗ったのか。

さらに十分か二十分がすぎた。

原田の体が硬直しかけていた。

思い切って廊下に出てみるか——しきりにそのことを考えていた。闇に潜む男が何時間でも根較べする気なら、この状態で朝を迎えねばならない。しかし、原田は動かなかった。いや、動けなかった。ここで、無謀な動きをして死ぬわけにはいかない。

と、すさまじい物音が静寂を裂いた。

物音は応接間からきこえた。家具か何かが倒れたような音だった。その音は一回きりで熄んだ。原田は廊下に出た。拳銃音はきこえなかったが、峰岸が撃たれたのだと思った。撃たれてテーブルに覆いかぶさり……。

原田は逆上していた。

7

応接間から電灯の明りが洩れていた。

その明りの中から男が出てきた。原田義之は木刀を突きの姿勢に構えて突進した。

「やめろ！　バカ、おれだ」

峰岸五郎だった。

峰岸がいう前に原田は動きをとめていた。峰岸だと悟っていた。悟るのが一瞬おくれれば、峰岸は胸か腹を突きぬかれていた。それほど、原田は乾坤に賭けていた。渾身の力をこめていた。

「やつは、どうした」

「そこだ」

峰岸は顎をしゃくった。

男は応接間でのびていた。気絶をしている。男の両腕は後ろ手に回され、手錠がかけられていた。

「早技だ、な……」

「これが仕事だからね」

峰岸はグラスに水を注いで、飲んだ。

「侵入を、知っていたのか」

「知っていた。やつは、ドアの前に三十分ほど立っていた。それから、ゆっくりドアを開けにかかった。ドアを開けるだけに五分もかけている。おそろしい男だ。寒気がしたぜ」

「で、殴ったのか」

「拳銃でね」

「あぶないところだったな」

「そう」峰岸は深くうなずいた。「こんな男に狙われたら、百パーセント救かるまい。こいつは死神だ。待ち構えていたおれですら、死を覚悟した」

いいながら、峰岸は男の胸を蹴りつけた。そして、グラスの水を顔に落とした。

男は目を醒（さ）ました。ゆっくり、上体を起こした。凹（くぼ）み気味の目で原田と峰岸をみた。

「殺せ」

男は、くぐもった声をだした。

「君に任せるぜ」

峰岸はソファに腰を下ろした。

「口出しするなよ。おれは、こいつの体に訊（き）くつもりだ」

「わかっている」

峰岸はウイスキーを引き寄せた。

「おい、名前は？」

原田は木刀を顔面に突きつけた。

「殺せ」

男は両眼を閉じた。瘦せて高いほお骨が電灯の光に浮き出ている。険相だった。死神にみえる。

原田は木刀を男の右肩に打ち下ろした。

男は、苦痛の重いうめきを上げた。

「名乗れ」

「宗方（むなかた）、叶（かのう）だ」

「殺し屋か」

「そう、呼ばれて、いる」

宗方の額に汗が浮いていた。苦痛の汗であろう。

「おれの父を殺し、妹を犯したのちに殺したのは、おまえか」

「そうだ」

男は蒼白な顔でうなずいた。目を閉じたままだった。逃げを打つものと思ったが、男の覚悟のよさに原田はとまどいをおぼえた。

「殺害現場に、女が来たはずだ。野麦涼子だ。おまえは、その野麦を撃った。弾はどこに的った」

「右腕だ」

「野麦涼子は米人の車に拾われ、そのまま連れ去られた。その米人は、おまえとグルか」

「ちがう。おれは、だれとも、組まん」

右肩が下がっていた。木刀の一撃で鎖骨が折れているのだ。しかし、宗方はもう眉もしかめなかった。閉じた眼窩が落ち凹んでいる。

「北條正夫、関根広一も、おまえが殺ったのか」

「そうだ」

「だれに、たのまれた」

「それは、いえん」

「いえ。痛い目をみなくてすむ」

「殺せ」

声が涸れていた。

「そうか……」

宗方は死を覚悟していた。尋常なことで吐く男ではない。

「足を出せ」

宗方は両足を出した。右足の向こう臑に原田は木刀を一閃させた。ぶきみな音がした。宗方は体をのけぞらせた。そのまま倒れた。

悶絶していた。

「無駄だろうな」峰岸がことばを挟んだ。「吐いたところで、根来組に頼まれたというだろう。この男は、島中も中岡も知るまい」

「かもしれん。しかし……」

原田は宗方を引き起こし、蘇生させた。宗方の自供が唯一の切り札として残されていた。この男から何かを得られるならば……。

「いえ。いわないと、左足も折る」

「ころ、せ――」宗方はうめいた。歯を喰いしばっている。「こ、ろ、せ」

「いえ」

原田は木刀で足の甲を叩(たた)きつけた。にぶい音がした。骨が砕けたようだった。宗方はまたのけぞって悶絶した。

原田は汗を拭(ぬぐ)った。木刀を振るうたびに憤りが衝き上げていた。この男は北條を殺し、関根を殺した。おびえて逃亡しようとする父を撃ち、その目の前で無残にも妹を縛って凌辱(りょうじょく)した。そして、あげくのはては、撃ち殺した。野麦涼子にも銃を向けている。その上に、原田をも殺そうとつけ狙い、あろうことか、原田家にまた乗り込んできた。

許すことのできない男だった。

肩の骨を砕き、腕を砕き、足を砕いて、なぶり殺しにしなければ治まらなかった。

原田は宗方を引き起こした。自分で形相の変わっているのがわかった。その形相の中に妹の全裸死体がかかっていた。

逆上気味の原田は、峰岸が見ていることを忘れていた。

「コ、ロ、セ」

宗方は、つぶやいた。

「いえ！　だれに、たのまれた」

原田は木刀を振りかぶった。

「ム、ダ、ダ——コ、ロ、セ」

消えて行くような声だった。

「いわぬか！」

宗方の右の耳に、原田は木刀を一閃させた。

——殺してやる！

そのつもりだった。

宗方の体が横に転がった。耳が裂けて、血が噴き出た。その血が宗方の顔面を覆い、絨毯に滴り落ちて、滲み拡がった。

原田は木刀を振りかぶった。自分で自分を抑えることのできない凶暴なものが支配していた。

「もう、よせ」

峰岸が声をかけた。その声で原田は、われにかえった。峰岸が捜査員だということを、ふっと思いだした。

「死んだぜ、宗方は」

峰岸のものいいは、冷静だった。

「死んだ……」

「そうだ」

「…………」

原田は宗方を蹴って、あおむけにした。たしかに宗方は呼吸をしてなかった。裂けたのは耳だけではないようだった。頭蓋が潰れているらしいのがみえた。

木刀を捨てて、原田は腰を下ろした。拳が、まだ木刀を握った形に曲がっている。

ウイスキーのボトルを両手で抱えて、飲んだ。

「おれを、逮捕するか」

喉が焼けた。胃壁も焼けていた。体全体に異様な熱が昇っていた。逮捕するといえば、峰岸と殺し合ってもよいという粗暴なものが沸き上がっていた。

「しない、ね」

「なぜだ！　なぜ――」

「おちつけ」

峰岸はボトルを取り上げて、自分のグラスに注いだ。原田の顔には、狂気が浮き出ていた。

「おれは警察官としてきているのではない。もし、そうなら、乱暴はさせないだろう」

「では、なんだ」

峰岸のいうことが理解できなかった。なぜ、峰岸は撲殺をただ眺めていたのか。

「この男が犯人なら、おれが殺す気でいた。季美さんはおれと婚約していたのだ。おれには犯人を殺さねばならん義務がある」

「では、最初から、殺す気だったのか」

「そうだ」

「あきれた、男だ。それなら、警察は辞めるのか」

「いいや、辞めん」

「…………」

「死体はどこかに捨てよう。おれはこの男からは何も情報は得られまいと思っていた。かりに得られたにしたところで、根来組の名前が出るだけだ。根来組のだれかを殺害依頼で逮捕しても、知らぬ存ぜぬとなる。中岡や島中に遡ることは、とうてい不可能だ。それなら、この男を裁判にかけたところでなんの益もない。また、この男は裁判などでは決して殺害を認めまい。証拠はないのだ。ここですなおに自白したのは、われわれの殺意を読みとったからだ。やつは死を覚悟した。死んでとうぜんの男だ。おれは手間を省いたまでのことだ」

「…………」

原田は峰岸をみた。峰岸がそれほど激烈な性格の持ち主だとは、原田は知らなかった。

「それに、この男を殺す理由はもう一つある。こいつを逮捕したことがわかれば、たちまちおれに圧力がかかる。どこかにとばされるだろうな。島中と中岡は徹底的にガードを固めるだろうし、そうなっては、もう永遠に手が届かなくなる。悪くすれば、いや、悪くしなくてもこの男は無罪で釈放になるだろう。物証が何もないのだ。逆に横田のやつには紙幣という動かぬ証拠がある。首を吊られるのは、横田だ。——以上の理由で、この男を逮捕するのはまずい。かといって、放ってもおけん。仇を討つしかなかったのだ」

「君も、島中と中岡を、どこまでも狙うつもりでいたのか」

「そのとおり。汚ないのは、殺害を依頼したやつらのほうだ。おれは狙ったら、どこまでも喰い下がる性格でね」

峰岸は豹のような陰鬱な目で宗方をみた。

「そうか……」

原田も、宗方をみた。出血はもうやんでいた。潰れた顔の周りの絨毯がたっぷり血を吸って黒ずんでいる。その血模様が解けぬ謎を暗示しているように思えた。

「しかし、唯一の生き証人を、おれは殺してしまった。もう、島中にも中岡にも手が届くまい」

「むずかしいことは事実だ。しかし、だからといって、この男を生かしておいても、なんの益もない。方法はないわけではない。おれは内密に野麦涼子の行方を捜している」

「野麦——かの女は生きているのか」

「わからん。もし、生きていれば、情報が入るはずだ。殺されていれば、別だが……」

「情報は、どこから入るのだ」

「そいつはいえん。しかし、ある組織がＣＩＡと密接な関係を持っている。野麦涼子の消息だけではなく、ＣＩＡがなぜクラシイ島に介入しているのか、その情報もとれるかもしれない」

「そうか」

「君は〈熱帯性伝染病研究所〉の正体を突きとめてくれ。記録は残っていないだろうが、当時の軍隊の中枢部にいた人間を捜し出し、それからそれへと辿っていけば、なんとかならんものでもあるまい。おれのほうに情報が入れば別だが、もし入らなければ、地道な追及を重ねていくしかあるまい」

峰岸は立った。

「おい、どこへ行く」

原田は峰岸と宗方の死体を交互にみた。

「一時間後に車を持ってくる。その仏を始末しなければなるまい」

峰岸はいい捨てて部屋を出た。

峰岸が玄関を出る物音をききながら、原田は宗方をみていた。安易に殺しすぎたという気がした。仇は討ったのだが、晴れるはずの怨念(おんねん)が、湧(わ)き出るはずの昂揚(こうよう)感が、なかった。充実感がなく、むしろ、うつろさが増していた。

〈島中と中岡だ〉

原田は、つぶやいた。

元凶はその二人だった。宗方は虫ケラにひとしい男だ。背後で根来組を、そして宗方を操り、自分たちは醜い性の闇に酔い痴れている。おのれたちの保身のためには弱い人間を平然と踏み潰して行く超大物のその二人に報復の刃を振るわないかぎり、うつろさは埋められない。

闘いはこれからだった。

第五章 断 罪

1

九月二十九日。

原田義之は連日のように歩いていた。

クラシイ島に設置された熱帯性伝染病研究所の真実の姿をつかもうと八方につてを求めて歩いたが、解明の曙光(しょこう)はどこからも射(さ)してこなかった。

旧軍隊の中枢部、とくに南方派遣軍の生き残りである佐官・将官級の人物を何人か訪ねてみたが、だれも、クラシイ島の熱帯性伝染病研究所のことなどは知らなかった。

厚生省で旧南洋庁の資料も調べたが、熱帯性伝染病研究所が開戦の年に陸軍に接収され、それまでの要員が全員引き揚げたということしかわからなかった。

捜しあぐねて、原田はN新聞社資料室勤務の尾形に会った。

「戦友会名簿を調べてみたらいかがです」

尾形はそういった。

「戦友会名簿？　どこのですか」

「クラシイ島を含むあのあたりは、陸軍第五一八師団が派遣されていました。各師団にはね、防疫給水部というのがあるんです。防疫と、兵隊の飲料水の確保がおもなしごとでした。ほかに兵要地誌の作成もやっていたはずです。兵要地誌というのは作戦地域の詳細図のようなものです。各兵隊に配布するのですよ。それはともかく、第五一八師団の防疫給水部なら、勢力圏内にある熱帯性伝染病研究所のことも、知っているというか、把握しているのではありませんかね」

「その戦友会名簿は、どこへ行けばわかりますか」

「厚生省に全国の戦友会名簿があります。それを閲覧して、防疫給水部関係を捜せば、かんたんにわかります」

「ありがとうございます」

「しかし、なんですね。たいへんご執心ですね」

尾形はもの問いたそうな表情をみせた。

「ええ。何かをやりだすと、どうも打ち込んでしまうたちでして」

原田は苦笑をみせた。

資料室を出て、厚生省に向かった。

厚生省を出たのは、夕刻だった。

原田は一人の人間の住所を手にしていた。

戸垣保道。

世田谷区にある〈世田谷成人病医療センター〉の院長であった。兵籍は陸軍第五一八師団の軍医少佐で防疫給水部部長。敗戦後に西カロリン諸島のペリリュー島から復員していた。

原田は、戸垣院長に電話で面会を申し込んだ。戸垣は原田が医師だときいて、承諾した。

午後八時。戸垣を自宅に訪ねた。戸垣邸は経堂の高級住宅街にあった。かなり広壮な邸宅だった。

応接室に通された。

戸垣が入ってきた。六十年配の男だった。体格は小柄なほうだった。柔和な相貌の持ち主といえた。軽い笑みを浮かべていた。

「どうぞ、お楽に。ところで、戦時中のことがお知りになりたいとか」

「先生は第五一八師団の防疫給水部部長をしておられましたね」

「ええ。よくご存じで」

「厚生省で調べさせていただいたのです」

「そうですか」

戸垣はソファに深く体を落として、くつろいだ姿勢をとった。

「じつは、ある事情がございまして、クラシイ島に設置されていた熱帯性伝染病研究所の実体を調べています」

事情は、原田はいわなかった。

「はい、はい」

「〈飢餓の島〉を書いたN新聞社の尾形さんをご存じですか」

「ええ。本を買いましたから」

「その尾形さんをはじめ、防衛庁の戦史室から厚生省、南方派遣軍の将校——さんざん調べたのですが、熱帯性伝染病研究所の実体がわからないのです。実体どころか、研究所に勤務していた兵隊の名簿すらないのです。つまり、研究所は戦史からは抹消されているのです。そこで、第五一八師団の防疫給水部部長をなさっていた先生なら、ご存じではあるまいかと……」

原田はことばを切って、戸垣の表情を窺(うかが)った。格別の変化はなかった。

「クラシイ島の熱帯性伝染病研究所ですか。あの研究所のことなら、わたしもよくは知らないのです」

戸垣はタバコをくわえて答えた。

「ご存じない？」

「ええ。たしかに伝染病の研究所というのは、われわれ防疫給水部の管轄ということになります。しかし、あの研究所は別でした。命令系統がちがうのです」

「と、おっしゃると、第五一八師団の管轄ではないと……」

「そうです。わたしが五一八師団に編入されて防疫給水部に配属になったのは、十八年の暮れでしたが、そのとき、師団長から、熱帯性伝染病研究所は管轄外だから、関知せぬようにといわれました」

「ええ」

「でも、そのあたり一帯の島嶼は五一八師団の守備域にあったのでしょう」

「と、いうことは、陸軍の直轄組織のような、なにか……」

「ではなかっただろうかと、思います」

自信のなさそうな返答だった。

「そういう直轄組織のようなものが、陸軍にはあったのでしょうか」

「わたしには、なんとも」戸垣は首を振った。「常識的には、南方派遣軍の医務局かどこかに所属してはいたのだろうと思いますが、あるいは陸軍省の直轄だったのか、そこらあたりは、わたしにはわかりません。しかし、ほんとうに記録が残っていないのですか」

「ええ。どこにも。クラシイ島に研究所があったという記録すら、ないのです」

「妙ですな……」戸垣は首をかしげた。「そんな重要な研究をしていた研究所とも思えないのですがね」

「当時の、五一八師団の師団長は生きておられますか」

師団長なら知っているかもしれないと、原田は考えた。熱帯性伝染病研究所が陸軍省直轄かどうかは不明だが、極秘機密であったことだけはまちがいないようだ。師団長なら、かりに内容は知らなくても命令系統は知っているにちがいない。そこから手繰れるかもしれない。

「師団長は戦後に病死しています。また師団参謀長はじめ、主だった者は連合軍の上陸作戦で戦死しています。なにしろ、戦局悪化にともなう寄せ集めの師団でしてね。師団番号の数字が多いほど、そうなのです。ろくな火器もなく、訓練もないままに戦場に送られていますから」

「そうですか……」

力なく、原田はうなずいた。

「そういえば——いや、こんなことが、何かのお役にたつかどうか……」戸垣が遠慮がちに切り出した。「防疫給水部の仕事で、クラシイ島を調査したことがあるんです。そのとき、クラシイ島守備隊に配属されていた軍医から、その研究所のことをちらときいたことがあります」

戸垣は、遠い目を空間に向けた。

「どんなことでしょう」

「たしか十九年に入ってからだったと思います。その頃は、もう連合軍の蛙飛び作戦がはじまっていました。マーシャル諸島中のクェゼリンが玉砕したばかりでした。戦局は急転しはじめており、クラシイ島は飢餓状態が深刻になっていたようでした。その軍医が、守備隊には補給物資はないが、研究所には食糧が備蓄されているはずだと兵隊が騒いだというようなことをいっていました。それで、その軍医は、いったいあの研究所は何を研究しているのかというようなことを、わたしに訊ねたのです」

「…………」

「問題は兵隊が、なぜ、研究所には物資が蓄蔵されていると思ったかですが、これにはわけがあるのです」

「…………」

原田は無言で戸垣をみつめた。

「話は開戦当時に遡るのですが、研究所が陸軍に接収されてから、研究所には海軍の二式大艇がよく飛来していたそうです」

「海軍の？」

「ええ。クラシイ島の滑走路はその頃はもちろん健在でしたが、研究所は湿地帯で隔離されています。そのせいか、どうか、二式大艇がときおり研究所前の海に舞い下りていたのだそうです。しかも、決まって、夜間だったそうです」

「夜間に……」

「ええ、夜間に来て、また夜の間に飛び立つのです。何かを運び込むか、運び出していたことはまちがいないようです。兵隊はだから、研究所には食糧があるにちがいないと思い込んだらしいのです。しかし、その疑惑は島の守備隊長の否定で治まったそうです。もっとも、二式大艇の飛来も戦局の悪化につれて影をひそめているのですがね」

「海軍の二式大艇というと、研究所は陸海軍に支援を受けて何かを研究していたことになるのですか」

「わたしのきいた話では、そうです。ま、わたしの知っていることといえば、そのていどのことしかありませんな」

「そうですか……」

原田は小声でうなずいた。

戸垣邸を出たのは九時前であった。

駅に向かった。歩きながら原田は謎(なぞ)のますます深まったのをおぼえた。クラシイ島の熱帯性伝染病研究所は調べれば調べるほどその実体から遠のくようであった。

守備師団の防疫給水部部長も知らず、師団長も関知しない研究所。南方派遣軍および陸軍省、そして大本営にも記録がなく、戦後の戦史にもその存在を抹消されている研究所――。

原田は絶望感を深めていた。これ以上の調査は無駄だと思った。意図的に抹消されたものを、三十余年後に個人の力で掘り起こすことは無理だと悟った。

研究所は軍の中枢部のどこかの機関が極秘裡に開設し、極秘裡に閉鎖した。クラシイ島の飢餓死を装って所員は始末した。研究所も始末し、島中大佐と中岡大佐だけが、ひそかに帰国した。だが、原田光政と三人の仲間だけは、始末される寸前に脱出した。

想像できることといえば、以上であった。

その想像を画布に描きとるすべはない。

すべては戦局の悪化の中に消えている。

〈直接行動しか、ないのか〉

原田は、つぶやいた。

2

九州では、まだ夏は去っていなかった。

原田義之は長崎県の諫早に来ていた。

十月の三日だった。季節の上ではもう晩秋というのかもしれない。肌にその気配が感じられないことはない。空気はしだいに乾燥度を増しているのがわかる。原田の胸中にも晩秋を思わせる寂寥(せきりょう)感があった。いや、季節のうつろいにさきがける寂しさが、心を埋めていた。

調査の八方塞(ふさ)がりがそれを濃くしていた。峰岸五郎からも情報は入らなかった。峰岸も苦慮しているようだった。

突破口はすべて塞がれていた。お手上げだと、原田は思った。旧陸海軍が協力して極秘裡に何かを研究していた熱帯性伝染病研究所は、発掘不能の闇(やみ)に葬り去られている。

個人の力で三十余年前の悪夢を蘇(よみがえ)らせることはできない。原田は絶望感に苛(さいな)まれていた。直接の殺害犯人は殺したが、島中教授と中岡幹事長に鉄槌(てっつい)を下さなければ、報復は成ったといえない。

肌に晩秋の気配を感じながらも、陽射(ひざ)しが夏の粘着力を思わせるのはしかたがなかった。いらだちが陽光に勁烈(けいれつ)さを生み、陽光はいらだちを深めた。

直接報復を、原田は考えていた。埋没された謎にどこからも光明が射さないとすれば、島中か中岡を誘拐し、拷問を加えてでも吐かすしかなかった。その決意が、肚(はら)に固まりかけていた。

諫早診療所。

その看板の前で、原田は足を停めた。

諫早診療所の院長・後藤有弘は帝大医学部卒であった。敗戦時は陸軍大村病院に勤務していた。卒業生名簿からそのことを原田は突きとめた。島中と同期生であった。

同期生の医師なら、島中の軍医時代のことを記憶しているかもしれないと、原田はかぼそい希みをかけた。もし同期生を訪ねてみて何もわからなければ、もう調べはやめるつもりだった。やめて、直接行動にうったえる肚を、原田は固めていた。

後藤有弘院長を訪ねたのは、たんなる同期生というだけではなかった。島中は、兵籍簿では、医学部卒業後軍医少尉に任官してすぐ陸軍大村病院に勤務していた。医師はいきなり尉官を授けられる。博士号でも取得していればいきなり佐官級ということもある。それはともかく、島中は昭和十七年十月にクラシイ島に軍医大佐で派遣されていた。

少尉任官が開戦と同時である。その間、約一年を陸軍大村病院で勤務していた。後藤院長も同じコースであった。後藤に訊けば、何かがわかるのではあるまいかと、原田は、いちるの希みを持ったのだった。

藁をも摑むに似た希みであることは、承知していた。

院長に面会を申し込んだ。

後藤院長は気軽に原田を診療室に呼び入れた。骨張った顔の男だった。磊落そうな人柄にみえた。島中とちがって、いかにもひとびとの手垢にまみれた町医者然とした好々爺にみえた。

「こみいった話ですかな」

後藤は訊いた。

「ええ。先生のお暇なときに、時間を割いていただければと、思いまして……」

「おい」

皆まできかずに、後藤は看護婦に声をかけた。

「わしは、急用じゃ。仕事はやめるよ」

後藤は立った。左足が不自由のようだった。

「しかし、先生……」

原田は診療の邪魔をするつもりはなかった。

「息子がいましてね」後藤は笑った。「わしよりも、患者は息子に診てもらいたがっとるのよ。さあ、どうぞ」

診療所と一体になっている居宅に、後藤は案内してくれた。

「遠来の客、それも後輩じゃからな」

お手伝いにいいつけて、ビールを出させた。

「ところで、どんなお話かな」

「ええ。先生は島中常平教授をご存じですね」

「知っとるとも」後藤は言下に答えた。「わしは町医者、島中は教授――えろう開きはあるがな」

笑った。

「陸軍大村病院でご一緒でしたね」

「そうじゃった。同期生でな、彼とは」

「じつは、その島中教授の軍医時代のことを調べています。お断わりしておきますが、教授を陥れようとか、そういうことではございません。ただ……」

人柄によっては、あるていどまでは真実を話してもよいと原田は考えていた。医学界は狭い。教授の過去を若年の医師が捜しているとあっては、反感を持たれるおそれが強い。とくに後藤は同じ閥であり、古い友人でもある。

「ただ、なんだね」

後藤は、原田をみつめた。

「殺人事件を解く鍵を、かれが握っているのです」

「殺人事件？」

後藤は飲みかけたグラスを置いた。

「ええ」

原田は説明した、概略だけを。詳細はもちろん、中岡幹事長の名前も出さなかった。

「えらい、ことじゃの」

きき終わって、しばらくたって、後藤は感想を述べた。

「先生がどう受け取られるかは、わたしにはわかりません。ただ、わたしは父と妹の霊に誓ったんです。クラシイ島の熱帯性伝染病研究所で何があったか、なぜ、研究所はあらゆる記録から抹消されているのかを解明しなければ、犯人に報復することができないのです」

「ということは、島中君が殺害依頼者だとの可能性もあるわけじゃな」

後藤の目に、ちらと炯りがかすめた。

「可能性はあります」

正直に、原田は答えた。

後藤は、しばらく黙っていた。

「で、何が知りたいというたかな」

そう訊いたときには、表情は軽くなっていた。

「島中教授は、大村病院からクラシイ島に派遣されています。もし、研究所のことで、先生がなにかをお聞きしているのでは……」

「それは、まちごうとる」

後藤は、原田のことばを遮った。

「え──」

「島中君は、大村病院には一ヵ月もいたかどうか。すぐ、戦地に配属された」

「しかし、それは──何かのまちがいではありませんか。兵籍簿には……」

「だったら、兵籍簿がまちごうとるのだな。わしは島中君の送別会をしとるし、まちがいはない」

後藤は断言した。

「………」

「何かが、ありそうじゃな……」

後藤は、独りごちた。

「島中教授は、どちらへ」

原田は衝撃を受けた。熱帯性伝染病研究所だけではなく、島中の軍歴まで、軍は意図的に隠したのか。体をふるえて通りすぎるものがあった。

「配属先がどこかは、軍の秘密だった。訊いたが、いわなかったことをおぼえとる。しかし、半年ばかりたって、哈爾浜から葉書がきたことがあった。わしは、それで島中君が関東軍に配属されたことを知った」

「ハルピン、ですか……」

「元気でやっておるとあり、中佐に昇進したと、ただそれだけの葉書だったが、返信を出そうにも、住所も所属部隊名も書いてないので、そのままだったな」

「それで、島中教授は、もう大村病院には戻らなかったのですか」

「戻らなんだ」後藤は首を振った。「わしは卒業の年に壊疽を患ってな、戦地には出られなかった。敗戦後しばらくまで、大村病院に勤めとった。二度と島中君からは連絡がなかった。わしが上京して、お互いに無事を祝うたもんだった」

「そのときに、熱帯性……」

「いいや。わしがきいたのは、関東軍から南方派遣軍に編入されたということだけだったな」

「そうですか……」

原田は吐息をついた。深い虚脱感があった。研究所を埋没した上に、軍歴まで埋没している。ここまではどうにか辿ることができた。だが、ここから先は、もう、だれの手にも負えはしない。軍が、ということは国家が秘匿した経歴である。哈爾浜という地名だけでは、どうしようもなかった。

「突然に伺いまして……」

原田は詫びた。

「お待ちなさい」

立ちかけた原田を、後藤は引きとめた。

「わしは、島中君に恨みはない。だから、本来なら、ここで終えるのが筋だが、きいてみれば、あんたの苦衷はようわかる。あんたが想像しとるように、万一、島中君が事件の背後にいるとしたら、これは絶対に許せんことじゃ。医者が、人を殺すとはな……」

後藤の口調がするどくなった。

「誤解なら、あるいは曲解ならよいが、そうでのうては、どえらいことになる。――あんたのこれまでの調べた結果をきいて、わしに、思いあたることがないではない」

「…………」

「あんたは、島中君が帝大医学部細菌学教室で桿菌（かんきん）の研究をやっていたのを知っているかな」

「ええ」

それは調べてあった。桿菌とは細長い棒状細菌のことで、コレラやチフスなどの菌がそれである。島中は桿菌研究の教室に籍を置いていた記録があり、それで、熱帯性伝染病研究所に配属されたのだろうと推測はしていた。

「関東軍七三一部隊というのは？」

「関東軍七三一部隊！」

ふっと、水を浴びせられた気がした。

関東軍七三一部隊――別名を関東軍防疫給水部。

なぜ、そこに想像が至らなかったのか——原田は身のちぢむ思いがした。

「そこまで追及したあんたが、七三一部隊を思い起こさなかったのは、島中君が関東軍に軍籍を置いてないからでしょう。大村病院から直接、南方派遣軍に配属されたという軍歴では、まあ、しかたがないでしょうがね」

後藤は、原田の胸中を察したようだった。

「ええ」

喉（のど）がかわいて、声がゆがんでいた。

「わしは、あんたの話をきいているうちに、これは容易ならん背景がありそうだと、気づいた。クラシイ島の熱帯性伝染病研究所が関東軍七三一部隊に関係があるかどうかは、わからん。ま、常識的にはないとすべきじゃろうな。クラシイ島とやらにあった研究所の規模ではたいした研究はできまい。しかし、あんたが説明した外的な条件というか、または様相というか、それは関東軍七三一部隊を彷彿（ほうふつ）させるものがある」

秘密を語るときにだれもがする、前屈（まえかが）みの姿勢を後藤はとった。声が低くなっていた。

「ええ」

原田は、後藤の皺（しわ）ひだに包まれた目をみつめてうなずいた。

3

関東軍七三一部隊――関東軍防疫給水部。

『日本ノ参謀本部及ビ陸軍省ハ、日本ノ有名ナ細菌戦提唱者石野五郎軍医中将ヲ長トシ、攻撃的細菌戦遂行ノタメ急性流行病菌ノ利用法ノ研究ニ当ル細菌研究室ヲ満州ニ創設シ、之(これ)ヲ日本関東軍ニ編入シタ。

石野研究所ヲ基礎トシテ編成サレタ部隊ノ一ハ、秘密保持ノタメ「関東軍防疫給水部」ト称シ、他ノ一個部隊ハ「関東軍軍馬防疫廠(しょう)」ト称シタ。

此等(これ)、部隊ハ、細菌学ノ専門家ヲ擁シ、ソノ要員ノ中ニハ日本ノ有名ナ細菌学者ノ指導ヲ受ケル多数ノ研究員ナラビニ技術員ガイタ。第七三一部隊ノミデモ、約三千名ノ勤務員ヲ有シテイタ事実ニ徴シテモ、細菌戦部隊ノ規模ハ明ラカデアル。

「細菌兵器ノ準備及ビ使用ノ廉(かど)ニヨル」罪によって東部シベリヤ・ハバロフスクで行なわれた裁判のソビエト側発表文の一節である。起訴は沿海州軍管区軍事検事・法務大佐ア・ベレゾフスキーとなっている。

吉林(きつりん)省拉法站(ラホーテン)、ハルピンから最初の平房駅近くの北満の原野に第七三一部隊は広大な研究所を有していた。高い塀と電流の通じる有刺鉄線で周囲を囲み、構内には平房駅から鉄道の引込み線を敷設していた。それだけではない。構内には飛行場さえ設けられていた。

『第七三一部隊ガアリ、ソノ第三部ノミガ防疫給水ヲ担当シタガ、第三部所属ノ諸製作場デモ「石野式爆弾」ト称サレタ特殊細菌弾用弾筒ヲ製造シタ。コレラノ爆弾ハ、飛行機ヨリペスト菌ニ感染セシメラレタ蚤（のみ）ヲ投下スルタメノモノデアッタ。

予審ノ資料ニヨリ、第一部ハ細菌戦用ペスト菌、コレラ菌、ガス壊疽菌、腸チフス菌、パラチフス菌等ノ細菌戦ニ使用スルタメ、コレラノ研究オヨビ培養ヲ専門ニ担当シテイタコトガ判明シタ。コノ研究ノ過程ニ於（お）いテ、動物実験ノミデナク、生キタ人間ヲ使用スル実験モ行ワレ、コノタメ三、四百人ヲ収容シ得ル構内監獄ガ設置サレタ』

問題は人体実験であった。

『第七三一部隊ニ於テハ、生キタ人間ニ対シテアラユル殺人細菌ノ効力ノ実験ガ広汎（こうはん）ニ行ワレ、コレガタメノ材料ハ、日本防諜（ぼうちょう）機関ガ捕エタ囚人、中国人オヨビロシア人デアッタ。囚人ヲ収容スルタメニ第七三一部隊ハ特設監獄ヲ有シ、ソコニハ機密保持ノタメニ通常《丸太（まるた）》ト称シタトコロノ被実験者ガ厳重ナル監視ノモトニ……』

生体実験であった。実験に供される人間は防諜機関がスパイ容疑、破壊活動、反日抗日の各容疑で逮捕した中国人とロシア人で、それらは〈丸太〉と呼ばれた。それら容疑者は各憲兵隊から第七三一部隊に手錠足錠をはめられて〈丸太何本送る〉という連絡で送られた。男もいれば、女もいた。妊娠中の女も、子供を抱いた女もいた。

囚人は病原菌を植え込まれる実験、杭に縛りつけ、ペスト菌に汚染された蚤を詰めた陶器爆弾を飛行機から落として、蚤がどれくらいの確率で人体にたかるかなどの実験に供された。

囚人は続々と死んだ。

凍傷の実験も行なわれた。厳寒の戸外に人体の各部を露出させ、あるいは下半身を剝き出して、棒で叩いてカチン、カチンと氷の音がするまで凍らせた。どうやって凍傷を防ぎ、治すかの研究であった。凍傷にかかった囚人は実験が済むと放っておかれた。手足が腐ってもげ落ちて、死んで行く。

凍傷治療には摂氏三十七度の温湯につけるというかんたんな方法が発見された。これを受けて北満の部隊では凍傷にかかった兵隊を、隊員全員に小便をさせ、その小便の中に浸して治療したりした。戦場で火は使えない場合が多かったからであった。

七三一部隊が平房に所在した五ヵ年の間に、約三千人の丸太が殺されていた。

七三一部隊の細菌生産能力は一ヵ月に約三百キログラムのペスト菌を製造し得た、とされていた。寒天や肉汁に菌を植え、その表面に増殖した菌を掬い取るのである。そうした培養器が四千五百個もあったという。

ペスト菌はそのまま空から撒けば死ぬ。それで菌を媒介する鼠蚤・ケオプスネズミノミに感染させることにした。蚤を飼うには鼠が必要だ。七三一部隊は鼠の特別捕獲班を編成し、百万匹を目標に満人街を漁っている。

二十年八月八日。

ソ連は一方的に日ソ不可侵条約を破って対日宣戦を布告した。

関東軍第七三一部隊の出番であった。細菌はソビエトの参戦軍を叩くために研究されたものであった。莫大な量の各種細菌が用意されていた。使用すればソビエト軍を病原菌で立往生させるはずであった。

だが、残念ながら、関東軍にはもはや戦力はなかった。精鋭師団は南方総軍に持って行かれ、丸腰に近い、いや難民の群れに近い兵力しかなかった。関東軍にある出動可能な飛行機はわずか八十八機しかなかった。その飛行機はソ軍と戦端を開いている。三千人の人間を殺して研究開発した細菌を詰めた陶器製爆弾を運ぶ飛行機は、一機もなかった。

関東軍総司令部は第七三一部隊を撤収させ、研究所は完全破壊することに決定した。細菌兵器も毒ガスも国際条約違反であった。ソビエトの諜報部員が研究所に注目してもいた。完全破壊しかなかった。

監獄には何百人かの丸太がいた。それらの丸太には青酸カリ入りの食事を与えた。それと悟って食わない丸太は銃殺した。死体は穴に放り込み、石油をかけて焼いた。焼いた人体は引きずり出して骨を叩き砕いた。骨一片たりとも残すなとの厳命であった。軍は国際的非難をおそれていた。

陶器製爆弾も一つ一つ叩き潰(つぶ)された。建物は多数の五十キロ爆弾で破壊した。原野から、広大な研究所は消え失(う)せた。

八月十日のことであった。

三千人もいた部隊員のほとんどは撤収したが、何人かの者がソビエト軍に捕虜になった。ハバロフスクの軍事法廷で裁かれたのである。

関東軍七三一部隊・関東軍防疫給水部隊構成員であった三千人は朝鮮経由で内地に引き揚げた。

ハバロフスクの軍事法廷で、関東軍参謀副長であった陸軍少将松村知勝は述べている。

「――オソラク第七三一オヨビ第一〇〇部隊ノ最モ貴重ナ細菌設備ハ、南朝鮮ニ搬出サレタデアリマショウ」と。

帰国した関東軍防疫給水部隊は日夜、安息のときがなかった。三千名の丸太を惨殺した悪夢がつきまとう。運よくソビエト軍からは逃れたが、日本は連合軍に占領され、日夜、戦争犯罪人が捜索され、逮捕されていた。

防疫給水部員の中には故郷へ帰らない者がたくさんいた。偽名を使い、兵歴を偽り、米軍のジープにさえ身を竦(すく)ませながら生きた。浮浪者の群れに入った者も多い。

アメリカの占領軍司令部は旧関東軍防疫給水部員の捜索に着手していた。アメリカもソビエトも極秘裡に細菌兵器は研究開発していた。むしろ先輩であった。日本の研究を云々(うんぬん)

する資格などはどこにもない。そんなことをいえば原爆はどうなるのか。

駐日ソ連代表部も捜索をはじめていた。両者はやがて鎬（しのぎ）を削る探索となった。米ソの細菌研究は着手は早いが、成果は格段に劣っていた。細菌研究の責任者であった石野五郎医博をそれぞれおのがものにしようとの探索であった。

しかし、第七三一部隊の記録は抹消されていた。存在しないのだった。

最後には、米軍が勝った。石野五郎は発見され、説得されて米国に渡り、第七三一部隊の全貌（ぜんぼう）は、米軍が隠蔽（いんぺい）した。

二十三年、一月二十六日。帝銀事件が起きた。警視庁はひそかに旧関東軍第七三一部隊員を洗いはじめた。犯人が毒薬の取り扱いに馴（な）れていたというのが理由であった。結局、別の犯人が逮捕されて捜査は幕を閉じたが、このときもあちこちに偽名で隠れ住む旧部隊員は生きたここちがしなかった。警察の手で旧悪が露見することをおそれたのだった。

以上が、関東軍第七三一部隊の公表された貌（かお）であった。

4

「わしは医師だから、関東軍第七三一部隊の生体実験には、憤りを禁じ得なかった……」

後藤院長の柔和な顔は曇っていた。

「研究に参加したのは、医師だ。医者が三千人もの人間を生体実験で殺したというのが、わしにはこたえた。しかし、まあ、それをいってみてもはじまらん。問題は島中君の件だが、あんたの話をきくと、こりゃ、ひょっとしたらひょっとするかもしれんぞ……」

後藤はグラスにウイスキーを注いだ。原田義之にもしきりにすすめた。

ビールからウイスキーに変わっていた。乾魚の焙ったのが出ている。

「島中教授が関東軍七三一部隊にいたかもしれぬと……」

諸般の事情から考えて、その可能性は濃いと原田は思った。

「じゃろうな」後藤は深くうなずいた。「七三一部隊に勤務していた要員の記録は抹消されている。島中君も関東軍に所属した兵歴がない。その点で一致する。島中君は細菌学教室にいた。桿菌専攻でもある。七三一部隊に配属される要素は、充分に備えている」

「そうしますと……」

原田は底しれぬ深い闇の中にいた。生体実験で虐殺されたひとびとの魂のただよう悪夢の闇であった。

「島中君は十七年の十月にクラシイ島に派遣されているというたな」

「ええ」

「熱帯性伝染病研究所は開戦と同時に、陸軍に接収された。何を研究しておるのか、島の守備隊にも、第五一八師団司令部にもわからなんだ……」

「そうです」

「島中君が七三一部隊にいたものと仮定しよう。そこからクラシイ島に派遣されたとすれば、とうぜん、熱帯性伝染病研究所は、連合軍向けの細菌兵器研究をはじめたものとみて、まちがいあるまいな」

「ええ」

「七三一部隊はソビエトの参戦に備えたものだという。だが、戦争の主戦場は南方だ。やがて、連合軍の反撃があろう。絶対国防圏である内南洋諸島を抜かれては、国家の存亡にかかわる。反撃してくる連合軍に備えて、細菌、とくに南方に適合した細菌兵器の研究をはじめたと考えるのは、常識であろうな」

「そう思います」

「問題は、そこで何が行なわれたかだ。細菌研究、培養、使用方法——そういったことはもちろんであろうが、それだけでは、あんたの父上やその仲間が幽霊戸籍に入る必要はあるまい。何か、身の毛もよだつような研究が行なわれたのかもしれん」

「身の毛も、よだつ……」

「想像じゃがな。それを知っているのが、餓死にこと寄せての皆殺し寸前に脱出した、あんたの父上たちだけじゃとしたら、島中君に殺意があってもふしぎはない。ただし、あくまでも、これはわしの想像だがな。事実とはまるでちごうとるかも、しれん」

後藤は、原田の面貌に視線を据えた。

「ええ」

ことばすくなに、原田はうなずいた。

「もし、そうなら、許せんことじゃ。過去の罪を覆うために何人もの人間を殺すというのはな。しかし……」

グラスを持ったまま、後藤はふっと遠い目になった。

「三千人の要員を使い、鉄道の引込み線から、飛行場まで持つ七三一部隊でさえ、一片の記録もないのだ。十二人の捕虜がソビエトの法廷で明らかにした以外にはな。ちっぽけなクラシイ島の熱帯性伝染病研究所のことが、はたして、いまからわかるじゃろうか？ わしは絶望的だと思うな。どこのだれが、何人勤務したのかさえ、記録にないものを、どうやって捜す？ たぶん、最後の生き証人であったのだな、あんたの父上たちは」

「そうだと思います」

「かりに、わしとあんたの推測が正鵠を射ておってもだ、証拠がなければ、島中君の動機は永遠につかめまい」

「ええ」

「お気のどくなことよのう、だれが殺ったかしらんが父上と妹さんを……」

後藤は視線を戻した。

「捜すがよい。必死になって、捜すがよい。父と妹と、そして、恋人の仇は討たにゃいかん。島中君が殺害依頼者なら、そして、その武川恵吉とかを病院で殺したのなら、そんな男を医学界に生かしとくわけにゃ、いかんでな。もし、あんたが、必要とするなら、わしは喜んで証人になろう。島中君は大村病院にはおらず、関東軍に配属されていたらしいことをな」

後藤院長は旧友の島中教授に背を向けていた。すくない傍証ではあるが、その傍証から、島中を弾劾するに足る指向性を見出したようだった。

「ありがとうございます」

頭を深く、原田は下げた。

「医者には――」後藤の口調がおだやかなものに変わっていた。「人間の死に関心の薄いのが多い。患者が死んでも屁とも、思わん。しようがないといえば、それまでじゃが。しかし、あんたは、みごと父と妹、そして恋人の仇を討ったあかつきには、患者の死に心を痛める医師になれるじゃろ。この捜査を通して、生きているもののいのちの尊さを知るだろうからな」

「ええ」

うなずいたが、原田に医師の資格はもうなかった。犯人を殴り殺している。それだけではない。島中教授と中岡幹事長も殺す。前途はなかった。それを悔いる気はない。もともと人間に前途などというものはないのだ。

原田は病院を辞去した。

まだ夕刻には間があった。

駅に向かった。

〈七三一部隊か……〉

つぶやいた。関東軍七三一部隊が行なった生体実験の残虐さは知っていた。医師であれば知らない者はいまい。細菌研究の責任者の石野五郎は関西の西海大出である。関東軍防疫給水部に配属された医師は西海大に限らず、他大学からも……。

〈西海大か……〉

ふっと、足を停めた。中岡幹事長の出身が西海大医学部だとあったのを、原田は思い出した。

歩きだした。

事件の全貌はみえたと思った。

島中教授は陸軍大村病院から関東軍防疫給水部に引き抜かれた。桿菌の研究が見込まれたのだ。その時点で軍は、すでに島中の軍歴を秘匿した。絶対に外部に洩れてはいけない研究だったからだ。

細菌兵器研究は大成果を納め、実用化した。そこで陸軍は南方戦場に分室を設け、連合軍に備える研究をはじめた。気候がちがえば菌の繁殖、培養もちがう。熱帯に適合した菌を選ばねばならない。

島中と中岡が責任者としてクラシイ島に派遣された。

二十名ばかりの技術員や要員がいた。そこで研究がつづけられた。だが、連合軍の反撃は早かった。ここでも態勢が整わないままに戦局の悪化をみた。撤退を余儀なくされる。

関東軍防疫給水部は三千人の陣容だ。要員を抹殺はできない。だが、熱帯性伝染病研究所の要員はわずか二十人ほどだ。機密の洩れを防ぐために殺害指令が出た。運良くというか、クラシイ島は飢餓の島に変貌していた。四千余人が餓死している。それにことよせれば問題はない。研究所を破壊し、全員を殺して、島中と中岡だけが、あるいは他にも将校がいたかもしれないが、ともかく将校だけが、海軍の二式大艇で脱出したのだ。

父を含む四人の兵隊は寸前で脱出した。

そこまではわかる。その想像にあやまりはないであろう。

――身の毛もよだつ研究。

後藤院長のことばが、残っていた。

――何を研究していたのか。

たんに脱出しただけなら、四人の兵隊は幽霊戸籍に入ることはない。逆に、要員の虐殺を告発すればよいのだ。そうできなかったところをみれば、四人の兵隊は仲間の虐殺に手を下したのか。そして、最後に将校に殺されそうになって、脱出したのか。

それとも、食糧の奪い合いかなにかで、研究所で殺し合いが起きたのか。

いや――と、原田は首を振った。

敗戦後三十余年を経たいまでも、ＣＩＡが動いている。目撃者の野麦涼子は〈クラシイ〉と父の最期のことばを告げたばかりに、ＣＩＡに拉致されている。たんなる殺し合いなら、ＣＩＡが興味を持つわけはない。

〈身の毛もよだつ、研究か……〉

そこから先は想像に余った。闇の中に消えてしまっている。後藤院長もいったように、捜す方法がない。証拠はすべて抹殺されている。最後の生き証人が、父を含む四人の兵隊であったのだ。

――絶望か。

原田は闇を思い描いた。その闇に巨大な蛇が這い込んでいる。胴体の前半分は闇に呑まれている。後ろ半分もゆっくり動いて、闇に潜もうとしている。その後ろ半分に、原田がこれまで必死に追及してきた、幾つかの真実と、幾つかの状況証拠が詰まっていた。

蛇が闇に這い込んでしまえば、原田の探索してきたそれらの証拠が、永遠の闇に消えてしまう。

焦燥が焔の燃えるように激しく原田の胸中に渦巻いていた。

5

晩秋の地虫が鳴いていた。虫の音には焦燥がこもっていた。やがて、いのちが絶える。それを憤ってか、何ものかに訴えつづけているように、原田義之にはきこえた。なんの虫かはわからない。はげしく高い音を出す虫だった。原田は墓地の中に蹲（うずくま）っていた。虫は原田には関心を払わずに鳴きつづけた。

十月六日。夜十時十五分。

FMラジオに盗聴マイクから島中と美都留の声が流れ出ていた。原田はイヤホーンで聴いた。

九州から戻って三日目だった。

峰岸五郎に会ったが、峰岸にもCIA筋からの情報は入ってなかった。状況を分析したが、名案は浮かばなかった。クラシイ島の研究所は埋もれてしまっている。配属されていた要員の記録がなければ、たとえ生きていたとしても捜し出すことは不可能だ。島中と中岡が関東軍防疫給水部に配属されていたことを突きとめることはできる。そこからの復員者はあるていど突きとめられている。帝銀事件の際の捜査記録があるからだ。しかし、それは無意味だった。島中と中岡は熱帯性伝染病研究所にいたことがはっきりしているのだ。必要なのは、その研究所で何があったかであった。

ＣＩＡ筋からの情報を待つしかないというのが、峰岸の結論だった。

原田は島中の愛人の牧丘美都留宅の監視に戻った。それしか当面の方法がなかった。

闇に胴体を突っ込んだ蛇は、もう体長の三分の二ほどが消えていた。

前に借りたアパートには行けなかった。爆弾造りだなどと怪しまれて警察に告げられては、ことだった。

墓地に蹲る原田の体を焦燥が覆っていた。

「仙台に連れて行ってやろうか」

島中の声が入った。

原田は緊張した。それまで、たわいもないことを島中と美都留は喋っていた。

「うれしい！　ほんと、それ」

「各大学の教授会があるんだ。今回は東北大学が幹事でね。おまえを連れて行くとすれば、二日ほど早く車で出ることにする。おれも、息抜きをしたいところだ」

「いつ！　いつなの、ね」

「教授会は三日後だ」

「じゃあ、明日じゃない、出発は」

「そのつもりでね、予定は組ませてある」

「わあ、うれしい！」

檻から解放されたような声だった。

しばらく雑音が入った。

「常平ッ！」

キラッと光が反射されたようなするどい声が入った。

「はい」

——またか！

原田は眉をしかめた。

美都留が島中の前に仁王立ちになった姿がみえる。くびれた腰に手を当てている。あるいはもう鞭を持っているのか。常平ッと呼ぶその侮蔑のことばが、一気に島中を倒錯の世界に引きずり込むキーワードであった。島中の心中に棲む暗い欲望がそのキーで蠢きはじめるのだ。島中にとっては、美しい美都留にそう呼ばれることは、内深くにふるえをもたらすもののようであった。

パシッと、音が入った。

美都留が平手で島中のほおを叩いたらしい。

「生意気よッ、おまえ」

美都留の声がピアノ線のように張り切っている。

「は、はい。美都留さま、お許しください」

島中の這いつくばった、くぐもった声。

「おまえは、奴隷だろ。犯されたくてやってきた奴隷だろ！ 淫乱な奴隷だろ！ さあ、おれの足の裏を舐めろ！」

「は、はい」

島中は、女の声になりきっていた。

「気持ちがいいだろう」

「はい。あなた」

「ていねいに舐めろよ、おまえ」

美都留の声も昂ぶりはじめていた。

原田はスイッチを切った。

〈なにが、はい、あなた、だ！〉

恰好を思うと、吐き気がした。

翌日、昼過ぎに、島中常平は車で東京を出た。

助手席には牧丘美都留が同乗していた。運転手は連れていなかった。島中が運転している。

原田義之はナナハンのオートバイで尾行した。島中は東北自動車道に乗った。

――仙台か。

仙台まで単車で走ることに苦痛はなかった。尾行するといっても、ぴったり張りついて尾行することはなかった。行く先はわかっているのだ。原田は余裕を持って追尾した。

島中が牧丘美都留を同行したことは原田にとっては好都合だった。一人なら、島中は列車か飛行便にしよう。それもギリギリの日程を組むはずだった。そうされては隙を見出すのは困難になる。

非常手段にうったえる――そうするしか、もう原田には取るべき方法がなかった。わかればわかるほど、逆に証拠は晦冥に消えて行く。どうにもならなかった。非常手段は充分に考えた末の結論であった。目には目を、死には死をだ。結局はそこに返ったのだった。父と妹の無残な死体をみたときから、かならず自分の手で仇を討つと決めた心に、なんの変わりもなかった。殺意は冷えた石のように心の奥に固まっていた。捜査の過程でより強固になっていた。自身の保身のために、殺し屋を雇って虫を踏み潰すように弱い者を殺す人間を、証拠がないからといって、そのままにしておくわけにはいかなかった。しかも、その弱い人間は、九分九厘、クラシイ島の研究所で、国家の名のもとに島中と中岡に酷使され、最後は証拠湮滅のために殺される寸前を、脱出した男たちだ。

いわば無辜の民である。訴え、告げることの方法を知らず、また持たない底辺に生きる男たちである。その男たちは幽霊戸籍に入って、三十余年間、自分を抹殺してきた。おびえ、闇にうずくまるようにして生きてきたのである。その男たちを、島中と中岡は、殺した。

殺し屋は父だけでなく、妹も虐殺し、恋人の野麦涼子まで捲き添えにした。亡霊が蘇ったのである。三十余年前の関東軍防疫給水部につながる亡霊が蘇って、一瞬で原田家を壊滅した。

それまで原田は人生の表街道を歩いていた。が、その一瞬、気づいてみたら原田は裏街道に立たされていた。もう表街道に戻る道はなかった。どこまでも荒涼の裏街道だけがつづいていた。平行線はどこまでいっても交わることがないという公理に、似ていた。

人生を失うことの、なんとあっけないものか――。

ナナハンのパワーを上げた。宇都宮を過ぎて、島中はスピードを上げていた。単車は学生時代に乗っていたものだった。愛蔵していたのを何年ぶりかで引き出したのだが、性能は落ちてなかった。たちまち、島中の外車を抜いた。抜きしなにちらと島中をみた。島中はサングラスをかけていた。牧丘美都留の横顔が白かった。

その白い横顔で、島中を虐げ、足の裏を舐めさせ、鞭を振るう様を思った。美都留も被害者の一人かもしれない。まだ若いのに、倒錯に染まってしまっている。また島中も美都留でなければどうにもならない男になってしまっている。仙台に女を連れて行くのもそれだ。だれも美都留のようには責めてくれない。鞭で責め苛まれて、女の声で許しを乞い、あげく犯されなければ満足できない倒錯の世界に、島中は堕ちてしまっている。

――ついでに、死の闇に堕ちるがいい。

美都留と一緒なら、観光ドライブをするなりして、隙を作りやすい。もし、隙を作れば、島中はその隙間から死の世界に堕ちることになる。

原田は突っ走った。

体を裂く風が、気持ちよかった。

原田はスピードを落とさなかった。そのまま、仙台めがけて突っ走った。

仙台市に着いたのは午後七時前であった。

原田は市内には入らなかった。東北自動車道は国道286号線と交差している。そこから島中は286号線を仙台にやってくるはずだった。あるいは東北自動車道を通らずに国道4号線を来るのか。いずれにしてもその分岐点で待ち受けねばならなかった。

なかなかやってこなかった。原田は一時間近く待った。しだいに不安が濃くなっていた。国道4号線をきたとすれば、仙台の手前の名取市で分岐する道路がある。牡鹿半島方面に向かう45号線につながる道路だ。

島中はそちらに向かったのか――島中は美都留を連れている。会議は明後日だから、それまでは仙台に入らずに牡鹿半島方面のホテルに入ることは充分考えられた。

尾行しなかったことを、原田は悔いた。

オートバイに跨(また)がった。島中が牡鹿半島方面に向かったことはまちがいないように思えた。盗聴器には「仙台へ」といったが、女連れできているのだ。常識的には、仙台には泊まるまい。原田は走りだした。仙台に来る可能性もないわけではない。途中、ドライブインなどに寄っていれば、一時間やそこらは時間を喰(く)う。

だが、原田は走った。賭(か)けであった。

4号線から45号線に短絡している近道を突っ走った。

45号線にはじきに出た。原田は塩釜(しおがま)方面に向かってスピードをあげた。塩釜、松島、石巻(いしのまき)、そのつぎが牡鹿半島である。

塩釜を過ぎ、松島を過ぎた。島中の車は発見できなかった。走りながら、原田は諦(あきら)めていた。自分の浅慮を呪(のろ)う気持ちが強かった。国道を数時間も尾行すれば、悟られる危険性が高い。島中は用心しているはずであった。尾行車の気配を悟れば、ドライブを中止するかもしれぬおそれがあった。尾行をしなかったのはやむを得ぬ仕儀だとは思うものの、絶好の機会を逃した悔恨が、深かった。

牡鹿半島まで突っ走ってみようと思った。

6

石巻市に入る手前まできて、原田義之はスピードを落とした。

――あれは！

前方に島中の外車が走っていた。近くに寄ってナンバーを確認した。まちがいなかった。つきから見放されてなかった。

原田は距離をとった。

島中の車は石巻市街を抜けた。牧山有料道路から女川（おながわ）方面に向かった。女川からは牡鹿半島の先端まで牡鹿半島有料道路（リアス・コバルト・ライン）が通じている。そこに向かっているようだった。

原田は距離を充分にとって追尾した。車はもうその時刻にはすくなかった。それだけ尾行が発覚しやすい。ここまできて発覚したのではたまらない。細心の注意を払いながら、見え隠れに追尾した。

島中は女川から有料道路に入った。

――案の定だ。

有料道路は半島の尾根部を走っている。尾根といっても標高三百五十メートルしかない。昼間なら左側に太平洋、右側に石巻湾がみえるのだろうが、いまは何もみえない。巨大な闇を切り割くようにヘッドライトが光芒を走らせている。

わずかだが、通行車があった。

島中は、おのれの運が尽きようとしていることを知らないで走っていた。ホテルに入り、美しい美都留にさんざん虐げられる暗い快感を思い描いているのであろう。

だが、それも、もうおわりだ。

――どのように隙を衝くか。

走りながら、原田はそれを考えていた。ホテルの部屋とかマンションの部屋に押し込むのはまずい。いきなり島中に報復を加える気はなかった。拷問にかけて島中から真相を吐かせなければならない。その上で、殺す。

ホテルやマンションでできることではなかった。それができるくらいなら、美都留のマンションに来たときに踏み込めばよいのだった。

島中の車は牡鹿町に下りた。

牡鹿町は半島の先端の町だった。その先には金華山がある。

原田も町に入った。

島中は車を金華山ホテルにつけた。原田は遠くからそれを窺っていた。

島中と美都留はホテルに消えた。

原田は電話を捜した。ホテルからさほど遠くないところに公衆電話があった。電話ボックスに入って、原田は数分間、待った。

呼吸をととのえた。島中に電話をかけて呼び出すつもりだった。このまま張り込みをつづけても無駄だ。明日になれば、島中は見物には出かけよう。あるいは金華山に渡るかもしれない。しかし、昼間ではどうにもならない。夜でも美都留が一緒では手が出せない。二人とも殺すのなら別だが、そこまでやる気はなかった。

島中と美都留を引き離さねばならなかった。

原田は、電話をかけた。

島中が電話に出た。

「島中教授ですか」

原田は声を変えた。

「そうだが、どなたかね」

不審そうに島中は訊いた。

「わたしは、木村です。お話があります」

わざとぶっきらぼうにいった。

「キムラ――どういう用件だね。それに、君はいったい何者なのかね」

島中の声は不安に曇っていた。

「わたしは、東京から先生を尾行してきたのです」

「東京から、尾行——」島中はちょっとの間、黙った。息を吞んだ気配だった。「いったい、だれに……」

「たのまれたのでは、ありません。先生を尾行していれば、例の男があらわれるはずだと、そう見当をつけたのです」

「例の男……」

「原田義之という男です。行方がつかめんものですから。東京でも、ずっと先生を尾行しておりました」

「待ってくれ——すると、君は、根来組の……」

「黙ってください。女にきかれるとまずいですから」

原田は太い声で押しかぶせた。

「わかっておる。しかし、わたしに、なんの用があるのだ」

不機嫌（ふきげん）そうな声になった。

「危険が迫っております。黙ってきいていてください。いいですか。原田が東京からオートバイで先生を尾行して、この町にきています。かれは直接手段にうったえる覚悟を決めています。先生はご存じないでしょうが、原田の始末に差し向けた男が、逆に殺（や）られた様子です。確認はしていないが、再度、原田家を襲って、それっきり、行方不明になっているのです。それで、わたしが任務を引き継いだのです。——ともかく、このままでは危険です。いいですか。女には何もいわないでください。その女は原田と接触している可能性があります。たぶん、自宅に盗聴器をしかけて、やつにきかせているのです。そうでなければ、やつが先生の今回の出発を知るわけはありません。また、中岡先生の女の家を知るわけもないでしょう。先生は、女のマンションから中岡先生の女の家に電話をかけたことがございませんか」

「………」

島中は答えなかった。

「いかが、ですか」

「ある――しかし、まさか」

「ダイヤルの長短音で、番号が解読できるんですよ。プッシュ式にすべきでしたね」

「………」

「女には適当にいいつくろって、ホテルを出てください。先生の車で善後策を練りましょう。乗っててください。もちろん、適当な理由をつくって、警察に保護を依頼されても結構です。わたしのほうは、かってに動きますから」

「わかった。すぐに行こう」

島中の声は重かった。

原田は電話を切った。

電話ボックスを出て、ホテルの駐車場に向かった。駐車場はホテルのガーデンにくっついていた。玄関からは見えない。

原田は単車の工具箱から登山ナイフを持ち出していた。

駐車場には人影がなかった。島中の車の陰に潜んだ。島中が来る前に車が一台入ってきた。その車は島中の車とは離れた位置に駐車した。男女が降り立った。そこへ、島中がやってきた。島中は男女に背を向けて車のドアを開けた。男女はフロントに向かって歩きはじめていた。みられてはまずいと思ったが、原田はためらいを捨てた。島中が車の中に入ってしまっては面倒になる。ドアを開けるときに、背にナイフを突きつけなければならない。入ってしまえば、島中はドアをロックして待つかもしれない。そうされては、すべてがぶち壊しになる。

足音で、島中が振り返ろうとした。その背に、原田はナイフを突きつけた。

「声を出すと、この場で殺す」

島中は、動きを停めた。一瞬、塑像のように立ち竦んだ。

「君は——原田君か」

訊いた声が引きつれていた。

「乗れ。妙な動きかたをしたら、いっておくが容赦はしない」

「どう、しようと、いうのだ」

「このまま、ブスリとやるまでだ」

突きつけたナイフに力をこめた。切っ先が服を通して島中の肌に喰い込んだのが感触でわかった。

「やめろ――」

島中は体をのけぞらした。その島中の襟首を原田はつかんでいた。男女がみているかどうかに気を配る隙がなかった。のるかそるかだった。ここでしくじれば、もう二度と機会はあるまい。

「死にたいのか！」

「待て！　それ以上、刺すな。乗る」

島中は背中をのけぞらせたまま答えた。

ドアから体を滑り込ませた。

原田も乗った。後部座席に乗り、島中の襟を摑んで、首筋にナイフの刃を当てた。

「走らせろ」

「どこに、行くのだ」

「有料道路に入れ」

「行くから妙な真似は、やめてくれ」

島中は車を発進させながらいった。喉が涸いてしまっている。

「話せば、わかる、ことだ。な、そうじゃないか、原田君」

「話せばわかるか……」

　暴力で追い詰められれば、たいていの人間はそのことばを使う。

「君は、誤解しているのだ」

「黙って、走らせろ」

「わかった。君のいう通りにしよう。わたしには、君をおそれる理由はないのだから」

　車を走らせながら、島中はしだいにおちつきを取り戻していた。

　牡鹿町を出て、車は有料道路を登った。もうその時刻にはほとんど通行車はなかった。

　十分ほど走ると、尾根筋に出た。

　見晴らし台があるところに、車を停めさせた。

「停めろ」

「降りろ」

「どうしようというのだ。話なら車の中でできるじゃないか」

「ここまできて、悪あがきはよせ。降りるんだ」

　原田はドアを開けた。

　島中は降りた。

　ドアに鍵（かぎ）をかけさせ、その鍵を原田が持った。島中をうながして、雑木林に踏み込んだ。

闇であった。懐中電灯で足元だけを照らしながら進んだ。しばらく行くと、断崖に出た、屹り立った断崖のようであった。リアス式海岸の荒磯に砕ける波が仄白い。

金華山沖を通る漁船や商船の灯がみえた。

「この辺でいいだろう」

原田は、足を停めた。

太平洋の波濤の音がかすかにきこえる。夜風が渡っていた。

「いっておくが、真実を述べてもらうために連れ出したのだ。いい逃れはできないから、その覚悟をしておいたほうがいい。告白するのがいやでここから逃げだしたければ、自由だ。ただし、追い詰めたら、殺す」

「わかって、おる」

島中は、断崖を避けて灌木の根元に腰を下ろした。

「根来組に命じて、殺し屋を雇ったのは、あんたか」

「なんの話だね、それは」

「真実を述べてもらうといったはずだ」

「わたしは真実を述べておる」

「では、なぜ、電話で呼び出された。あんたはたしか、〝根来組の〟といったと思うがね」

「そんなことは、いわん。わたしは、君が、わたしを狙ってここに来ているときいたから、出たのだ。だいたい、君は頭がおかしいのだ。わたしが君の父上や患者だった武川恵吉の死に関係があるなどと、妄想もはなはだしい。わたしは、いつか、君とじっくり話し合ってみようと思っていたのだ。疑心暗鬼というのは、しだいに妄想を組みたて、やがて抜き差しならぬ城砦を築き上げるものだ。君は自分で築いたその城砦の堅牢さに溺れているのだ。妄想の産物だと気づかないでいるだけなのだ。医学部教授ともあろうわたしが、なぜ、人を殺さねばならんのだ」

「人格高潔、というわけですか」

「すくなくとも、わたしには社会的な地位がある」

「おれは、牧丘美都留の部屋に盗聴器をしかけた。あんたが、女の声を……」

「卑劣漢だ、君は！」

　島中の声がふるえた。

「たしかに、そうかもしれない。しかし、そうでもしなければ、人格高潔のあんたの裏面をみることは不可能だったのだ。教授面、院長面が、夜は崩れる。愛人にした看護婦に……」

「やめろ！」

「やめてもいい。ただ、おれは、あんたの裏面の話をしているのだ。性倒錯はいいとしよう。だれにも潜在的にはあるものだ。おれがいいたいのは、あんたは人格高潔ではないということだ。殺人鬼だよ、あんたは」

「いいかね、君——」

「黙ってきけ！　あんたは元関東軍防疫給水部にいた。細菌研究に従事したのだ。あそこでは三千人の丸太が虐殺されている」

「君は、わたしの軍歴を調べなかったのかね」

「調べた。あんたは十七年十月まで陸軍大村病院に勤務していたことになっている。十月にクラシイ島に配属になるまではな。しかし、大村病院にはあんたの同僚の後藤医師がいたことを、あんたは忘れているようだ」

「…………」

島中は答えなかった。表情がみえないから、島中の胸中はわからない。

「あんたと、西海大医学部出の中岡幹事長が、軍医大佐として、関東軍防疫給水部からクラシイ島の熱帯性伝染病研究所に配属になった。連合軍向けの細菌兵器を完成するためにね。ところが、完成前に戦局が悪化した。関東軍防疫給水部でもそうだが、クラシイ島でも研究所を痕跡（こんせき）もなくする必要があった。あんたと中岡大佐は、クラシイ島の飢餓にこと寄せて、二十人ほどいた要員を虐殺した。クラシイでは四千余人も餓死者が出ている。死体は海に放り込むのが規則だった。虐殺した死体を捨てても、だれもなんとも思いはしない。ところが、皆殺しの寸前に、おれの父を含む四人が、島を脱出した——あんたと中岡幹事長の過去を知っているのは、その四人だけだった」

原田はことばを切って、島中の反応を待った。島中はしかし、なにもいわなかった。

「熱帯性伝染病研究所で何があったのか、教えてもらおうか」

「なにも、ありはしない。わたしは君の父上などは知らない。研究所では平凡な桿菌の研究をつづけていただけだ。わたしと中岡君は十九年の二月に、軍命令で引き揚げた。研究所がどうなったのかさえ、知りはしない。あとは鈴木軍曹というのがいて、その男が研究所を始末したはずだ」

「鈴木軍曹か。どこに住んでいる」

「知らん。要員は各所から秘密に集めたときいた。生きているのか、またどこに住んでいるのか、そんなことはわかるわけがない」

「では、研究所に、秘密はなかったというのか」

「そんなもの、あるわけがない」

「そうか。では、立ってもらおう」

原田は島中の胸倉を摑んだ。

「な、なにを――」

島中は低く叫んで、原田の両手をはね上げた。

7

「死んでいただくのだ」

力にまかせてはねのけようとする島中を、原田は引きずって、立たせた。島中は巨漢だった。年に似合わない力がある。両手を振り回して抵抗した。原田は腹に拳(こぶし)を叩き込んだ。その一発で島中の重い体が沈んだ。

「地獄まで秘密を背負って行くがいい。わけをきかなくても、きさまを殺せば、父と妹の仇は討てるのだ」

断崖に引きずった。断崖からは海風が吹き上げていた。島中を引きずる原田の体をその風が包んだ。

「よせ！　よせ！」

「もう、おそい！」

右足にしがみついた島中の顔面を、原田は左足で蹴上(けあ)げた。

「待てッ、いう！　いうから、待てッ」

争いながら崖縁に押しやられた島中が、悲鳴を上げた。

「まってやろう。ただし、真実をいわなければ、突き落とす。どちらを選ぶかは、あんたのかってだ。闘ってあんたに勝ち目はない。それはわかっているだろう。あんたは、これまでは殺す側にいた。選択の自由も与えずに弱い人間を殺した。立場が逆転したのだ。自分がはじめたゲームだと、思い知れ」

「わたしではない」

断崖を吹き上げる風から、島中は這い逃げてきた。

「殺し屋を頼んだのは、中岡だ！」

「中岡か……」

「それも、頼んだのではなく、根来組にそれとなく耳打ちしたそうだ。だから、根来組が、かってに……」

島中は灌木に縋りついた。

「武川恵吉殺しは？」

「あれは、あれは、わたしがやった……」

「やはり、そうか」

「やむを、得なかったのだ」

島中の声には昂ぶりと絶望と恐怖がないまじっていた。

「武川を診察したとき、わたしはかれが何者か、まるで気づかなかった。わかったのは麻酔分析でだ。過去に遡っているうちに、かれの軍歴に触れたのだ。わたしは、かれの口から出たことばをきいて、悪夢が蘇ったのを知った。かれはクラシイ島の熱帯性伝染病研究所に勤務していたことを口にした。わたしは、麻酔医に聴かれることを思って、すぐに分析治療をやめた。やめはしたが、わたしは呆然(ぼうぜん)としていた。まさか、三十余年前のあの悪夢が蘇るなどとは……」

「悪夢か……」

その悪夢を、原田はなんど思い描いたことか、実体はたしかにある。手応(てごた)えもあるのだが、画布に写し取ろうとすれば靄(もや)のように消えてしまう、三十余年前の悪夢——。

「まさに、悪い夢だったのだ……」

島中は、声を落とした。

島中と中岡は敗戦以来、体の中に時限爆弾を抱いて生きてきた。取り出すことの不能な爆弾であり、おまけにセットした日時のわからないぶきみな炸薬(さくやく)であった。

戦局の悪化によって、研究所閉鎖指令が陸軍省からきたのが十九年の二月七日であった。その六日前の二月一日に連合軍は内南洋諸島に含まれるマーシャル諸島のクェゼリン島に上陸作戦を開始していた。守備隊はわずか五日で玉砕した。蛙跳び作戦の最初であった。

連合軍に秘密を悟られることをおそれた陸軍は、研究所の痕跡を完全無欠に葬ることを指令してきた。

責任者は島中大佐と中岡大佐であった。

島中と中岡は協議した。要員は二十余名いた。その頃、すでにクラシイ島では飢餓戦争がはじまっていた。

要員毒殺——島中と中岡はその結論に達した。毒殺して海に捨てれば、それでかたがつく。問題はなかった。軍の完全無欠も、それを含んでいるものと解釈した。要員をクラシイ守備隊に編入させることは容易だが、そんなことをすれば研究所の秘密を自ら喧伝するようなものであった。細菌をバラ撒くのに似ていた。

近日中に撤収するからと、非常用食糧を全員に与えた。中にペスト菌を埋め込んであった。ペスト菌は一日から五、六日の潜伏期間があるが、発病すればかならず短時日で死ぬ。青酸カリなどの毒物ならかんたんだが、だれかが苦しめば、悟られる。

食わない要員が四人いた。食わないだけではなく、その四人は夜のうちに空のドラム罐を海に浮かべて島を脱出した。朝になってそのことを気づいた。近くの守備隊から捜索機を出してもらったが、発見不能だった。

数日のうちに、要員は全員発病した。高熱が出る。放っておけばペスト菌は人体を焼き尽くす。焼かれて、小さな黒コゲ死体となる。黒死病といわれるゆえんだった。

高熱はあっという間に全員を殺した。栄養失調で衰弱していたから、ひとたまりもなかった。

島中と中岡は研究所を焼き払った。

十四日、早朝。迎えにきた二式大艇に乗った。空からみる研究所はもう影もなかった。完全に焼け落ちてしまっていた。死体は海に捨て、研究器具も破壊して海に捨ててあった。研究規模も小さく、建物も木造だから、わけはなかった。

敗戦を内地で迎えた。

島中も中岡も身を隠していた。占領軍と駐日ソ連代表部が関東軍防疫給水部の研究員を必死に探索していることを知っていた。

関東軍防疫給水部部長の石野五郎中将は行方が知れなかった。

島中と中岡の自宅に旧陸軍将校が訪ねてきた。石野五郎の潜伏先を知らないかというものであった。その将校は占領軍と政府の連絡官だと名乗った。

その話を、二人は隠れ家で家族からきいた。

逮捕されれば、処刑はまぬかれないものと思っていた。戦争に協力したあげくに処刑になるのはバカらしかった。関東軍防疫給水部での生体実験も命じられてやったのである。戦争の責任、国の責任であった。

石野中将が米軍と話をつけ、渡米したことで、戦争は島中と中岡の胸中から消えた。旧関東軍防疫給水部に勤務していた三千人の隊員も同じであった。米軍はなぜか、細菌兵器研究の件を、強引に闇(やみ)に葬った。

島中と中岡は、徐々に世の中に足を踏み入れた。

島中は大学に戻った。島中の軍歴は関東軍にはなかった。防疫給水部の隊員に遇いさえしなければ、悪夢は意識下に押し込めておけた。そのために、臨床医学は敬遠した。大学の基礎研究室に閉じこもった。

中岡は西海大には戻らなかった。商才のある男であった。土建業を起こし、またたく間に資産を築いていた。

平和が訪れた。

十年、二十年と経つうちには、戦争は忘れ去られた。

念願の教授にもなれた。

その間には関東軍防疫給水部の暴虐をきわめた生体実験をあばく本が何冊か世に出たが、島中はもう痛痒は感じなかった。だれかが島中の過去を暴こうとしても、軍歴にないものを辿ることはできない。それに、まただれも防疫給水部勤務員の氏名を調べて公表しようなどという物好きはなかった。それは自分自身に挑戦することにもなりかねない。また、アメリカもソビエトも、汚ない戦争では人後に落ちないことがわかってもいた。

そんなある日、島中は亡霊に遇った。

武川恵吉だった。

島中は仰天した。担当医を遠ざけ、なんどか武川を麻酔分析にかけた。武川の口から、クラシイ島を脱出した四人が米軍の捕虜になり、戦後、無事に帰国していることを知った。

武川の家族から、武川恵吉が〈タイサ〉といい、病院を替わりたいといっていることをきいて、島中は、覚悟をした。覚悟せざるを得ない状況であった。武川が自分の正体を見抜いた。武川が喋れば、軍命令——あるいは軍の言外の意向に沿ってやったこととはいえ、要員にペスト菌を植えつけて殺した過去は、たちまち島中を滅ぼす。

武川を殺すしかあるまいと、思った。

中岡に相談した。「殺せ」それが中岡の結論だった。中岡は与党の幹事長になっていた。中岡の過去があばかれれば、責任上、政府も潰れる。ゆゆしき事態であった。

与党の幹事長である中岡の権力は、絶大であった。島中は、中岡に頼った。中岡が全力を傾ければ、一切は闇に葬り去られるものと思う安心感があった。猛牛のような男に、中岡は変貌していた。クラシイ島での要員始末も、中岡が強硬に主張したことでもあった。

四人を始末するか、潰れるかとなって、島中には他の道を選ぶ選択権がなかった。

武川の麻酔分析で、なぜか四人が幽霊戸籍に入るほど過去におびえていることを知ったのが、殺しのバネを撓めさせる大きな原因になった。四人さえ殺せば、完全な闇が訪れることがわかった。

「わたしが、武川を引き受けたのだ。そうするしか、方法がなかった。過去が暴かれれば、わたしが滅ぶだけではなくて、医学部そのものが信用を失墜する。中岡君のばあいも、同じだった……」

島中は説明を終えた。

逃れられないと覚悟しての自白だが、さすがに苦しそうだった。説明する声がとぎれがちに、重く、低くなっていた。

「医学部の体面、政府の体面で、五人の人間を殺し、一人を行方不明にしたのか。あんたたちの発想は三十余年前とまるで変わっていない。研究所の秘密を守るために、要員を細菌で殺したのと同じだ」

「後悔している。わたしは、ようやく、目が覚めた。これから警察に自首をして出るから、どうか、許してくれ。保身のためとはいいながら、わたしは、とんでもないことを……」

島中は巨体をゆすって、泪声を放った。

8

「そんなてに乗ると、思うのか」

するどいことばを、原田義之は投げつけた。

「そんなて――わたしは……」

「黙れッ」原田は島中を遮った。「おれから逃れたい一心がいわせたことばだ。そのくらいは、計算しておる。おれから逃れれば、あんたは高笑いするだろう。バカ者がと、な。かりに、いまの自白をおれがテープに収めていたところで、あんたは、警察や法廷では、脅迫されてしかたなしに迎合したのだと覆すだろう。異常者の妄想を支えてやっただけだとな」

「そんなことは、君――」

「いま喋ったことには、いっさい証拠がない。あんたも中岡もそれで押し通せる。三十何年前の証拠があるわけはない。ないからこそ、おれはこうして非常手段に訴えているのだ。今回の殺しも、同じだ。あんたが武川恵吉を治療にことよせて殺した証拠などあるわけはない。中岡が殺し屋を頼んだ証拠もない。横田とかいう生け贄の犯人が吊るされて事件は終わるだろう。いまの自白をもとにおれが訴え出れば、警察も検察庁もおれを誇大妄想扱いする。精神鑑定をされ、強制収容されるだろう。あんたの実力をもってすれば精神鑑定医を動かすのは、いともたやすいことだ。また、中岡の権力は首相、法務大臣を操り、検察庁など自由にできる。おれは国家に潰されることになる。あんたはそこを充分に読んでいる。相変わらず、牧丘美都留に鞭打たれて泣き、犯されて喜ぶ生活を続けるだろう。犬は吠えても――というやつだ」

「原田君――」島中は強い口調でいった。「断じて、そのようなことはない。わたしは、目覚めたのだ。悔恨の念に……」

「やめるんだな、下手な芝居は」

「芝居——これが芝居だと、君はいうのか。そりゃ、たしかにわたしの告白には、証拠がない。わたしが罪を認めれば……」

「あんたは認めないさ」

「………」

「心底、認める気なら、ウソはいうまい」

「ウソ？」

「ウソでなければ、真実を隠している。もっと重大なことが研究所にはあったはずだ。そうでなければ、いまになってまでＣＩＡが介入しなければならないわけがない。また、たんなる細菌研究なら、要員を鏖殺(みなごろ)しにする必要もあるまい」

この期におよんで、なお、島中には秘匿しなければならない重大事がある。クラシイ島で細菌を研究したことが原田の口からばれても、それは問題にはならない。二十人近い要員を毒殺したことを原田が世間に発表しても、それも島中と中岡は否定できる。研究所に派遣されていた要員の記録がないのだから、原田は誇大妄想とみなされる。

島中は計算していた。死をまぬかれるために、発表されてもいのちとりにはならない事実だけを述べた。その事実だけでも充分、衝撃的な告白である。秘匿しているそれ以上の内容とは、いったいなになのか。

「………」

島中は黙っていた。

断崖のすぐ下を漁火が通っていた。

「小出しに金を出していのちを買おうというさもしい根性は、捨てたほうがいい」

「しかし、わたしは……」

弱々しく島中は抗弁した。

「死んで、いただきますよ」

原田は喫っていたタバコを踏み潰した。

「待ってくれ！」

島中は後退った。

「話を、きいてくれ。たしかに、わたしは悪かった。悪夢におびえすぎて、武川恵吉を死なせた。だが、わたしの関与したのは武川だけだ。君の父上と、妹さんのことは、わたしの与り知らないことだ」

「あんたは麻酔分析で武川から仲間三人の住所を訊き出したはずだ。それを、中岡に伝えたのだ。それでも与り知らぬことか」

「ちがう！」島中は、はげしく否定した。「麻酔分析では住所は訊けなかった。だいたい、住所など暗記しているわけがない。あれは、だれかが武川の家に忍び込んで住所録を手に入れたのだ」

「武川が殺されて、家族があんたの病院に集まっている留守宅にか」

「だと思う」

「あんたの指図でな」

「わ、わたしではない」

「もう、いい。この期におよんで、あんたのその汚なさには、おれはうんざりした」

「だから、聞いてくれと頼んでいるのだ。たしかに、わたしは汚なかった。しかしだ、しかし、いってみればわたしも戦争の犠牲者なんだ。だれが好きこのんで関東軍防疫給水部などに勤めるものか。軍命令でしかたがなかったんだ。わたしもその一員だが、あそこにはたくさんの医師や研究者がいた。その医師、研究者は全員が帰国している。帰国した医師は、ほとんどが過去を隠して医学界に復帰しているのだ。各大学の医学部や、国立の研究機関などに散って戦後の復興に尽力してきたのだ。現在、わたしの知っているだけでも、要職にある人物はかなりの数だ。君は戦時中の悪夢に責任をとれという。もし関東軍防疫給水部に勤務していた医師を暴くとなれば、それは、どえらいことになる。医学界が蜂の巣を突ついたようになるだけではなくて、影響はあらゆる面に出てくる。たしかに、われわれを社会的に糾弾することは可能だろう。国民はもう戦争とは関係ないと思っているからな。しかし、それは国家の戦争責任を個人に押しつけることにほかならないのではないのか。国家に戦争を強いられて、われわれは頭脳で闘った。敗戦になったからといって、その責任を、なぜ、われわれがかぶらなければならんのだ。そんなことをいうなら、敗戦後からこれまで続いた国家そのものを否定しなければならないじゃないか。国家が戦争をし、その国家が今日に続いているのだから。もし、国家が戦争を清算したというのなら、われわれも清算しているはずではないのか」島中は一気に喋った。「君のやろうとしているのは、治に乱を起こすと同じことだ」

「治に乱か。そいつを惹き起こしたのは、どこのどなただ」

「だから——だから、君。なんどもいっているように、武川恵吉を殺した責任は、わたしが警察に自首をして、とろうというのだ。自首をする。約束するから、もう過去の亡霊をほじくるのはやめてくれ。わたし個人の問題ではなくなるのだ。君も医師だ。わが国の医学界が混乱すれば、それは国民にとって、決して喜ばしいことではないのだ」

懇願するような、諭すような口調になっていた。

「話がちがうな」

冷ややかに原田は応じた。

「だから……」

「だからではない。あんたたちがかつての四人の部下を殺さねばならなかった原因を、おれは訊いているのだ。真実を話すか、死ぬかだ」

「…………」

原田は低い声に怒りをこめた。踏み込んで島中の胸倉を取った。

「立てッ」

「やめろ！ やめてくれ！」

島中は灌木にしがみついた。

その腕を、原田は蹴上げた。島中はうめいた。原田は巨体を引きずり出した。

「いう！ いうから、待てッ」

「もう、いい。死ね」

強引に原田は引きずった。

「人体実験だ！ 連合軍兵士の人体実験をやっていたんだ！」

引きずられながら、島中は叫んだ。

「連合軍兵士の人体実験……」

原田は、腕を離した。

島中は這い戻った。

「ほんとうか、それは」

「そうだ」

島中の声はかすれていた。

島中のかすれ声は、はじめて真相を告げていた。弁明も懐柔もなかった。心の奥深くから走り出た声であった。

CIAが事件に嚙んでいるわけも、それでうなずける。

「そうか……」

「説明しろ」

「いう。いうが、これは他言しないと約束してくれ。でないと、日米国家間の問題に発展するおそれがあるのだ」

「そいつは、説明をきいてからだ」

「わかった。その前にタバコを喫わせてくれないか」

ようやく肚を決めた感じが、島中の口調に出ていた。

9

陸軍は連合軍の反撃を覚悟していた。

軍は内南洋諸島を含む〈絶対国防圏〉を設けたが、国体護持のためには南方諸島の死守が必要であることはつとにわかっていた。

十七年一月二日、日本軍はマニラを占領した。陸軍の細菌研究機関はこの時点で研究所の南方進出を決定した。マニラを占領すれば、生体実験となる連合軍兵士が容易に入手できる。

関東軍防疫給水部の研究で細菌の繁殖、細菌爆弾等の研究はあらかた完成されていた。問題は極寒のシベリヤ戦線と極暑の南方戦線での細菌の使い分けであった。寒さに強く、冬期に猖獗をきわめるペスト菌のようなものもあれば、その逆もある。開戦と同時にクラシイ島の熱帯性伝染病研究所は陸軍に接収されて、その研究にとりかかっていた。

マニラ陥落と同時に、軍は最終的段階、つまり人体実験に着手することにした。

ハルピンでは丸太と称する実験生体がいくらでも手に入ったが、連合軍相手の細菌戦には中国人や満人、ソビエト人ではちがいがあった。体格の問題その他があった。その上、熱帯の自然状態の中での実験でなければ効を奏さない。どうしても連合国人が必要であった。マニラ陥落はそれを容易にさせる条件をつくった。

軍は極秘裡に生体実験の着手にとりかかった。ハルピンの防疫給水部は巨大な施設であったが、それでも各国の諜報機関の触手をなんとか防いでいた。しかし、各国の諜報機関はおよその事情は察していた。南方の孤立した島ではその心配はなかったが、それでも万一のときを慮って、要員その他は各部隊から引き抜き、軍歴に記録しなかった。この時点ですでに軍部は敗戦を想定した対策をたてていた節があった。戦争犯罪には細菌研究・使用はもっとも重い罰となる。そのための秘匿でもあった。

島中と中岡両大佐が、あらためて派遣された。

捕虜が運び込まれてきた。捕虜といっても、多勢で投降した捕虜には手をつけなかった。中から何人かを引き抜いて、そのまま戻さなければ抗議が来る。戦争に勝てばよいが、もし負ければ、戦勝国というのはそうしたことは徹底的に追及するのが常である。

撃墜した敵機の乗組員、艦船員、治安部隊がひそかに逮捕したスパイ、サボタージュ員――そうした人間が徹底した秘匿作戦のもとに海軍の二式大艇で深夜、送られてきた。

ここでも捕虜は丸太と呼ばれた。丸太は鉄の足枷(あしかせ)をつけてこれも鉄の鎖につながれて、バラックに詰めこまれた。

研究のやりかたは、関東軍防疫給水部で経験を積んでいた。ただ、極寒と極暑の相違点、それに体格の差、抗体力などを調べるだけのことであった。

軍には細菌兵器を諸島に上陸してくる連合軍のみに使う考えはなかった。研究が完成すれば、東南アジア、その他の連合軍基地に攻撃を開始する予定であった。

実験生体はつぎつぎと送り込まれ、片端から殺されていった。下級兵士が多かったが、高級将校もいた。民間人もいた。全員が白人および黒人である。サボタージュやスパイの容疑でひそかに逮捕されたひとびとであった。

細菌を植えつけられ、高熱を発して死んでいった。ハルピンの収容所とちがって、クラシイの研究所は狭かった。丸太をそれぞれ隔離するわけにはいかなかった。足枷で鎖につながれた丸太たちは、自分たちが細菌研究に使われて死ぬことをすぐに悟った。どんなことがあろうと、いちどここに送り込まれたが最後、生きては帰れぬことを。

だが、抗するすべはなかった。泣きわめき、しまいにはたいていが精神に異常をきたした。それは問題ではなかった。生体実験の役にさえたてばよいのだった。死者は海に沈められた。ハルピンとちがって、ここでは、死体の始末は手軽であった。海に沈めさえすれば、腐敗し、魚に喰われて跡形もなくなる。

深夜、ひそかに二式大艇で送り込まれてくる丸太の中には、ときに女も混じっていた。二十代から三十代の白人女である。逮捕された容疑もさだかではなかった。送られてきた女たちは泣きながら抗弁し、懇願した。理由もわからず、いきなり捕えられたというのだった。

しかし、ここでは問答は無用であった。

女は、つぎの女が来るまでは死をまぬかれた。慰安用であった。最初は厭きるまで将校が抱いた。将校といっても島中と中岡だけであった。その下は軍曹が三名いた。

島中と中岡が弄び、厭きると兵隊に渡した。兵隊に下げられると、女は一月ともたなかった。二十人ほどの兵隊が毎晩だから、たちまち生殖器は炎症を起こし、それでも犯されるから出血して使いものにならなくなった。そうなった女には、細菌が植えつけられた。

中岡はその頃からサディスティックな性癖を持っていた。関東軍防疫給水部で形成された二次的性徴のようなものだと、中岡はいった。丸太を扱っていると、何か心の奥深いところから掻痒感に似たいらだちが湧いてきて、それを鎮めるために徹底的に丸太を苛酷に扱いたくなるのだという。一種の精神の痙攣であった。死を悟っていながら黙々と実験材料になっている丸太への憐憫をともなった肚だたしさが湧くのだった。人間性を無視していることへの罪意識が中岡の心のバネを撓め、逆の作用となって、暗い芽を出させるもののようだった。

女が送られてくると、中岡が最初に弄んだ。島中はなんどか、その光景をみた。中岡は女を立たせ、いきなり平手でほおを叩くのだった。女はまだ自分の窮極の運命を知らないから、抗議をする。中岡はその場に女をねじ伏せ、着衣を毟り取った。そのあたりになると、女は観念する。敵国人にとらえられたのである。観念せざるを得ない。白い肌をみせて、床に蹲る。

中岡はその女に鞭を振るった。必要のない鞭であった。女は悲鳴を上げてのたうつ。白い肌がたちまちみみず腫れの糸を引く。

さんざん打ち据えたあげくに、中岡は女の前に立ち、自分の性器を舐めるように命令する。女は泣きながら、中岡のを舐めた。

中岡は女の頭髪を握りしめて離さずにいて、女の口に男根を入れたままで放尿をすることもあった。女が飲まないと、鞭を振るった。一人だけ、飲まなかった女がいた。中岡はその女を素裸にして、体全体に魚の腐ったドロドロの液体を塗りつけて杭に動けないように結えつけた。クラシイ島の銀蝿は凄まじい。兵隊が〈コンソリ〉と呼ぶ大型の銀色に光ったやつである。数分もすると、爪先から、拡げられた性器、肛門、目も鼻も口も銀蝿が埋め尽くす。その這い回る感触は、男でも気を失いかねない。

その女は、それから中岡の男根をくわえて小便を飲むようになった。

中岡の機嫌が悪いと知ると、どの女も床にひれ伏して憐れみを乞うた。

島中は、中岡とは正反対だった。島中にも関東軍防疫給水部時代に容赦なく身についた二次的性徴に似たものはあった。学校を出て間もない人間が、丸太を自由に殺せる日常生活に放り込まれるのである。無垢なほど、周囲に染まりやすい。兵隊のように生命がけで闘ってきた精神の図太さは、なかった。

最初、防疫給水部に勤務したときは、丸太でなしに島中のほうが精神に異常をきたしかけた。それはおそろしい経験であった。やがて、それに馴れた。動揺はなくなった。ただし、表面的にはである。内部では二次的な性格が形成されつつあった。

中岡は丸太への憐憫を、肚立ちに変えた。島中は精神の痙攣が裡なる方向に向かった。命令されるままに従い、殺されて行く囚人の心を思うと、異様な昂ぶりが湧いた。自身をその立場に置いてみると、それは衝撃を通り越して受難の、受忍のマゾヒスティックな戦慄を禁じ得なかった。常に犯す者と犯される者、常に虐待する者と虐待される者――その両者を較べると、被害者側がより精神の振幅が大であるだけに、そこに暗い、倒錯した喜びの炎が思えるのだった。

虐待する者の精神の昂揚は浅く、虐待される者の心の傷はやがて深い倒錯を生むように思えた。

島中は、中岡の虐待に半死半生の女を受け継ぎ、その女に自分を虐めることを命じた。女はいかな命令であれ、従った。島中の希みを解して、密室で島中を素裸にして、足蹴にしたり、中岡にされたのと逆のことを島中に命じてさせた。そうされることに、島中はするどい快感を得た。白人女だというのが、いっそう効果を添えた。島中を打ち叩き、足蹴にして懸命に尽くしながらも、女はいつ殺されるかとそれのみを思い、戦々恐々としている。その心と行動の奇妙にバランスを欠いた心理状態を、島中は白人女の足元に這ってことばで許しを乞いながら、おのれのものとして、昂ぶらせた。

十九年二月。

島中と中岡は軍命令で研究所を閉鎖して、帰国した。

約二年間でクラシイ島の熱帯性伝染病研究所に送り込まれた丸太は、百三十六人であった。その中で女は二十何人かいた。百三十六人のうち、生きて島を出た丸太は一人もいなかった。全員が細菌の生け贄となって南海に消えた。

10

「そのことが連合軍に知れては、どんな事態となるやもしれなかった。だからこそ、軍命令は研究所の徹底破壊をいってきたのだ。君も知ってのように、関東軍防疫給水部では撤退の際、殺した囚人の骨を叩き潰して粉にし、北満の原野に撒き散らしている。それ以上に、連合軍相手のあの研究所は極秘事項だったのだ」

島中は、長い説明を終えた。終えたあとはぐたりとした気配が感じられた。

「どうやら、それが真実らしいな」

原田義之にも、それ以上の隠しごとがあるとは思えなかった。

「ああ」

島中はかすれた声でうなずいた。

「真実は、聴いた。しかし、わからないことが一つある。それは、おれの家から逃げ出た野麦涼子を誘拐したCIAの工作員だ。いったいCIAはこの事件にどのような介入をしていたのだ」

「それは……」

いいかけて、島中はふっと口を噤んだ。

「そこまで喋ったのだ、いまさら隠すことはあるまい」

おだやかな口調で、原田はうながした。島中は警察用語でいえばおちた状態だった。もはや瑣末にこだわるとは思えなかった。

「わたしにも、それは謎だったのだ。なぜ、米軍が介入したのかと。謎が解けたのは、しばらくたってからだった……」

「中岡幹事長から、聴いたのか」

「米国政府の要人から、日本政府に極秘連絡があったという……」

「米国政府？」

島中のおおげさなことばに、原田は意表を衝かれた。

「それでわかったことだが、米国では終戦後に、戦場における行方不明者を捜索する公的な機関ができたのだそうだ。知ってのようにあの国はそうした人権問題となると徹底的にやる。数年後に、捜査不能の行方不明者を百五十人近く残したまま、機関は幕を引いたそうだ。そのほとんどが南方戦場付近で消息を絶っていることがわかった。もちろん、撃墜された機や沈められた船舶の乗員は死亡した懸念があるが、それにしても人数が多すぎる。何かがあったのではないのか——そこに結論がおちついた。公的機関は閉じたが、行方不明者の家族が寄って政府の援助を受けながら、私設捜索機関を設けた。この機関は半永久的に捜索を続けることになった。ナチスを追ったユダヤの組織を思えば理解できる。その機関に、CIAのペックが籍を置いていた。ペックの兄が不明者の中に入っていたのだそうだ……」

「そういうことか……」

島中の説明には充分な説得力があった。三十余年前の悪夢が、たしかに蘇っている。島中のいうように、あれだけの大戦でも敵味方とも死亡を推定できない行方不明者というのはすくないのだ。あれだけの潰滅的打撃を受けた広島ですら、戸籍簿は残っていて、戦後にさしたる混乱はなかった。戦争とはそういうものである。

民主主義の根強い米国民が半永久的に捜索しようというのは、うなずける。

「ペックは運悪くというか、運よくというか、犯行現場を通りかかって、野麦涼子を救けたのだ。野麦涼子はひどく昂奮していた。キャラハン中佐に訊かれるままに、君の父上の最期のことばを喋った……」

「しかし……」

「そう、しかしだ。ペックはなぜ〈ケイサツニ、クラシイ〉を、クラシイ島と結びつけ、理解したかだ」

「いったい、なぜだ」

それがどう考えても解けない謎だった。キャラハンとペックが犯人を収容すべく待ち受けていたのでないかぎり、かりにペックが行方不明者捜索機関に籍を置いているにせよ、たった〈クラシイ〉の一言で事件の全貌を洞察するとは考えられない。

「偶然です」

「偶然？」

「ペックが通りかかったのは、偶然だ。しかし、その偶然を必然に変える要素をペックは持っていたのだ。つまり、ペックの籍を置く捜索機関は三十余年も捜索をつづけた末に、やっと、数年前に、クラシイ島の熱帯性伝染病研究所に辿り着いた。その研究所が百五十人の行方不明に関係があるのではないかと」

島中はそこで、ことばを切った。

「……………」

「捜索機関は在日米軍およびCIAを通じて、調査を依頼した。依頼を受けた米軍とCIAは秘密裡に調査をはじめた……」

島中は反応を待つように、口を閉じた。

「在日米軍か……」

予想外に事件は拡がっていたことに、原田は驚きを禁じ得なかった。在日米軍——米政府から日本政府への極秘連絡——いったい、いかなる裏面の展開があったのか。

「ところが、両者の調べは壁に突き当たった。クラシイ島の熱帯性伝染病研究所は旧軍の記録にはない。あるのは、南洋庁から引き継いだ、ただの研究所として、わたしたちが派遣された記録だけだ。そこで、連中は旧陸軍の中枢部にいた人たちからの証言を取ろうとしたが、関係者が死亡したりして、それにも失敗した。結局、辿り辿って、わたしと中岡幹事長がクラシイ島の研究所に派遣された事実が記録されているのを突きとめて、やってきた。もちろん、いまさら真実がわかったところで米国としてはどうすることもできはしない。ただ、真実がどうなのかを知りたいということであった」

「教えたのか」

「いや、教えるものか。たとえ、軍の意向はそうでも、半永久的な捜索態勢を布いた民間の機関が黙っているものか。だから、クラシイ島でわれわれが研究したのは、純然たる熱帯性伝染病だけだと答えた。規模も小さく、要員は数人だったと、突っぱねた」

「それで……」

「が、敵も一筋縄でいく相手ではない。われわれがクラシイに派遣されたのは、内地からではなく、関東軍防疫給水部からだと、そこまで調べてきた。防疫給水部にも名簿は存在しない。証拠は撤退時に焼却してある。関東軍にも記録はない。いったい、どうやってわれわれの過去を突きとめたのかと、冷や汗が出た。結局、敗戦後に細菌兵器研究を指揮した石野五郎が米国に行っているから、その線から辿られたものだろうと推察した。その頃から在日米軍は手を引いた。ＣＩＡ極東支部が調べを受け持つことになったのだ。もし、行方不明の百五十人がクラシイ島の研究所で生体実験に使われたのだとなると、ゆゆしき問題となるからだろう。しかし、いかなＣＩＡでも、記録にないものを掘り出すのは容易ではない。研究に従事していた人間で生き残っているのはわれわれ二人だけだから、わたしと中岡が口を噤んでいれば、絶対にばれることはない——そのはずだったのだ」

「ばれたのか」

「九分九厘まではな」

生彩の失せた、陰鬱な声だった。

「ＣＩＡの捜査網というか、情報網は、おそるべきものがある。どういうルートを辿ってか、ＣＩＡは君の父上たち四人が、クラシイ島の近海を漂流中、米海軍に救けられ、捕虜としてコロラドの収容所に送られている事実を突きとめた。ひょっとして、クラシイ島からの脱走兵ではあるまいかと疑いを持ったのだ。そこに一縷の希みを抱いた。米軍には捕虜の公式記録はない。しかし、追跡はできる。厚生省の復員局のデータを調べ、コロラドから送還された四人がどうなったかを、追及しはじめた」

「父を、か……」

原田は声を呑んだ。一見、平和そのものにみえた自分の家に、その頃、おそろしい悪夢が迫りつつあったのを知って、いうべきことばを失った。原田家の上空に暗雲が停滞していたのだ。それを知っていさえすれば——。

「しかし、さすがのＣＩＡもその追及には失敗した。君の父上たちは捕虜になったとき、偽名で通した。これはまあ捕虜に共通のことだったのだが、ともかく、復員局にも偽名で申告している。だから、調べようがなかったのだ」

「調べようがなかったのは、ＣＩＡだけではあるまい」

「どういう意味かね、それは」

「あんたも中岡も、敗戦後に調べたはずだ。もし、生きて帰っていれば、殺さなければ自分たちが破滅するからな」

「………」

「そうでは、ないのか」

「たしかに、調べはした。だが、秘密を守ってもらうように説得というか、協定を結ぶためだ。殺すためではない。それに、君の父上を含む四人の脱走者も戦争犯罪という意味ではわれわれと同罪なのだ。白人女を犯したのも同じなら、丸太を虐待したのもな。口を滑らせれば、当時なら戦争犯罪で確実に絞首刑になっただろう。だからこそ、君の父上たちはいっさいを偽名で通し、帰国後も故郷に一歩も足を入れずに、故郷を放棄したままで生きてきた。戦火で一家全滅した家を捜し、幽霊戸籍に入っている。それほど、米軍の追及をおびえたのだ。当時としては、殺す必要はなかったのだ」

「父の本籍は、どこだったのだ」

「たしか、四人とも広島の歩兵一一連隊だと、わたしはきいていた。それで、歩兵一一連隊名簿を入手して、調べてみた」

「わかったのか」

ほんとうの父の故郷だ。いったい、父の姓は、本名はなんというのか。

「わかった。しかし、手を尽くして調べたが、四人とも未帰還だった。引きつづいて何年間かは調べたが、復員しなかった。戦死扱いになっている。われわれは、脱出後に死亡したものと解釈した」

「父の名前は、なんという」

「いまは、ちょっと記憶にない、調べればわかるが。それはともかく、CIA要員のペックは偶然に野麦涼子を救け、その野麦から〈ケイサツニ、クラシイ〉ときいた。ペックはクルシイとは、とらなかったのだ。クラシイと、とった。ことは重大だと、ペックは判断した。そこで、野麦涼子をそのまま連れ去ったのだ。そこから、CIAの大活躍がはじまった……」

「CIAの大活躍？」

「そうだ。野麦涼子を隠したまま、君の父上の前身を調べはじめたのだ。ペックはそこで君の父上が幽霊戸籍に入っているのを知った……」

「野麦涼子は、生きているのか」

「ということだ。くわしいことは、わたしは、しらん」

「そうか……」

　原田は、高知県四万十川汽水域に住む原田保高を、思い浮かべた。原田老人は、同じようなことをいってきた人があったといったが、その男はペックの調査員だったのか。

「ＣＩＡの情報ルートには警察も入っている。そのルートを通じて、君の父上には三人の旧友のあるのを知り、その三人がきびすを接するように死亡していることを知った。四人がコロラド収容所にいたと家族に洩らしていたのも知った。そこまでわかれば、もう問題はない。ペックにしてみれば、何があったのか、一目瞭然だ。ペックは、われわれが殺し屋を雇って四人を消させたものとみて、われわれの動静を探るいっぽう、それまでのことを本国に通報した。中岡君は与党の幹事長という要職にある。上層部の指示を仰がなければ、ことがことだけに、自分だけではどうにもならなかったのだ。報告を受けたＣＩＡ本部も独自に扱いかねた。結局、大統領に相談するしかなかった……」

　島中の声は、重い。

「それで……」

「大統領はＣＩＡに箝口令を出し、捜査を即刻停止させる処置をとる一方、腹心の人間を派遣して、中岡と会見させたのだ。つい一週間ほど前のことだ。大統領はせっぱ詰まった。三十余年前のこととはいえ、半永久的な捜索機関まで設けられているお国柄だ。ペックの調べた内容が暴露されれば、センセイションを捲き起こそう。第二次大戦の悪夢が蘇り、世論が過去に逆戻りする。議会で日本を非難する決議が出るおそれもある。そうなれば、これまで築いた日米関係は急速に悪化することになる。早急に大統領はことの真相を知る必要があったのだ」

「で、中岡は、喋ったのか」

「あるていど、中岡としては認めざるを得なかった。無関係だと突っぱねれば、ペックは野麦涼子を放さざるを得なくなり、そうなれば新聞等に〈クラシイ〉の件が大々的に採り上げられる。事件の背景がにわかにクローズアップされる。君の父上の三人の仲間の死にも、不審の目が向けられるだろうし、もうまちがいなく、蜂の巣を突ついたような騒ぎになる。収拾はつくまい」

「そうすると……」

「お察しのように、政府レベルの裏取引きが成立した。大統領はＣＩＡの捜査をやめさせ、報告は永久に握り潰す。中岡君は、やむを得なかった事情を述べて、了解を得る。同時に、日本側の警察の捜査をある時点で押える。すべては、闇に葬る約束ができた……」

「待て。野麦涼子はどうなるのだ」

「わたしは、知らん」

「知らんはずは、あるまい」

「ペックが、軍用機でアメリカに連れて行ったと、きいた。それだけだ」

「アメリカの、どこだ」

「わたしはそこまでは教えられていない。中岡君にそうきいただけだ」

「殺す気だな」

「あるいは、そうかもしれん」

放心したような、島中の口調だった。

「わたしは、真実を告白した。わたしは、自分の犯した罪がおそろしくなった。ようやく目醒めたのだ。わたしはいま述べたのと同じことを、警察で自白しよう。約束する。しかし、わたしには一つの懸念がある……」

「なんの、懸念だ」

「おそらく、わたしは殺されるだろう」

「殺される？　だれにだ」

「警察で自白をする。警察はことの重大さにあわてる。中岡幹事長に連絡を取るだろう。その結果は、目にみえている。一応は釈放される。後日あらためて事情聴取するとね。その後日までの間に、消されるのだ。消すのは根来組ではあるまい。九分九厘、ＣＩＡが出てくる。徹底した作戦を練り、わたしの死をカムフラージュするだろう」

島中はひとごとのように見通しを述べた。

「そうかもしれん」

ＣＩＡはおろか、警察ぐるみの謀略が張りめぐらされる懸念が強かった。いか があろうと、事件は表沙汰にできない。島中が自首すれば、島中は殺される。アメリ 連れ去られたという野麦涼子も、殺される。事件を知る者は一人ずつ殺されて行き、最後に、デッチ上げられた犯人である横田洋一が原田光政・季美暴行殺害容疑で有罪になり、絞首されて、ケリがつく。

「わたしだけではない」島中のひとごとめいた、放心した声がつづいた。「君も、近いうちに、どこかで死体で発見されるはずだ。いままでは、君の敵は根来組だった。根来組はたいした相手ではない。だが、これからはＣＩＡが敵だ。警察も君の味方ではない。君を消す暗黙の了解は、すでにできている。どこに逃げようと、君の運命は決まったも同然だ。気のどくだが、もう、逃げられまい」

「そうかな」

「たぶんね」

「おれは、どこにも逃げたりはしないさ」

原田は闇の洋上に視線を向けて、タバコをくわえた。

漁船の灯が幾つかみえた。

島中の告白は真実そのものであった。前後の事情から考えてそれはうなずける。父を含む四人の仲間が帰国後も幽霊戸籍に入り、故郷を捨てて生きたのは、連合軍兵士および民間人の生体実験で虐殺した重い過去があるからだった。父たちは戦争犯罪者として絞首台に引き出されることを、死ぬほどおそれた。下級兵士であった父たちの責任ではない。そのことは明らかだと思う。

命令されれば従わざるを得ない立場だ。それに、当時二十歳そこそこだった父たちに、いまの若者が抱くような見識はない。軍国主義教育を叩き込まれ、帝国必勝の信念に燃え、米英は鬼畜であった。鬼畜の敵国人を虐待するのに何ほどの煩悶が必要だっただろうか。

鬼畜の白人女を犯すのにどのような自制が必要だったのだろうか。

それは、あるいは現在の若者と較べても同じであるかもしれない。思想をふりかざしながら仲間を無残に、大量に殺した学生。爆弾を投げてだれかれかまわず殺傷する連中。その行為を思想というのなら、兵隊には兵隊なりの思想があったことになる。

ともかく、父の過去を批判する気持ちは、原田にはなかった。

故郷を捨て、幽霊戸籍に入って戦々恐々と生きた三十余年の歳月が、すでに、罪があるとすればその罪を洗い流していよう。

許せないのは島中と中岡だった。島中も中岡も医大出だ。兵隊に較べれば教養に天地の差がある。しかも大佐だ。研究所では絶対的存在だった。その島中と中岡が率先して白人女を犯し、厭きると兵隊に払い下げた。両人が軍律をわきまえていれば起こり得なかったことだ。生体実験にかぎっては、軍命令だからしかたがない。島中も中岡も戦争の被害者だといえる。

だが、島中と中岡は撤収にあたって、要員を鏖殺（みなごろし）にした。そのあげく、脱出した父たち四人の兵隊を殺さねば自身の安泰が保てないとあって、探索の目を放さなかった。四人をさえ殺せば免罪符を手に入れられる。その中岡と島中に、原田は権力を握る者にありがちの無類の残忍さと狡猾（こうかつ）さをみた。二十人近くを殺してまだ保身のためとあれば四人を殺そうとするその異様な自己への執着。

島中と中岡はしかし、悪夢は忘れた。

三十余年後に、四人の一人が患者となって目の前にあらわれるとは、思いもよらなかった。

武川恵吉の深層にある記憶を覗（のぞ）いた島中の驚愕（きょうがく）は、推察できる。憎むべきは三十余年を経て医学部教授となっても、いや、それだからかもしれないが、強大な権力を握った二人の心にたちまち殺意が湧いたことである。権力はつねに悪を生む。

島中と中岡は、またもや、殺害に手を染めた。

——ＣＩＡか……。

原田はタバコを捨てた。

ＣＩＡが原田を消しにかかるというのは、たしかであろう。ここで自分を消せば、事件は完全に葬られる。

――殺されてたまるか。

政治の谷間に埋没するわけにはいかない。政治の非情さを、原田はまざまざとみた。百三十六人の人間が生体実験に供され、細菌を植えられて虐殺されたことを、米政府は政治のために葬ろうとしている。中岡は中岡で、ＣＩＡの協力を得てでも事件を葬ろうとする。そのためには、父と妹、そして、野麦涼子も加えて六人の人間が虫ケラのように殺され、無実の横田洋一が絞首されるのだ。

看過することはできなかった。たしかに強大無比な敵であった。論理的には日米両政府が敵である。原田は孤りだ。徒手空拳で、援軍はない。ＣＩＡと根来組に追われても警察に救いを求めることもできないのは、島中のことば通りだ。警察に駆け込むことは、逆に危険を増すことになる。それは承知だった。それらを承知の上で、闘う覚悟を決めた。

日米の両政府が結んだ陰謀を、原田は暴こうというのではなかった。権力のあるところにはつねに腐敗がある。その腐敗は、原田にはどうでもよいことだった。原田にできることはたった一つしかなかった。

――仇を討つ。

その一事だ。父と妹の、そして、野麦涼子の仇を討つ。余のことはどうでもよかった。三十余年前の悪夢を国民の前に暴く気もなかった。ただ、目には目をであった。

逃げるのではなかった。逆に追い詰めるのだ。元凶である中岡を追い詰めて、殺す。

——島中をどうするか。

漁船の灯をみながら、原田はそれを考えた。島中は直接、父と妹、そして野麦涼子の殺害に関係したわけではなかった。だが、この事件の発端が島中にあることは事実だ。武川恵吉を発見しても、そっとしておけば何事も起こらずに済んだ可能性が強いのだ。あるいは、話し合いで処理することも可能だった。それを、治療にことよせて、殺した。原田は島中を殺す覚悟で追ってきた。憎むべき男であることは、いまもなんの変わりはなかった。

ただ、島中はようやく非を悔いた。追い詰められ、死を前にしての悔いであるにせよ、悔いにはちがいない。そして、おどろおどろしい真実を、述べた。それが原田をためらわせた。島中は警察に自首するという。この場を逃れてしまえばその決意はあっけなく逆転するであろうことは、原田は承知していた。医学部教授から、殺人犯に変身などできるわけのものではない。

島中が決意を逆転させようが、原田にとっては問題ではなかった。事件の全貌はすでに知ったのだ。原田の目的は今日から中岡幹事長を殺すことに絞られる。あるいは、ここから島中を放てば、島中は逆に原田を殺すことに異常に熱中するかもしれない。そうなればなったで、島中も殺せば済む。

ただ、島中をここで殺すか、それとも放すかの、どちらかであった。

原田はそれを思案した。

原田の肌が、ふっと収縮した。背後に殺気を感じた。

──しまった！

冷たいものが背筋を走った。原田は島中に背を向けていた。遠い漁船の灯をみるともなくみていた。その背に島中が襲いかかった気配をとらえたのだった。原田は断崖から数メートルのところにいた。島中の巨体に突きとばされれば、断崖にふっとぶ。つかまるべき灌木が崖際にはなかった。

それだけを悟ったのは、一瞬であった。

原田はとっさに体を倒した。それ以外にとる方法がなかった。倒れながらも、するどい悔恨が走っていた。島中が逆襲に出ることをなぜ、思わなかったのか！

倒れかけた体に巨体がぶち当たった。

「死にやがれ！」

島中は叫んだ。

原田は一間ほど突きとばされて、死物狂いで地面に指をたてた。そこは斜面になっている。かろうじて、体は停まった。島中の足蹴りが顔面に裂けた。ほおが裂けたように思ったが、そんなことはどうでもよかった。死の悪寒に染まっていた。蹴上げた島中のズボンの裾(すそ)を摑んだ。必死の力をこめて、引いた。

島中が叫んだ。巨体が音たてて倒れた。

「や、やめろ、やめろ、たすけてくれ！」

島中は絶叫を放った。巨体は原田の傍に転がった。原田はすばやく上体を起こした。

傍に転がった島中の体を、足で突いた。

島中はわめきながらずり落ち、体が重いせいで停まることができずに、断崖に呑まれた。

落ちるときには、もう叫びはなかった。

第六章　死　闘

1

島中教授の失踪が地元警察に届けられたのは、その翌日の十月八日であった。

牧丘美都留は朝まで待った。朝になっても島中からは連絡がない。投宿していた金華山ホテルの支配人に相談した。ホテル側は東北大学医学部教授に連絡をとり、島中教授からの連絡がなかったかを問い合わせた。教授会の世話役である東北大学側にはなんの連絡も入ってなかったことがわかり、警察が捜索に乗り出した。

教授の車はホテルの駐車場にあった。

警察は、九時過ぎに教授らしい人物が駐車場でだれかと話しているのを目撃した男女からの証言を得た。

死体が発見されたのは午後おそくだった。漁船が発見した。島中は断崖から落ちてみるも無残な死体で転がっていた。

崖上には争った跡がはっきり残っていた。

県警は広域非常線を張った。島中教授は日本医学界の重鎮である。その島中が他殺体で発見されては、県警は躍起にならざるを得なかった。目撃者の証言にある三十前後の長身の男を捜して、挙動不審者は片端から訊問された。

警視庁捜査一課の峰岸五郎は、そのニュースを八日の夕刻にきいた。

――やつめ。

峰岸は眉一つ動かさなかった。

峰岸は原田義之宅に電話を入れた。原田は不在だった。

夜半近くなって、もう一度、電話をかけたが、やはり不在であった。

――中岡幹事長を狙っているのか。

原田がとうとう直接報復に踏み切ったことを、峰岸はぼんやり考えていた。島中教授を殺したのは原田に決まっていた。原田にはクラシイ島の熱帯性伝染病研究所の実体を突きとめるようにいってある。それきり音信がなかった。何かがわかれば連絡があるはずだから、連絡もせずにいきなり直接行動に出たのは、証拠の発掘が絶望とみたからにちがいない。

島中を殺す前に自白を得たのか――峰岸の関心はそこにあった。おそらく自白させていよう。自白なしで殺しはすまい。いったい、いかなる事情があったのか。

直接報復を峰岸は悪いとは思わなかった。ＣＩＡが介入し、島中教授と中岡幹事長が当事者である事件が警察の手で解明されるわけはなかった。国家権力の陰にかくれてしまうのは明らかである。報復は不可能だ。やるとすれば島中を殺し、中岡を殺す以外にない。殺すべきだと、峰岸は思った。

正義などというものは国家をはじめ、機構の中には存在しない。そして、正義は報復の中にあると峰岸は思う。危険な考えかもしれぬが、奪われれば奪い返す、殺されれば、殺し返すのが、男の生きる道であると思っていた。奪われ、殺され、あげく、国家権力によってなし崩しに葬り去られて、恨みだけを残して生きても、人生は割り切れるものではない。

それよりは、自身の強烈な感覚に生きるべきであった。

ただ、その場合は自身も滅ぶことを覚悟しなければならなかった。

島中教授を殺し、中岡幹事長を狙う原田に前途はない。

十月九日――その日も原田は不在だった。原田からの連絡もなかった。

夜、峰岸は外事警察の伊庭のマンションを訪ねた。

伊庭のマンションは渋谷区の代々木にある。外事警察にはダンディな捜査員が多い。伊庭もそうであった。独身で、かなり高級なマンションに住んでいた。

伊庭はウイスキーを飲んでいた。

峰岸は伊庭と向かい合った。

「何か、情報が入ったのか」

峰岸はグラスを把った。伊庭からの呼び出しであった。

「まあ、飲め」

伊庭は沈んでいた。たるみもふくらみもない直線的なほおに何かの翳りがみえる。

「ＣＩＡが動きだした気配が、ある」

ポツリと、伊庭はことばを落とした。

「ＣＩＡが……」

「六本木のアジトにいた連中が、行方をくらましたのだ。あの連中は腕利きの工作員だ」

「………」

「連中が何かをやるときには、行方がわからなくなる。いなくなる三日前に、横須賀基地内にあるＣＩＡ極東支部で何かの工作会議が開かれたという情報が入っている。いずれ、よからぬ企みだ」

「情報は、それだけか」

「うん……」

伊庭はうなずいた。

「では、なさそうだな」

伊庭の表情は相変わらず沈んでいる。伊庭のセクションは公安警察から内閣調査室、自衛隊の諜報機関である陸幕二部別室等と密接な関係がある。その他にＣＩＡおよび韓国諜報組織ともつながりがある。ＣＩＡが動き出した情報をつかんだのなら、その目的を知らないはずはない。

「だれかを消そうとしているらしい」

伊庭は、峰岸をみた。

「だれかを……」

「通常なら、ＣＩＡが消そうとする者の名前はわかる。われわれをはじめ各機関が妨害に出るか、黙認するかを、それで決めるのだ。だが、こんどは、その情報が閉ざされている。内調も陸幕も、公安も、そしてわれわれも、蚊帳の外だ。これは異常のことといわねばならない。おそらく、本国のＣＩＡ本部からの極秘指令だ。相手が超大物か、超大物の秘密を握った人間か……」

「そうか……」

峰岸はグラスを握ったまま、うなずいた。

「島中教授が、殺されたな……」

伊庭が訊いた。というよりは独りごとのような感じだった。

「クラシイ島の熱帯性伝染病研究所に派遣されていた軍医で、兵籍に載っている人物は他に中岡幹事長がいる」

「ああ」

「うん」

外事警察をはじめ、各機関の動きがそのことばでわかった。

「十日ほど前に米大統領の腹心の部下が来日して、極秘裡に首相と幹事長に会っている。その男は国務省に籍を置いているが、われわれの間ではＣＩＡの幹部だとわかっている」

伊庭は、そこで口を噤んだ。

「情報は、それだけか」

「それだけだ」

伊庭は、うなずいた。

「おれが、殺させんさ」

峰岸は立った。

「捲き込まれるなよ」

「ああ」

峰岸はドアに向かった。

「中岡幹事長は無類の狩猟好きだ。今月の二十日過ぎにアラスカに行く予定だ。アラスカ・パイプラインがあらかた完成している。完成したあかつきの日本との燃料供給問題で政府間の話し合いが行なわれているが、その視察をかねて、ハンティングをやるのだとか……」

峰岸の背に、伊庭はつぶやきかけた。

峰岸は立ち止まって、背で聴いていた。

「例のペックだが、野麦涼子と一緒にアラスカにいるという噂（うわさ）がある。場所は不明だが……」

峰岸はそこまで聴いて、背を向けたまま、無言でうなずいた。

ドアを出た。

2

電話が鳴って、目覚めた。

原田義之は腕時計をみた。夜の九時過ぎであった。電話をかけてくる人間に心あたりはなかった。ホテルは別のところに替わっていた。だれにも悟られていない自信があった。

フロントからだろうと、受話器を把った。

「義之さん——義之さんなの」

いきなり入ったその声をきいて、原田は夢のつづきではないのかと疑った。声の主は野麦涼子だった。

「涼子さん――どこにいるのだ」

「あなたの家よ。いま、来たの。鍵を持ってたから、開けたの」

「いったい……」

「お話が山ほどあるのよ」

「すぐに帰る。しかし、どうして、このホテルがわかったのだ」

「ペックよ。ペックが教えてくれたの」

「しかし、君は、たしかアメリカに……」

「いいえ、日本の米軍基地にいたのよ」

「よし、すぐ出る。いいか、戸締まりをしておくのだ。おれ以外の人間には開けるな」

「いいわ」

原田は電話を切った。

急に熱が吹き出ていた。体に重量感が感じられなかった。何かを考える必要があるような気がしたが、何を考えてよいのか、わからなかった。

身支度をして、部屋を出た。

それでもホテルを出るときには緊張していた。島中の話で、ＣＩＡが殺害工作に乗り出してくることは覚悟していた。根来組も牙を剝き出そう。島中が殺されたことで、根来組は凶悪そのものになる。自分たちが差し向けた殺し屋も逆に殺されているであろうことは察しているから、よけいだ。

警察も敵に回る。

四面楚歌。通行人がすべて敵に思える原田だった。武器を持たぬ身は、生きのびるにはいくら警戒をしても警戒のし過ぎということはなかった。

客を運んできたタクシーに乗った。客待ちをしている車は敬遠した。根来組ならともかく、ＣＩＡが相手ではいかなる場所に陥穽が設けられているかわからなかった。おそるべき相手であった。その証拠に、新宿のホテルから移ったこの紀尾井町のホテルもすでにペックに突きとめられている。

それを思うと、悪寒が走った。

ＣＩＡは、なぜ、野麦涼子を放ったのか？

原田はそれを考えた。不可解だった。放たねばならぬ理由がないのだ。いかに口止めをしたにせよ、放たれれば野麦涼子はＣＩＡに監禁されていたことを訴えるかもしれない。日本人を米軍基地に誘拐監禁したとなれば、ことは重大である。国家主権の侵害になり、政治問題を惹き起こす。

野麦涼子の裸の写真か、または強姦されている写真かを撮り、口止めの脅迫材料とすることは考えられる。それを公表されるとなれば、女は口を閉ざそう。しかし、そんなことをするくらいなら、ＣＩＡは野麦涼子を殺すはずであった。あえて国家間の摩擦を惹き起こしかねない生き証人を野に放つことはないのだ。

だが、野麦涼子は戻ってきた——。

野麦涼子が戻ったことの安堵の中に、大いなる疑惑が渦巻いていた。

ＣＩＡは原田の潜むホテルを嗅ぎつけた。抹殺するためだ。にもかかわらず、野麦涼子を放ち、しかも、原田の潜伏するホテルまで教えた。

——陥穽か。

陥穽だとすれば、いったい、いかなる陥穽なのか。

紀尾井町から自宅は、すぐだった。考えがまとまらないままに着いた。タクシーから降りると、自宅の玄関に灯が入っているのがみえた。殺し屋の宗方をおびきだして以来はじめて入った灯火だった。部屋からも明りが洩れていた。

ドアは施錠がしてなかった。施錠をしておくのだといったことを思って、ちらと不審感が走った。しかし、原田はドアを開けて、その不審感を捨てた。女の靴があった。それに嗅ぎ馴れた香水の匂いが流れていた。

台所で水道を使う音がきこえた。洗い物をしているようだった。居間からは賑やかなテレビの音が流れていた。

「涼子さん」

原田は弾んだ声をかけた。大股で台所に入った。

台所には、男がいた。外国人だった。ほお髯を生やした、いつかの外国人だった。手に消音拳銃が握られていた。

「また、お会いしましたね」

その男は笑った。声だけで笑う笑いだった。灰色の目は研ぎ澄まされたように炯っていた。

背後で物音がした。振り返ると、そこにもいつかの男がいた。青い目の男だった。

「そうか……」

原田は椅子を引き寄せた。

「水道を停めたら、どうだ。料金を払うのは、おれだぜ」

タバコを出して、くわえた。

「もう、払えなくなるでしょうね」

青い目の男が、ポケットから注射器具を取り出した。アンプルを馴れた手つきで、切った。注射器に液体を吸い上げた。

「毒殺、かね」

ふるえまいとしたが、語尾がふるえた。

「ちょっとの間、おとなしくしていただくだけです。死んでいただくのは、あとです」

青い目の男は、原田の腕を摑んだ。

「その前に、野麦涼子に会わせろ」

「野麦涼子さん――そのかた、ここにはいません」

「しかし、電話が……」

いいかけて、原田は頭を殴られた気がした。野麦涼子はあなたの家からだといったが、それをたしかめたわけではない。電話は基地からでもかけられる。

「かかりましたね」青い目はふっと笑った。「あの電話はアラスカからです」

「アラスカ！」

「ダイヤルで、ダイレクトにかかるのです。ご存じないですか」

「まさか……」

ことばがつづかなかった。アラスカからダイヤル直通電話がかかるとは。注射を射たれる前に、すでに体中の筋肉が萎えていた。なんと、自分はうかつだったのか。野麦涼子の声をきいて意表を衝かれたにせよ、なんと闘うに無策だったのか。無防備だったのか。疑うことを知らなかったのか。

自分が呪わしかった。

原田は瞑目した。闘いは終わったことを覚悟した。せざるを得なかった。もう、どうにも逃れる方法がなかった。わずかに殺し屋と島中に報復しただけで、かんじんの中岡幹事長には一指も触れ得ぬままに殺されるのか。

男が服の上から注射針を無造作に突きたてた。そのやりかたに原田は冷酷非情をみた。どうせすぐ殺す男に消毒の必要はないことを、それは物語っていた。

「おれを、抱えて運び出すのか」原田は訊いた。「だれかにみられると、ことだぜ」

「ご心配なく」青い目は笑った。「声を出すのがいやになります。暴れることもいやになります。しかし、歩くことはできる注射です。要するに、反抗するのがいやになるだけです」

「さすがに、ＣＩＡだな」

「ありがと」

原田は二人を交互にみた。この二人にはかならず報復するつもりだった。縛られ、裸にされて犯された屈辱が蘇（よみがえ）っていた。

「殺す前に、また可愛がってあげます」

ほお髯が原田の表情の裡（うら）にひそむ屈辱を察した。欲情が灰色の瞳孔（どうこう）に濡（ぬ）れている。

寒気がした。

拒む方法がない。

「五分後に、ここを出ます」

青い目が腕時計を覗いた。

そのとき、玄関でするどい物音が湧いた。ドアを蹴開けた音だった。原田がかけた鍵を蹴破ったらしい。その乱暴さは三人を竦ませた。

青い目とほお髯が、消音拳銃を構えた。青ざめた顔を見合わせた。

靴音が廊下に上がった。

――何者なのか！

二人の表情からＣＩＡの仲間でないことははっきりしていた。その乱暴さから判断して根来組ではあるまいかと原田は思った。

「警察だッ」

足音の主は廊下でピタと動きをとめた。

「拳銃を捨てて出ろ。包囲してある。抵抗すれば射殺する」

原田はくずれそうになった。声の主は峰岸だった。

二人は拳銃を廊下に転がした。

峰岸が台所に入ってきた。

「まだ生きていたか」

「ああ」

声がかすれた。

「君が殺されていれば、だれがなんといおうと、こいつらを殺人罪でぶち込み、もし圧力をかけるのなら新聞にいっさいを暴露しても闘うつもりだったのだ」

峰岸のことばには憤りがこもっていた。

相良刑事が入ってきた。

「こいつらを、手錠でつなげ」

口調がきびしい。

「しかし……」

峰岸はどうしてこの急場にあらわれたのかと、原田は訝しんだ。

「見張らしていたのだ。この家をな。ＣＩＡがこっそり入ったとの連絡を受けたので、近くにきていた。そこへ、案の定、君がノコノコと戻ってきた」

「そうか……」

「世話をやかすのは、いいかげんにしろ。おれからみれば、君はヨチヨチ歩きだ。そのくせ独善的傾向が強い」

「済まん」

小さい声で答えた。原田はひどく体がだるくなっていた。

「どうした」

「抵抗力を失わせる注射をされた」

「おい」

峰岸は二人に向きなおった。険悪な相になっていた。

「この男にもしものことがあれば、ただでは済まさんぜ」

拳銃を向けた。

「だいじょうぶ。一時間でもとに戻ります」

青い目が、両手を拡げてみせた。

「大使館の車は、われわれをみて帰って行きました。この連中を連行しましょうか」

相良が訊いた。

「いや」峰岸は首を振った。「あんたは、外で警戒していてくれ」

相良に指示した。

相良が外に出た。

峰岸は二人を居間に移した。原田は自分で歩いて移った。ソファに体を埋めた。崩れかけた感じになっていた。神経系統の弛緩剤を射たれたらしかった。顔が間のびしたようになっている。もう口もきかなかった。うつろな表情であった。

峰岸は湯を沸かし、濃いコーヒーをいれてきて、原田に飲ませた。原田は黙って、時間をかけて飲んだ。小児のような感じだった。飲ませてやっている峰岸の心に、しだいに憤りがせり上がっていた。原田は父と妹を惨殺され、恋人を奪われた。その上、自身も死の一歩手前に追い詰められて、愚鈍な表情になっている。このまま原田が殺されたかもしれないことを思うと、権力への憎悪がかきたてられた。

中岡幹事長は保身のため何人もの人間を殺しながら、新聞やテレビでは与党の重鎮として、清潔な政治を述べたてている。首相も中岡の行跡をＣＩＡから知らされながら、闇に葬る決心をした。それだけではない。原田義之さえ亡き者にすればすべては消滅するとわかって、ＣＩＡの暗躍に希みをかけている。

たしかに、原田を殺せば、事件は跡形もなく消える。横田洋一の暴行殺害でケリがつくのだ。弱者が数人亡びて、権力は続く。そして、自分がいなければ原田はとっくに殺されていたはずであった。かりに自動車事故の形で死ねば、週刊誌に〈不幸な一家〉と書きたてられるであろう。それが墓碑銘だ。原田一家全滅の裏にある複雑な背景はだれにも掘り起こすことができない。そういうことは、たまにだがある。権力者がからんだ犯罪は、そうなる。

峰岸が友人だったから、原田はここまでは死をまぬかれてきた。また原田が友人でなければ、峰岸にしてもとっくにこの事件から手を引いていた。もちろん、現在も手は引いている。すくなくとも表面上はそうであった。原田を救けていることがわかれば、どこかへとばされる。

権力の汚なさを、捜査員は身に滲みて知っている。

虫酸の走る思いだった。

原田は弛緩した表情のままだった。

峰岸は二人を訊問しはじめた。

「大使に電話させてください」

青い目は、なんどかそういった。

峰岸は無視した。

どうするかは、原田の回復を待ってから決めることにした。

原田が回復したのは一時間近くたってからであった。

原田は黙って、二人をみつめていた。体に揺曳感が残っている。口をきくのが億劫であった。しかし、筋肉には徐々に張りが戻ってきていた。その張りが完全に戻るまで、黙って二人をみつめていた。

脳裡に映像が浮かんでいた。

裸にされ、肛門を犯されながら、この男の手に屈辱の精液を放出しなければならなかった暗い映像。

原田は立った。その原田をみて、二人の男の目に恐怖の影が宿った。しかし、CIA工作員だけのことはあった。悲鳴を上げるとか、許しを乞うような真似はしなかった。青と灰色の瞳孔で原田をみつめた。

「ペックはアメリカのどこにいる。そして、野麦涼子はアラスカのどこに監禁されている」

原田は訊いた。

「知りません」

青い目の男が答えた。髭の剃り痕が病的に青い。

「われわれは、あなたを誘拐するように指令を受けただけです。アラスカのどこから電話をかけたのか、知らない」

「ズボンを脱げ」

原田は命じた。

青い目とほお髯は観念していた。手錠でつながれた腕で、どうにか二人とも下半身素裸になった。

「おい」

峰岸は声をかけた。原田のやろうとすることがわからない。

「こいつらの肛門を、犯したくは、ないか」

原田はその峰岸に訊いた。

「よせ。気味が悪い。いったい、何をやろうというのだ」

原田の真意がわからない。峰岸は眉をしかめた。原田がどのように二人を痛めつけようと、峰岸には異論はなかった。先方もその覚悟はできている。他国人の暗殺に狂奔し、警察権にまで介入しているのだ。殺されることも覚悟しているはずであった。逆の立場に原田が立っていたかもしれない。峰岸にとめる気持ちはなかった。しかし、この光景は異様であった。

「おれは、いつか、この二人にアジトに連れ込まれて犯された。それを返してやる」

「しかし、おい——」

峰岸はあわてた。そのことは初耳だった。だが、ともかく、犯されたから犯して返すというのは、おだやかではない、相手が女ならともかく……。

「黙ってみていろ」

原田は台所に入った。食器棚（しょっきだな）のどこかに擂（す）り粉木（こぎ）があった。それを捜して戻った。

「尻を出して這（は）え」

擂り粉木をみて、二人の顔色が変わった。

「早くしろ」

しかたなく、二人は尻を向けて、這った。大きな尻だった。肉食人種の肌の荒れがきわめて不潔にみえた。

擂り粉木を、原田は一人の尻に当てた。太さは男根の比ではない。それを、力まかせに押し込んだ。押し込まれた男は、化鳥の啼（な）くような声を立て、上体をのけぞらした。

「動くな！　動くと、掻き割くぜ」

原田は擂り粉木を手元まで突き刺した。鮮血が肛門を染めた。原田はかまわなかった。十数回、出し入れした。

男が、悶絶した。

つぎの男も観念して、待っていた。その男もしかし、化鳥の叫びを発した。同じ経過を辿って、悶絶した。

「終わったぜ」

原田は擂り粉木を捨てた。

峰岸は無言でうなずいた。凄絶な復讐であった。事件前に較べると原田は痩せていた。ほおがそげ落ちている。かつてはなかった陰惨さが出ていた。痩鬼というか、復讐鬼というのか、ためらいを捨てた原田の長身には凄絶さが漂っていた。

毛虫は蝶に変態する。原田は人間から鬼に変貌していた。

3

「アラスカ、か……」

グラスを握ったまま、原田は遠い目を空間に向けた。

「野麦涼子の電話がどこからかかったかは、調べればわかる。しかし、容易に足のつく場所からはかけまい。おれの得た情報では、アラスカだ。中岡幹事長がアラスカ・パイプラインの完成を間近にひかえて、燃料受給交渉にアラスカに行くというのは、妙な気がする。もちろん、交渉は継続中らしいが、それなら担当大臣が行かねばならん。まして、それにこと寄せて狩猟をするというのが、謎めいている」

外事警察の伊庭の情報を、峰岸は原田に伝えた。

ＣＩＡの二人は追い出していた。

「野麦涼子が生きているのは、さっきの電話でたしかだ。アラスカにいるのだとすると……」

島中も、死ぬ前にペックは米軍用機で本国に帰ったといった。どう扱ってよいかわからぬ野麦涼子をともかく米本国に連れ去ったことはたしかだ。ペックは野麦涼子の話からことの重大さを見抜いてＣＩＡ本部に連絡をとった。そこから大統領に、大統領から日本政府首脳に特使が派遣され、両国首脳の間で事件を葬る密約ができた。

ＣＩＡは中岡幹事長の要請を受けて、原田殺害に動いた。

そうなれば、野麦涼子が釈放される可能性はゼロだ。野麦涼子は父の最期のことばしか知らない。事件全体を一頭の野牛にたとえれば、蟻のごとき微小な存在だ。それでも蟻の一穴から崩れるものを警戒する。両国政府首脳にとっては、いささかの瑕疵も許されない。

その野麦涼子が殺されないでいる唯一の理由は、原田にある。原田を殺せば、野麦涼子も殺す。殺さないのは、囮（おとり）作戦に使える希みがあるからにほかならない。

アラスカのどこかに監禁されている野麦涼子と、今回の中岡幹事長のアラスカ行きとは何か関係があるのか。

「アラスカでの中岡幹事長の行動予定は、わからないのか」

原田はグラスにウイスキーを注いだ。

「そこまでは、わからん。フェアバンクスで米側のアラスカ・パイプライン公社の関係者と会談するそうだ。そこから先は、米側は関知しないらしい。小型飛行機を雇って狩猟に出る予定だが、狩猟地は秘密になっている。なにしろ、アラスカはバカでかい。どこへ行くにも足はすべて飛行機だ。ふつうの家庭でも小型機を持っていないのがめずらしいというほどの土地柄だ」

「ペックの根拠地がどこにあるかわからんが、中岡は狩猟にこと寄せてペックと会う計画かもしれんな……」

「それはどうかな。かりに野麦涼子を殺すのなら中岡は指令を出すだけで済む。また、幽閉されている野麦涼子に中岡が会う必要もあるまい。ただ、ペックと打ち合わせのようなことはやるかもしれん。軽飛行機で両者がどこかの猟場でおち合えばよいわけだから。それと……」

峰岸はグラスの氷をカラカラと振った。

「なんだ」

「君は、執拗に島中を追った。中岡にしてみれば、君を殺す以外に抜け道がない。殺すことに全力を絞っている。日本国内で君を殺すのはつねに危険がつきまとうし、難しい。また何度か失敗もしている。あるいは、アラスカ行きも、罠かもしれん」

「おれを、誘き寄せるためのか」

「そう考えられんことはない。君の復讐心は鬼神なみだ。とうとう島中を殺しもした。たんに喰うか喰われるかだけではなくて、君は日米両首脳には癌的存在だ。君を殺さぬかぎり、連中にすれば爆弾を抱えているのと同じだ。そこで、中岡は隙を見せたのかもしれん。ＣＩＡのお膳立てでね。だから、野麦涼子がアラスカから電話をかけたのだとわかってもよかったのだ。もちろん、それまでにＣＩＡか根来組が君の抹殺に成功すれば問題はないが、さもない場合を想定して、中岡はアラスカ行きをそれとなく知らせたのだ。君が追ってくることを期待して。君にしても、国内で中岡を殺すことは不可能に近い。アラスカで狩猟中なら、狙いやすい……」

「なるほど」

いわれてみれば、そうかもしれない。原田はすでに島中を殺した。島中を殺して元凶の中岡を放っておくわけはない。中岡にすればいのちがけにならざるを得ない。ＣＩＡのお膳立てで罠をかけることは、充分に考えられる。

「舞台は、アラスカに移ったわけだ」

峰岸は不安のこもった目で、原田をみた。原田が行くといえば、とめられない。行けば、まちがいなくアラスカは死地になる。峰岸としても、救けようがない。

「行くしか、あるまい」

原田はつぶやいた。

「中岡にはSPが二名同行する。それに、アラスカではCIAが警護しよう。行くのならそれを承知しておかねばならん。おそらく、アンカレッジに降りた瞬間から、君はCIAの包囲網に包み込まれることになろう。税関を出たところで何かの名目をつけて逮捕されるということもある」

「アラスカ直行便は、外すさ」

「？」

「サンフランシスコに入ろう。そこから、カナダ経由でアラスカに向かうつもりだ。まさかサンフランシスコからカナダ経由で入るとは思うまい」

「だろうね。しかし、CIAのことだ。いかなるてを打つかもわからん。日本からの航空便の着く空港はすべて警戒するということも考えられる。中岡のアラスカ行きがCIAとの協議による囮の意味を持つものとしたら、それくらいの厳戒はあたりまえだろう。CI

Ａの面子（メンツ）にかけて、君を抹殺しようとするはずだ」

峰岸には原田のアラスカ行きは絶望的なものに思えた。強大な組織を持つＣＩＡを米本国で相手にするには、原田はあまりにも卑小すぎた。

「旅券は、他人名義でとるさ」

原田は、グラスの琥珀（こはく）色の液体をみつめたままだった。

「他人名義のパスポートにせよ、顔はごまかせまい。君の顔写真は各空港に配られているだろう」

「しかたがないさ」

原田はふっと笑った。

透明なさみしさを含んだ笑顔に、峰岸にはみえた。

「わざわざ、死地に赴くことはない」

峰岸の声には、しかし、力がなかった。諌（いさ）めてもきく男ではない。ここまで原田はいのちがけで父と妹の仇を追い詰めてきた。最後の舞台がアラスカに移ったとなれば、それが罠とわかっていても、原田としては行かねばならないだろう。その性格をよく承知していた。

「中岡を殺すだけなら、わざわざ行く必要はない。だが、アラスカには野麦涼子が幽閉されている。おれを呼び寄せる切り札として、殺さずに生かしてあるのだろう。おれは行かねばならん。中岡を殺して、その上、野麦涼子も救出するというのは、至難の業だとは承知している。いわばＣＩＡの本拠地で闘うのだからな。それに、野麦涼子がどこに監禁されているのかもわからないのだ。なにもわからないままに、アメリカに着いたとたんに、ＣＩＡに消されるはめになるおそれもないではない。――しかし、野麦涼子は、生きていた。それを知っていながら、放っておくことは、おれにはできん」

野麦涼子は原田光政の抱いた悪夢の捲きぞえをくって、死にさらされている。ＣＩＡの挑発であるにしろ、乗らないわけにはいかない。

「そうか……」

峰岸は吐息をついた。

「さいわい、アメリカでは銃がどこでも買える」

原田の表情には笑いが凍りついていた。

「うん」峰岸はうなずいた。「伝手を求めて、せめてサンフランシスコ空港だけはぶじに出られるよう手配しよう。できるかどうかはわからんがな。あとは、自力で拓り開くしかない」

「迷惑をかけるな」

「迷惑か……」

死地に赴く友に、それ以上のなにもできないのは、心苦しかった。

4

サンフランシスコ行きの日航機に、原田義之は乗った。

十月十六日であった。

アメリカははじめてではなかった。学生時代に旅行したことがある。その点では、心に多少の余裕はあった。ことばも日常会話に不自由しない自信があった。

機が羽田を飛び立ってから、原田は空港待合室で峰岸に渡された紙片を開いた。ペックの本籍と、G・モーガンなる男の電話番号が書かれていた。

〈G・モーガンか……〉

シスコ警察あがりの私立探偵だと、峰岸はいった。顔のきく男のようだった。どこのだれが紹介したのかは、わからない。峰岸には情報関係に知己がある。いずれ、このG・モーガンなる人物もそうした機関に何か関係のある男であろう。

峰岸の配慮に感謝した。モーガンなる人物が空港に出迎えれば、その目の前で原田を拉致することは、いくらCIAでもできまい。

日航機には外国人客が半分ほどいた。原田はタバコを喫ってもよい区画にいた。なぜか、その周辺は外国人ばかりであった。

原田はウイスキーの水割りを注文した。ダイレクト便だが九時間はかかる。飲んで眠るしかなかった。ＣＩＡの要員がまぎれているのかは、わからなかった。原田は他人名義で旅券を取得していたから、旅券からは原田の米国入国はわからない。ＣＩＡ要員が羽田空港に見張っていたかもしれぬが、それを考えてみても、どうなるものでもなかった。

現地除隊で本国に帰る黒人兵が隣席にいた。なんの勲章かはしらないが、胸にかなり飾っている。いろいろと話しかけてきたが、原田の反応がにぶいのを悟って、眠った。世間話をする気にはなれなかった。

水割りを数杯飲んで、眠った。

シスコ空港に着いたのは午後であった。

税関はなんということはなかった。ほお髯を生やしたノッポの税関吏が原田の荷物のないのを怪しんだくらいだった。手ぶらで旅行することを外国人はふしぎがる。なぜ荷物がないのかとしつこく訊いた。

税関を出たところに、胸の分厚い大男が立っていた。左手の拇指と人差指の爪でハンカチをぶら下げている。

「ミスター・モーガン？」

原田は傍に寄った。

「そうだ」

モーガンは笑ってハンカチをヒラヒラ振ってみせた。

春と秋があって、冬と夏がないという、気候にめぐまれたシスコは、めずらしく雨が降っていた。モーガンは車で来ていた。

「ホテルは？」

モーガンが訊いた。車はダウンタウンに向かっていた。

「いや」

「なら、おれの家に泊まれ。ぶじにシスコを発たせてくれと、依頼されているのでね」

「ありがとう」

モーガンは気さくというか、磊落な感じの男だった。アメリカ人に共通した性格といえる。話し好きで、必要以上の大声で喋る。

「で、どこへ行く」

「カナダ経由で、アラスカだ」

モーガンはハンドルを叩く真似をした。

「なぜ、そう遠回りする」

「ある組織をはぐらかすためだ」

「そのようだな」

モーガンはそれ以上は訊ねなかった。

「ついでに、頼みがある。この男が現在どこにいるか、捜してくれないか」

原田はペックのアドレスを渡した。ペックのアドレスはシアトルになっていた。そこには、両親か妻子がいるはずであった。調べてみて、ペックがアラスカのどこにいるかがわかれば助かる。そうでなければ、中岡幹事長がアラスカに来るのを待ち、その周辺にペックが姿をあらわすのを待つしかない。

「いそいでいるのか」

モーガンは紙片をみた。

「そうだ。できれば、これからシアトルに行ってほしい」

「これからか……」

モーガンはタバコをくわえた。時計は午後の二時を指している。

「やはり、そうだ。あの車……」

モーガンがバックミラーをみてつぶやいた。

「尾行車か」

「そうだ。空港から見え隠れにつけてきている。ただの車ではなさそうだ」

「…………」

「まかせておけ。そのためにおれが雇われたのだ」

モーガンはアクセルを踏み込んだ。

車はチャイナタウンを走っていた。その道を真っすぐに行けばゴールデンゲイトを通ってリッチモンド方面に抜けるのだったと、原田には記憶がある。

モーガンは急に車の向きを変えた。そのままスピードを落とさずに路地を縫った。通行人を轢き殺しかねない勢いだった。

「降りろ」

モーガンはビルの前で車を停めた。

「このビルの二階にロビーがある。そこで待て」

原田は車を降りた。原田が降りると、モーガンは車をダッシュさせた。たちまち、路地から消えた。

原田はロビーに入って、道路を窺った。一台の車がかなりのスピードでビルの前を疾り抜けた。

数分もしなかった。二人の男が乗っていた。その車はモーガンの消えた路地に走り去った。

原田はロビーに入ってきた。そのすばやさに原田はあきれた。最初は人ちがいかと思ったほどだった。

「連中は何台かの車を使っている。無線で連絡を取りながら追跡しているらしい。ただの相手ではないな。ＣＩＡか」

歩きながらモーガンが訊いた。

「そうだ」

「だろうな。あんたが日本を出たのが、連中にはわかっていたのだ」

外にタクシーが待っていた。小柄の黒人の女が運転をしていた。

「空港」

モーガンは運転手に指示した。

「いったい、どうやって……」

「そんなことだろうと思って、街角に仲間を待機させていたのだ。そいつがいま、車を走らせているさ。ひっかかったとわかれば、怒るだろうぜ」

「そうか」

さすがはその道のプロだと思った。周到な気配りだ。峰岸の配慮を原田は感謝した。モーガンの出迎えがなければ、あっけなく敵の手中におちていた。と、同時に、原田は敵のなみなみならぬ決意を知った。羽田空港を、やはり張っていたのだ。とすれば、これから先、ぶじにアラスカに入れるだろうか。

「小型機のチャーター料を払えるか」

モーガンが訊いた。

「払える」

そのくらいの余裕はある。

「友人がセスナを飛ばしている。値切ってやろう。それでシアトルに行くのだ。定期便では足がつく。ま、おれにまかせておけ」

モーガンは能動的だった。

空港に戻った。

三十分後に小型機は飛び立った。

「シアトルからブリティッシュ・コロンビアのドウソン・クリークというところに定期便が出ている。ドウソン・クリークは北米からカナダ、アラスカと続くアラスカ・ハイウエイのちょうど中間地点あたりにある小さな町だ。そこからヒッチハイクでアラスカに入ればいいだろう。アラスカまで約千五百キロほどだ」

機に備えつけの地図を、モーガンは太い指で示した。

「ありがとう」

「たぶん、連中はまいたはずだ。カナダに入ってしまえば、だいじょうぶだろう」

モーガンの声は破れ鐘のように大きい。

機はサンフランシスコから太平洋に出ていた。陸地沿いに北上している。シアトルに着いたのは夜だった。機からみる夜景が美しい。灯火の波だった。それが整然と走っていた。これほど夜景の美しい街はほかにないのではあるまいかと思えた。東京とは較べものにならない。

モーガンはモーテルを予約した。

モーテルに原田を案内して、モーガンはその足で出て行った。

「おれ以外のだれが訪ねて来ても、ドアを開けるなよ」

そういって、モーガンは出た。

モーテルは一流ホテル以上に設備がととのっていた。部屋も広い。広大な敷地に芝が植えられ、花壇が取り巻き、林がある。それらの中に宿泊棟が点在している。管理ハウスは遠くにある。老婦人が独(ひと)りで受けつけをやっていた。金を払って鍵をもらえば、あとは勝手である。日本のモーテルとは趣きがちがう。いちげんの客は泊めないのだと、モーガンの説明であった。そのくせ、料金はホテルより安い。

廊下に自動製氷器があって、一晩中氷を作っている。客は勝手に氷を取って水割りを飲める。

シャワーを浴びて、原田はウイスキーを飲みはじめた。食事は途中で終えてあった。

三十分ほどたって、電話が入った。

「異常はないか」

モーガンからだった。友人に会っているとモーガンは説明して、切った。仕事柄、たいていの街には友人がいるようだ。

それから一時間ほどたって、モーガンは戻った。

「ペックの居場所がわかったぜ」

無造作にモーガンは告げた。

「どこだ」

「アラスカだ。マウント・マッキンレイ・ナショナルパークを知っているか」

「ああ」

「その北にハーリイという街がある。その奥の山中にあるホテルだ。〈マウント・ホテル〉」

「よくわかったな」

「仕事だからね」

「ありがとう。あんたのおかげで……」

「それはいいが」モーガンは遮った。「明朝、あんたをドウソン・クリーク行きの飛行機に乗せるまでは、おれが見届ける。問題はその先だ。CIAが相手なら、よほど注意することだ。ぶじを祈るぜ」

モーガンはグラスをかかげた。

「気をつけよう」

「あんたは、度胸がある」モーガンはつづけた。「CIAに狙われているとわかって、アメリカにやってきた。しかも単身でね。度胸というよりは向こう見ずだな。連中は人間を消すのは馴れている。アラスカに入れば、ピストルを買うことだ」

「そうするつもりだ」

「マウント・ホテルだが……」

モーガンは視線を落とした。

「マウント・ホテルが、どうかしたのか？」

「ＣＩＡ職員専用の、保養所のような施設で、一般人は寄せつけないそうだ」

「保養施設？」

「ハンティングの基地だそうだ」

「ハンティングの……」

「ペックに、会うつもりか」

「そうだ」

「考えなおしたほうが、よくはないか。いのちが幾つあっても足りないぜ」

「行かねばならんのでね」

「そうか……」

モーガンは黙った。

ベッドは二つ並んでいる。アルコールをやめて二人はベッドに入った。モーガンはじきに寝息をたてた。原田はなかなか寝つかれなかった。

――ＣＩＡ専用の狩猟基地。

モーガンの忠告のように、そこに行くのは無謀であった。山中深くにあるという。発見されれば、野兎のように撃ち殺されよう。連中はライフルを持っていようし、ヘリもセスナも備えているにちがいない。まして野麦涼子を幽閉しているとなれば、備えは堅固だ。それに、原田の来るのを待ち受けてもいる。

軍隊を相手に独りで闘うのと同じだ。

しかし、ここまで来てやめる気はなかった。相手がいかに強大であろうと、いや、強大であればあるだけ、それなりの闘う方法もあろう。象は鼠と闘えない。闇にひそみながら隙を衝くという作戦がどこまで通じるかはわからないが、やってみるしかない。

ペックの潜み場所がわかったことで、中岡の行動予定がおよそ推察できた。中岡はフェアバンクスからマウント・ホテルに飛ぶにちがいない。おそらく、そこを基地に狩猟をするのだ。わざわざ野麦涼子の幽閉されているホテルに基地を設けるのは、原田を誘き寄せる目的があるからにほかならない。——誘いに乗ってやる。

野麦涼子の救出が第一義だが、それができなければ中岡殺害に絞る。それもだめなら、ペックを殺す。いずれにしろ、ただでは引き退らない覚悟はできていた。いのちが惜しいとは思わなかった。仇を討つこと、恨みを晴らすことだけしか原田の胸中にはなかった。

5

ジェット機がシアトル空港を飛び立ったのは、翌早朝であった。

ドウソン・クリークまでは六百マイルほどある。ほとんど満席に近かった。原田義之の隣席は二十七、八の女性客だった。妊娠していた。腹が目立つ。チャイナか日本人かと話しかけてきた。話し好きな人間が多い。隣り合えば、話をするのがあたりまえだと思っている。原田が東洋人のせいもあるのかもしれない。大きな路線ならともかく、こうしたローカル線に乗る日本人はめったにない。それもあるのだろう。

女はヘレンと名乗った。

「どちらへ?」

「カナダをヒッチハイクして、アラスカに」

そう答えるしかなかった。

「うらやましいわ」

ヘレンは横顔をみせた。窓外の雲塊をみている。鼻が高い。彫像のようにみえた。

「わたし、ウェルダーをしているの」

ヘレンはつぶやいた。

「ウェルダー?」

そのことばが原田にはわからなかった。

「ブラックスミス」

ヘレンは笑った。

「ああ」

それでヘレンのいった職業がわかった。ブラックスミスは鍛冶屋のことだ。ウェルダーは溶接工だと呑み込めた。そういえば、ヘレンの手にはヤケド痕が多かった。鍛冶屋だと自分から名乗る女性に原田は何か惹かれるものを感じた。蔑んでか、それとも手の焼痕を説明するためなのかはわからない。どちらにしろ、日本の女性にはない発想だった。ヘレンが溶接工場で働いている姿を想像した。逞しさというのか、健全さのようなものを感じた。

ヘレンは端正な横顔を向けていた。その横顔に哀愁が漂っているようにみえる。自由に旅をして回ることのできるひとびとへの羨望のようなものがあった。すると、原田はヘレンの健全さの裡に潜む哀しさを悟った気がした。

「ルート97沿いにわたしの家があるの。家の近くで車が拾えるわ」

「ありがとう」

ルート97はカリフォルニヤ州からカナダのドウソン・クリークに出て、そこからアラスカ・ハイウエイとなってユーコン地区のワトソン・レイクまで通じている蜿蜒二千マイル以上におよぶ道路だ。ワトソン・レイクから先はルート1がアラスカのアンカレッジまで通じている。

「日本へ行ってみたい。でも、おそらくだめね」

視線を戻したヘレンには、明るさが戻っていた。それからヘレンは日本のことについてさまざまな質問をした。

ドウソン・クリークは晴れていた。カナダは原田ははじめてだった。シアトルに較べると肌寒かった。

タクシーでヘレンの家に向かった。

家に寄っていかないかとのヘレンの誘いを、原田は丁重に断わった。ヘレンはふっと淋しそうな表情をみせたが、手を振って見送ってくれた。空港に夫は迎えに出てなかった。人はそれぞれに人生があるのだということを、原田は歩きながら思った。さまざまな、人生がある。

原田はアラスカ・ハイウエイを北に向かって歩いた。街を出ると、ハイウエイの両側は白樺の林がつづいていた。広大な風景であった。

ヒッチハイカーの姿はなかった。季節が冬に向かっていた。バケイションの時期は過ぎている。八月が最盛期だ。アメリカの各地からキャンピングカーがこのハイウエイに群がり、アラスカに向かうときいた。いまはそのキャンピングカーは通らない。

何台かの大型トラックが通り過ぎたが、どれも停まらなかった。

原田は路傍に腰を下ろした。

小一時間ほどたった頃、一台の大型キャンピングカーがやってきた。キャンピングカーというよりもトレーラーだ。アメリカナンバーだった。アメリカに帰るキャンピングカーはあるが、北上するのはそれがはじめてだった。

原田は手をあげた。

運転をしていたのは女性だった。ブレーキを踏んだのがわかった。

「どちらまで？」

女が訊いた。

「アラスカまで」

「オーケイ」

女は無造作にうなずいた。

原田は助手席に乗った。

「わたし、キャサリン」

女は自己紹介をした。二十四、五歳だろうか、湖面のような青い瞳を持っていた。鼻筋は通っているが、ヨーロッパ人の典型的な高さはなかった。そのせいで、柔和な容貌にみえる。旅行者はだれでもアメリカ女性がいちばん美しく愛くるしいという。雑種の美しさでもあった。

「運転できる？」

「ええ」

「じゃ、おねがいするわ。アメリカから走り通しなの」

キャサリンは車を停めて運転を替わった。

「アメリカのどこから？」

原田はハンドルを握った。

「ウイスコンシン」

「どちらへ？」

「アラスカ。目的は放浪（ワンダー）。歳は二十五歳。独身。いままでオフィスに勤めていたわ。キャシイと呼んで」

「ありがとう、キャシイ」

原田は拇指で背後のトレーラーを指した。

「ノウ、ノウ」キャサリンは首を振った。「孤独な旅行よ。トレーラーは荷物だけ。いままで働いて貯めたお金でトレーラー買ったの。あるだけの財産を積んであるのよ」

「結構だね」

「アラスカを一周するわ。アラスカ・ハイウエイをフェアバンクスまで行き、そこから、北極海のバロー、ベーリング海のノームを飛行機で周り、ふたたびフェアバンクスに戻って、トレーラー生活をしながら、マッキンレイ・ナショナルパーク、アンカレッジ、そしてコディアック島にも渡るの。帰路はグレイシャー・ベイからジュノーに周る予定なの。でも、帰るかどうかはわからないわ」

説明する瞳が光っていた。

「帰らない？」

「好きな男ができれば、アラスカにとどまってもいいの」

「ウイスコンシンには、恋人はいなかったのかね」

「いたわ。何人も。でも、結婚する気になれなかったの。で、カナダ、アラスカを周って王子様を捜そうというわけなの。どう、雄大な構想でしょう」

金髪を掻き上げて、コーヒーカップを口に運んだ。

「ええ」

「ミスター・ハラダは、何を捜しに日本からやってきたの？」

「父と妹の仇」

「エネミイ……」

「ア・モータル・エネミイ」

生かしておけない仇（ア・モータル・エネミイ）——というのが通じるかどうか、自信はなかった。

「それ、どういうことなの」

キャサリンの白い貌（かお）が引き締まった。

かんたんに、原田は事情を説明した。

秘匿しなければならない理由はなかった。放浪を求めて旅に出たキャサリンが警察などに告げるとは思えなかった。それくらいの眼力はあった。それに、アラスカに入れば、拳銃を買わなければならない。拳銃は銃砲店でも質流れ専門店でも売っているが、パスポートの提示だけで買えるのかどうかがわからない。キャサリンに買ってもらえば問題はなかった。

「ＣＩＡに追われているの、あなた……」

キャサリンは、まじまじと原田をみた。

「そのために、カナダ経由の道をとったのです」

「秘密は守るわ。わたし」

「ありがとう」

しばらく黙って車を走らせた。

アラスカ・ハイウエイはたんたんと続いていた。平原が多い。四車線の単調な道路だ。ヒマラヤ杉に似た低木の森がはてしなくつづいている。シラカバ林もある。戦略的に建設されたパン・アメリカン・ハイウエイの一環で、日本の東名を走るような人工的な整備感はない。原野を拓り開いてコンクリートを流し込んだだけのような荒さがある。それが、旅行者の目を和ませた。

「お父さんと妹さん、お気のどくね。恋人が救かるといいわ」

「救け出すつもりです」

「何か、お手伝いできるかしら」

キャサリンは青ざめていた。

「アラスカまで乗せていただければ、充分です。できれば、拳銃を買ってほしいんだが。迷惑でなければ……」

「いいわ。お安いご用よ。あなたって、すばらしく精神主義なのね」

キャサリンは嘆息した。

「どうだか。おれのばあい、政府も警察も仇の味方でね。こうするほかにないのだ」

キャサリンは黙った。

アラスカ・ハイウエイは途中で呼称が変わる。ルート97はユーコン地区のワトソン・レイクで終わり、そこから先はルート1がアラスカまで続く。ワトソン・レイクに着いたのは夜の十時頃であった。ドウソン・クリークから約五百マイル、八百キロを走ったことになる。

キャサリンはトレーラーをハイウエイから森に踏み込ませて停めた。

原田は夕食に招待された。トレーラーの中は整備されていた。ベッドもあればリビングルームも調理場もある。バスも、もちろんある。移動家屋だった。カナダからアラスカ方面にかけてはこの式のトレーラーが流行っているのだときいたことがあった。もっと大型になれば完全な家屋だった。市や町が電線を引き込んでくれ、便所のホースを下水に直結してくれる。何台ものトレーラーハウスを買って人に貸して生活しているものもあるという。つまりは家主である。

それほどの設備はないが、キャサリンのトレーラーも、原田にはひどく贅沢に思えた。

食事にはウイスキーが出た。すすめられて飲みながら、原田はキャサリンの炊事するのをみていた。すばらしいヒップをしていた。バストも高い。均整がとれていた。国力のちがいがそこに出ていると思う。日本でこれほどの容貌肢体を備えていれば、百パーセント、女は天狗になる。鼻持ちならない性格に染め上げられてゆくはずだった。このキャサリンのように、都会を捨ててアラスカに未知の生活を求めて冒険に出ることなどは、決してない。

「ご馳走さま」

原田は頃合いをみて、立った。

「車を使わせてもらいます」

「ミスター・ハラダ」

キャサリンが原田をみつめた。

「なんです」

「わたしが、きらい？」

キャサリンは視線をテーブルに落とした。

「いえ」

「だったら、一緒に寝て」

白い貌に朱が射していた。

原田は腰を下ろした。どう答えてよいのかわからなかった。欲望はある。キャサリンの裸体をなんどか想像した。男だから、とうぜんであった。抱けば、すくなくとも一時は緊迫から逃れられる。アラスカに入ればどこに死が待ち構えているかわからない。サンフランシスコで取り逃したＣＩＡがアラスカの空港および、カナダ国境で待ち受けていることは充分に考えられる。あるいは税関吏に連絡をつけてあるのか。追跡されることは覚悟していた。

キャサリンは、立って原田の傍にきた。

原田はキャサリンを抱いた。唇が合わさった。キャサリンは濃厚なキスを求めた。抱き合ってベッドに倒れ込んだ。原田はもう何も考えなかった。キャサリンの服を脱がした。

キャサリンは瞳を閉じていた。大きな乳房だった。乳房に顔を埋めた。

キャサリンは原田の股間(こかん)に手を伸ばした。

「舐(な)めて、いい」

声がうわずっていた。

「ああ」

原田はキャサリンの顔の前に立った。キャサリンは原田の股間に踞(かが)んだ。原田のを口に含んだ。ゆっくり、出し入れした。原田はみていた。ひどく淫猥(いんわい)な光景にみえた。

原田はキャサリンを押し倒した。

キャサリンは愛撫(あいぶ)を受けて声を上げた。たえまなく、低いうめき声をあげた。すらりと伸びた足に痙攣(けいれん)が伝わって、波打っていた。ふいに、キャサリンは原田を押しのけてベッドを下りた。原田に尻を向けてベッドに上体を倒した。豊かすぎるほど豊かな尻だった。

原田はその深い割れ目に自分を押し当てた。

風が出て、トレーラーに当たって号(な)いた。

6

翌朝は暗いうちに出発した。

ワトソン・レイクから国境までは約五百マイルある。

キャサリンはともすれば沈みがちになっていた。フェアバンクスに着くのは翌日の夕刻の予定だった。日本時間で十月二十日だ。中岡幹事長がアンカレッジに着くのが、予定通りなら十月二十四日。四日間の余裕がある。

その四日間にすることがあった。フェアバンクスからアラスカ鉄道か、ヒッチハイクでマッキンレイに出て、そこから徒歩で〈マウント・ホテル〉に向かわねばならない。道路は通じていない。道のない山岳を越さねばならないのだった。アラスカに道路があるのはアンカレッジとフェアバンクスを結ぶ狭い一画だけで、他は原野のままだ。交通はすべて飛行機を利用する。

登山の準備が必要だった。

「ハラダ、フェアバンクスで別れれば、もう会えないのね」

前方をみつめてキャサリンが訊いた。

「たぶんね。CIAの拠点に闘いを挑むのだ。生きて戻れる確率はすくない」

「わたし、フェアバンクスから、ポイント・バローに飛びます。戻るのは四日後——十月二十五日にはマッキンレイ・ナショナルパークにいます。当分は公園でキャンプしています。生きて戻れたら、公園のビジター・インフォメイション・センターに問い合わせて。

わたしのキャンプ場所がわかるから」

「ありがとう」

「恋人と一緒にあらわれるのは、哀しいけど、しかたがないわ」

「………」

原田は答えなかった。キャサリンが好意を抱いてくれたことはわかるが、答えるすべがない。九分九厘、生還の希みはなかった。

かりに中岡幹事長を殺すことができれば、おそらくアラスカ脱出は不可能になる。リチャードソン空軍基地とウエンライト陸軍基地がある。そこから、大々的な索敵機が出る。降下部隊から軍用犬まで投入されよう。逃れることは、考えられない。

野麦涼子を救出できたと仮定して、その場合には、追跡はＣＩＡだけだ。警察や軍は出動しない。脱出が可能なら、日本領事館に駆け込んで保護を要求できる。

しかし、そんなことが可能な相手ではなかろう。待ち受けているのだ。

二度と、キャサリンに会うことはない。

交替で夜おそくまで走りつづけた。

その夜は国境近い町の郊外で泊まった。

食事が終わると、待ちかねてキャサリンは原田を求めた。はげしい愛欲が続いた。はてても、キャサリンは原田を離さなかった。素裸で、ベッドで抱き合って眠った。

明けがたに、キャサリンはまた挑んだ。

お互いにいのちを焼き滅ぼそうとするようなはげしさがこもっていた。

翌朝、国境を越えた。

税関は問題なかった。

税関を出たところで、キャサリンはトレーラーから護身用の拳銃と弾を取り出した。

「記念に、あげます。装弾して、持ってて。ハイウエイで襲われるかもしれないわ」

「そうしよう」

拳銃はコルト・45M。スマートだが女性用には、向かないやつだった。

しかし、ハイウエイでは襲われなかった。尾行車らしいのもあらわれない。

夕刻、ぶじにフェアバンクスに着いた。

その夜は、原田はキャサリンと過ごした。知り合って三晩目だった。それなのにもうお互いに体の隅々まで知っていた。抱き合ってベッドに倒れるとたちまち燃え上がった。キャサリンの性感帯も原田にはわかっていた。

キャサリンはその夜も貪欲だった。

精根を使いはたしてベッドに横たわったのは、夜の九時過ぎであった。トレーラーの窓はまだ明るかった。夏場は太陽が十時過ぎに沈み、午前二時にはまた昇る。ミッドナイト・サンと呼ばれる真夜中の太陽だ。極北近くでは太陽は決して沈まない。地平線を転がるだけである。

尽きることのないキャサリンの情熱も、それに似ていた。

「死なないで、かならず、マッキンレイに来て」

キャサリンは原田の胸に顔を埋めた。

原田はキャサリンのくびれた胴を抱いて、眠りについた。

翌朝、キャサリンと別れた。

トレーラーを出て、原田は町に向かった。キャサリンはトレーラーから出なかった。原田は振り返らなかった。大股に歩いて、遠去かった。キャサリンは美しい女だった。性格も悪くはない。いずれ、目的の男を得るであろう。原田には最期が待っていた。

街に出て、登山用具を買った。アラスカ第二の都市だが、小さい。人通りもほとんどない。人通りがないのはアメリカの特徴みたいなものであった。街にもだから繁華街というのがめったにない。車で何日分もの買い物をするからだろうか。その車はどれも、あちこちに衝突痕がある。新車でもそうだった。運転が荒っぽいのか、ぶっつけても修理しないのかのどちらかであろう。

フェアバンクスまでくる途中に何百機もの自家用機をみた。モータープールはないが、小型機プールはあちこちにある。トンボが群れているようにみえた。世界一の小型機普及率を誇るアラスカだった。操縦免許取得者率も世界一。ハイウエイが六本あるが、アラスカ全体からみれば、ほんの一画だ。小型機の普及するのは、とうぜんである。車はここでは自転車がわりといえる。

歩いてアラスカ鉄道駅に向かった。

追ってくるような足音が、背後にきこえた。

原田は振り向いた。拳銃をポケットで握りしめていた。

「オハヨウ」

中年過ぎの、髭だらけの男が、肩を並べた。たどたどしいが、日本語だった。

「あんた、日本人だろ」

「そうだ」

拳銃はいつでも撃てる態勢をとっていた。

「ミスター・ナカムラを知っているだろう」

男は訊いた。

「ナカムラ？」

「アンカレッジのナカムラだ。やつはいい男だ」

「知らんね」

「しかし、あんた、日本人だろ」

「そうだ」

「おかしいじゃないか」

「中村は日本人には何十万人といるのでね。ジムと同じだ」

「そうか」男は大口を開いて笑った。「ところで、どこへ行く」

「アラスカ鉄道に乗るつもりだ」

「あれは、いいトレインだ」男はほめた。「おれは葉山に三年間いたんだ。ハヤマのヨシコ知っているか」

「知らんね」

「いい女だったよ」

「そいつはよかったな」

「そうとも。じゃ、サヨナラ」

男は手を振って、横路にそれた。

傍を通りかかったタクシーを停めた。なにか不穏な気配を感じた。

「いまの男、知り合いですか」

中年の運転手が、これも日本語で訊いた。

「いや」

あまり日本語が通じるのを、原田は訝しんだ。

「やつには、おれはトレーラーを貸している。おれは必死に働いて、いまではトレーラーを三台持っている。タクシーと両方で、ゆっくり喰っていけるよ」

男は訊きもしないのに、自慢をした。そうした話しぶりや、日本語の通じるところから、原田は二人の男がCIA要員だと悟った。

「いまの男は？」

拳銃を離さなかった。

「アラスカ・パイプラインで働いている。やつは日本語が自慢で、日本人とみれば話しかけるんだ」

「あんたは、どこで……」

「おれも兵隊で日本にいたんだ。日本語のできるやつはいっぱいいるぜ、このフェアバンクスには」

「そうか」

信用したわけではなかった。

しかし、何も起こらない。タクシーはすぐ駅に着いた。

タクシーは無造作に走り去った。

列車は動きだした。

二階があって、ガラス張りの展望車になっていた。髭の男のことばどおり、すばらしい列車だった。座席がすべてリクライニングで、足を載せる台まで折りたたみで用意されてある。前後の座席の間隔が日本の倍近くある。その上、客がまばらだった。一箱に十数人だ。アメリカ唯一の国有鉄道だ。だから、赤字は問題ではないのであろう。ただ、スピードがおそいのには呆れた。自転車に毛が生えたていどのスピードで走っている。

原田は箱の後ろ隅に席をとっていた。背後から襲われる心配はない。

列車はタナナ・リバー沿いに走っていた。大河ユーコンに注ぐ支流である。ユーコンはカナダのユーコン・テリトリーから流れる全長三千六百八十キロメートルの大河の王である。アラスカを貫流してベーリング海に注いでいる。

車窓にはシラカバの森林がつづいていた。タナナ・リバーは褐色に濁っている。雄大な眺望の中を長い虫のように列車は走っていた。速度も虫なみにのろい。

車中には特別にどうという感じの人物はいなかった。子供連れの主婦、労働者らしい若者たち、老夫婦。独り旅の女——原田に視線を向ける人物はいない。

いったいあの二人は何者だったのか。

日本語を操るあの二人がCIAの要員でないとしたら、いったい、CIAはサンフランシスコで撒かれたきりで何をしているのか。とうぜん、アラスカ各地の空港には張り込みをしなければならないはずだし、道路から入ることも考えて国境税関は監視しなければならないのだ。羽田からサンフランシスコまで連絡のあったあの執拗さから考えて、それはとうぜんのことであった。あの二人がただの人間なら、CIAの魂胆がわからない。

――やはり、誘き寄せる魂胆か。

そういえば、モーガンは、マウント・マッキンレイ近くにあるCIAの山荘を調べるのにあっけなさすぎた。留守宅で調べたのであろうが、あれは原田の調査の手が伸びることを予想してわざと教えるように仕向けたのではないのか。

中岡幹事長がアラスカに渡るというのも、半月も前から情報筋に流されたのは、考えてみればおかしい。原田に旅券を取らせる日時を与えるための策だという気もする。渡米寸前まで黙っていれば、原田がかりに数次パスポートを持っているとしても、ビザ等の関係で渡米はできなかったのだ。

そして、ペックの留守宅のアドレスも情報関係に流している。

もろもろのいきさつを考えると、CIAの設けた罠にはまった感じが深い。だからこそ、CIAはサンフランシスコで原田を見失っても、その後の追跡や待ち伏せは放棄したのではないのか。いずれは、マウント・ホテルに姿をみせるにちがいないと――。

結論はそこにおちつかざるを得なかった。

すると、原田はふっと笑いが浮いた。あの二人の日本語好きの自慢野郎たちである。気のいいアメリカ人気質そのものではなかったのか。

列車はどこまでも雄大な原野を走っていた。相変わらず自転車なみのスピードだ。それでもときに六十キロくらいは出る。ヒマラヤ杉やシラカバの混じるローブッシュがはてしない。うんざりするほどだだっ広いアラスカだった。

7

マッキンレイ・ナショナルパークに列車が入った。

冬のマッキンレイ・ナショナルパークに下車する人はなかった。原田義之だけであった。駅は寒々としていた。駅とは名ばかりである。小舎に切符売り場があるだけで、柵はどこにもない。冬枯れの雑草が線路脇を覆っている。一日上下各一本しか運行しないアラスカ鉄道の線路は錆が浮いている。置き捨てられた感じがしないでもない。

小型機の発着場が傍にある。ここも丈高い雑草に囲まれていた。

リュックを背負って、原田はホテルに向かった。すぐ近くにホテルが一軒だけある。ホテルといっても列車の箱を引っ張ってきて並べ、客室に仕切ったものだった。

予約なしでも部屋が取れた。シーズンオフだから、観光客はすくない。

原田の泊まることになったコンパートメントの窓からマウント・ハーレイがみえる。背後はドウブル・マウンテンだ。どちらも六千フィート近い山で、中腹以上は雪で覆われていた。原田の向かうのはマウント・ハーレイだった。その向こうにマウント・ホテルがあるはずだった。

マッキンレイ山脈の主峰、マウント・マッキンレイはここからはみえない。

原田は荷物を置いて、近くのビジター・インフォメイション・センターに向かった。マウント・ホテルの位置確認のためであった。およその地形はモーガンに教わっているが、山岳の地形は複雑だから、不用意に入ると、見当を失いかねない。

センターではホテルの存在は知らなかった。狩猟小舎ではないのかといって、航空写真を調べてくれた。それに、小さな建物らしいのが写っていた。その位置はマッキンレイ・パークの外であった。

公園内の登山、とくにマッキンレイ登山には厳重な規則がある。公園内には氷河もある。世界有数の過酷な気象地帯だからだ。登山旅行申請書に健康診断書、無線機の詳細等を六十日前に監督官に提出しなければならない。登山経歴書、隊の構成、登録、下山報告義務と細部にわたる規約がある。

センターで、原田は注意を受けた。天候が崩れるおそれがあると。それでなくても、一人での入山は危険だからやめるようにと。しかし、公園外だから注意だけで終わった。それに、マウント・ホテルそのものは高所ではなかった。高所ではないが、飛行機以外に通う路はない。路なき山岳を突っきらねばならない。無線機の携帯をすすめられた。

「いったい、何しに行くのか」

背を向けた原田に係員が訊いた。顔中、髭だらけの若者だ。アラスカの若者は十人に八人くらいが髭を生やしている。

「友人がいる。驚かしてやりたいのだ」

「ごぶじで」

若者は笑った。日本人は無意味に笑うという。原田にいわせれば、アメリカの若者もよく笑う。笑顔を美徳と心得ている。むしろ、現在の日本の若者のほうが笑わない。なぜか陰鬱(いんうつ)な顔をして旅行をしている。

ホテルに戻って、食堂に入った。

案内されたテーブルの隣には日本の若い男女がいた。サラリーマンらしい男女だった。原田をみて、視線をさけた。旅行中の日本人同士は、たがいにそっぽを向くことになぜか、なっている。

食事を終えてコンパートメントに戻った。

ここも夜は容易に暗くならない。ベッドに転がって車窓から山脈を見ていた。サンフランシスコから強行軍だった。時差を二つか三つ抜けている。加えてキャサリンとの燃え尽きそうなまでの情事もあった。体は疲れ切っているのだが、眠れなかった。

――キャサリンか……。

今日が二十一日。キャサリンがここに来るのは四日後だ。はたして、それまで生きていることができるのか?

豊かなキャサリンの裸体が浮かんだ。尻と乳房がとくに大きい。愛技もタフで、ためらいがなかった。絶頂感をきわめたときの嗚咽も、いまはひどく清純なものに思われた。あのままキャサリンと旅をつづければどうなったかと、思った。決してきらいではなかった。埋没できたかもしれないという気がした。

他方、野麦涼子とは肉体交渉はなかった。結婚も約束したわけではない。ただ、そうなるだろうとは、原田も野麦涼子も思っていた。そうした交際だった。

野麦涼子を捨ててキャサリンと旅をつづければ、別の人生が拓ける可能性はあった。医師免許はアメリカでも通用する。キャサリンの心と体に埋没することはできるであろうし、キャサリンはまたよき伴侶となるかもしれない。

原田は首を振った。

野麦涼子を見捨てるわけにはいかなかった。交際が無形であっただけに、それは原田を縛った。野麦涼子は原田家の捲き添えになったのだった。

——あのマウント・ハーレイを越えるしかない。

自分に、いいきかせた。

天候が崩れるのか、山頂の空が低い。

カーテンを閉めた。息の詰まりそうなコンパートメントだった。配管の故障で湯は出ず、トイレの水は便器の中ではなく、外に噴き出す。

原田は目を閉じた。

マウント・ハーレイを越したのは、翌二十二日の午後おそくだった。越したといっても山頂ではない。鞍部だった。ヒマラヤ杉の原生林だった。それとガレ場が交錯していた。難渋を極めた。広大な森林に迷い込み、岩場にさまよい出、断崖に行手を阻まれた。

その夜は森でビバークした。

寝袋は持参していた。テントはない。一週間分の食糧を持参していた。罐詰を開け、ウイスキーを飲んだ。さして標高は高くないが、雪があった。マッキンレイ・ナショナルパークでは九月中に最初の大雪がある。その名残りのもののようだった。

拳銃を枕元に置いた。このあたりには狼と灰色熊、黒熊が棲息していた。とくに灰色熊は一撃で自動車をめちゃめちゃにする凶暴性と怪腕の持ち主だった。季節的にどうなのかしらぬが、襲われたらひとたまりもない。群れをなす狼も強敵だった。アラスカ狼は最大型だ。

耳鳴りがするほどの静寂が占めていた。

夜は何事もなく更けた。

夜半に、原田は風の音で目を醒ました。森に風が号いていた。風に冷たいものが混じっている。雪だと気づいた。

——吹雪か！

はね起きた。薄闇の中に白い飛沫が飛び交っている。寒気が肌を噛みはじめていた。このままでは危険であった。吹雪は急速に体温を奪う。テントでもあればともかく、シュラフザックだけでは凍死しかねない。

原田は荷物を背負った。できるだけ低地に下りなければならない。そうでなければ、岩穴か何かを捜して避難するのだ。

薄闇に荒れる吹雪の中を、原田は一歩一歩、確実な足場を求めて歩いた。登山経験はあった。専門ではないが、日本の北アルプスなら数回登っている。そのときの体験を思い出しながら、歩いた。後悔というほどのものはなかった。天候が崩れることは覚悟していた。回復を待つ余裕がなかったのだからしかたがない。それに、そう高い山に登るのではなかった。

吹雪はますますはげしくなっていた。

原田は歩いた。雪のために視界は明るくなっていた。明るくはなっていたが、方角の見当がつかなかった。低地に下れば、トクラット・リバーのどこかに行き当たるはずだ。かりに踏み迷っても一、二日も歩けばカンチシナ・リバーがある。どちらもタナナ・リバーに通じる支流だ。川に出れば、方角がわかる。東に迷い出ればハイウエイに出る。最悪の場合でも、二、三日もあれば脱出はできよう。

三時間ほど歩いた。どこにも避難する場所がなかった。というより、吹雪が濃密になって、森も岩場も隠れてしまっていた。

原田は焦った。気温が急激に下がっていた。体温も下がっている。高山ではないという安心感があったが、その安心感がいのち取りになるかもしれないことを、悟った。足が凍えていた。手も凍えかけている。しだいに足の感覚がなくなりつつある。凍傷にかかるかもしれないとの恐怖が湧いた。凍傷にかかれば、もう歩くことはできない。このままさまよいつづけるのは危険だ。しかし、立ちどまってシュラフの中にこもるのも危険であった。吹雪に埋まり、凍えてしまう。

吹雪はするどい擦過音を地表にたてた。地面の雪もまた舞い上がる地吹雪をともなって渦巻いた。

天地晦冥(かいめい)がたちこめた。

どのくらい歩いたのか、夜が明けているはずだが、晦冥はつづいていた。

やがて、原田は動きを停めた。そこは低地林(ローブッシュ)の中だった。林とはいうものの、樹々(きぎ)は密生しているわけではない。疎林だった。吹雪を避けるには不向きだが、もう、原田は動く体力がなかった。手足は完全に凍えきっていた。手は交互に叩いてなんとか血を通わせてはいるものの、足はどうにもならなかった。靴の中の水分が凍結して、足が板のようになっていた。まるで感覚がない。

疲労困憊のはての睡魔が襲いはじめていた。極地に近いとはいえ、こんな低山帯で吹雪のために死のうとは、原田は考えてもみなかった。必死の気力をふるいたたせるのだが、体がいうことをきかなかった。吹き荒ぶ風は体温を奪いきっていた。

蹲るほかになかった。

原田は腰を下ろした。ザックから、シュラフを引きずり出した。その中に潜り込むのが残された唯一の方法だった。入れば、やがて眠る。そのつぎが凍死だとは、わかっていた。凍えた手は思うようにシュラフを拡げられなかった。

原田はふと、手をとめた。すぐ目の前に何かの動く影をみた。

8

それは黒い巨大なものだった。

吹雪の幕を隔てて、ぼんやりとみえた。不透明の海に得体の知れない怪物が潜んでいる感じにみえた。

——灰色熊か！

凍えて感触のない腕で、原田義之はポケットの拳銃を握った。思考感覚も鈍っていた。こんな吹雪の中に灰色熊が出るはずはないのだが、その巨大な影が動いたのをみて、原田はそう思った。もし、灰色熊なら、襲われれば拳銃では倒せない。一撃で叩き潰される。

両手で拳銃を構えた。しかし、その黒い影は動かなかった。

──錯覚か。

あるいは幻影をみているのかもしれないと思った。極限状態に置かれると、人間はかならずといってよいほど幻影をみる。吹雪の山に忽然と人家が見えたりするのが、それだ。それとも、岩か！ 岩石ならひょっとして洞窟があるかもしれない。動いたとみたのは、吹雪の揺れが描いた錯覚だ。げんに、いまは微動だにしない。

しかし、原田は立たなかった。傍に寄って、もし、灰色熊なら……。

しだいに、原田に幻影が滲み出ていた。動かない黒い影が灰色熊なら、射殺すれば、暖かい血が飲める。・45口径の拳銃では倒せない相手だと思う意識が、灰色熊の暖かい血に消されていた。血ばかりが、意識を押し拡げた。

原田は引金を絞った。たてつづけに四発。無我夢中だった。灰色熊を殺すことしか念頭になかった。

黒い影が揺れた。

──やった！

飛沫のせいではなかった。黒い巨大な影はたしかに揺れていた。歓喜が原田を包んだ。

立ち上がった。その目の前で、黒い影が音もなく大地に崩れ落ちた。

原田は、よろよろと、よろめき歩いた。相手が何であれ、倒れたことはまちがいない。六、七メートルの距離が無限に思えた。足が萎えてしまっているのだ。

おそろしく図体のでかい動物が倒れていた。その動物がなんであるのかを悟るまでに、原田は数秒かかった。馬に似ていた。大きさも同じほどある。その動物の頭部に回って、原田はそれが大鹿(ムース)であることを知った。掌形の巨大な角があった。

原田はナイフを取り出していた。ムースの腹に突き立て、掻(か)き割(さ)いた。血が噴き出るのを両手に掬(すく)って飲んだ。生臭さは気にならなかった。暖かさのみが喉(のど)を通った。そのうち、飲むのをやめた。浸した掌が凍えから解けているのに気づいた。それを知って、開いた穴に両手を突っ込んだ。内臓が手に触れた。ひどく暖かかった。

靴を脱いだ。ムースの腹の下側にも穴を開けて、そこに素足を突き差した。雪にザックを敷き、それに腰を下ろして原田は両手両足をムースの腹に入れた。内臓はまだ生きていた。いや、生きているように手足に絡(から)みついた。たちまち手足は感触を取り戻した。

原田はムースの腹に体を密着させた。顔もくっつけた。巨大なムースの腹から体温がなくなるまでには原田は蘇生(そせい)できる。奪う体温がゆっくりエネルギーとなって蓄積されているのを、原田は感じた。

ムースの牡(おす)は山岳地帯に棲(す)み、牝(めす)は低地の灌木(かんぼく)地帯に棲む。九月下旬頃から十月にかけて牡は山を下り牝は山を登って中間地帯で交尾を営む。交尾が終われば、またそれぞれに高地と低地に戻る。この牡は交尾を終えて棲息地に戻る途中だったのかもしれない。何頭かの牝と死力を尽くして交尾するから、山に戻った牡は脂が脱け落ちている。吹雪に遇い、それをひっそり避けていたものと思われる。

幸運だったと、原田は思った。

手足が、体が感覚を取り戻すのと同時に、吹雪が弱まりつつあった。

トクラット・リバーに到着したのは、その日の夕刻であった。

吹雪は熄んでいた。曇天であった。いつまた降り出すともわからない気配だった。

密生した森を選んで、原田はビバークした。体力は回復していた。

枯れ枝で火をおこして、切り取ってきたムースの生肉を焙った。出発前に生肉を貪り喰って体力をつけたが、生肉はまずかった。焙り肉はうまかった。コケモモを常食する冬場のムースの肉は鹿類では最高に美味だという。美味も何もなかった。ただ貪り喰って、シュラフに潜り込んだ。

――明日は二十四日。

中岡幹事長がアンカレッジに到着する日だった。中岡は米側関係者と非公式の会談に臨むから、狩猟に出るのは二十五日か六日になるはずだった。

〈それまでには……〉

薄暮の低い空に、原田は、つぶやいた。

マウント・ホテルには明日の夜か、明後日には到着できる距離にきていた。吹雪がなければの計算であった。この積雪では目算がたたなかった。

翌朝は早くから歩いた。

午後からまた雪が舞いはじめた。針路を誤らせるほどの雪ではなかったが、ますます歩くスピードが落ちた。見当をつけた行程の三分の一も行かないうちに夜がきた。

翌日も似たような行程だった。雪は降ったりやんだりしていた。雪原に深い溝を掘って、泳ぐように進んだ。また夜がきた。焦ったがどうしようもなかった。中岡はすでにアンカレッジに来ている。焦燥にのめり込むように、原田はあがいた。

結局、マウント・ホテルを望見したのは、その翌日十月二十六日の午後おそくだった。

——とうとう、来た。

森の外れで、原田は足を停めた。双眼鏡に二階建ての山荘が入っていた。丸太で組み上げた堅牢（けんろう）な建物だった。

原田はしばらく双眼鏡で眺めていた。人影はみえなかった。見えないがいることははっきりしていた。煙突から煙が出ていた。建物の近くに小型機用の飛行場がある。そこは除雪してあった。小型の除雪車がある。小型機が二機にヘリが一機あった。

——中岡のチャーター機ではないのか！

するどい不安があった。原田は立ち竦んで見守った。

――ともかく、行くしかない。

原田は双眼鏡を納めた。

野麦涼子が、はたしてこの山荘に幽閉されているのだろうか――原田には、それはなんともいえなかった。アラスカから電話をしてきたのはまちがいないのだから、どこかに幽閉されているとしたら、ここは恰好の場所であった。ＣＩＡの要員しか寄せつけず、ということは警察の手も入らないということになる。道路がないのだから、だれかがまちがって訪れる心配もない。

――罠か。

罠であろうが、原田に逡巡はなかった。承知で、ここまでやってきたのだ。野麦涼子は九分九厘、ここにいるであろう。かりにいなくても、ペックは待ち受けているはずだ。ペックへの報復も重要目的の一つであった。野麦涼子を事件現場から無法に拉致しただけではなく、こんな極地に幽閉している罪は許しがたい。父の最期の一言を聴いたというだけでこんな人を人とも思わない暴挙が許されてよいわけはない。

すでに中岡が来ていれば――原田は凄惨な光景を思い描いた。血みどろの闘いになる。ＣＩＡの腕ききが待ち受けていよう。また、中岡を警護する警視庁のＳＰも二名は来ている。

闘いに勝てれば、一挙に報復劇は終わる。中岡を殺し、ペックを殺し、野麦涼子を救出できるのだ。しかし、そうなる可能性は皆無に等しかった。原田の武器は・45口径コルトだけだ。蟷螂の斧であろう。

正面切っての闘いでは、あっという間に殺される。隙を狙うしかなかった。たとえば、中岡だ。中岡に忍び寄ることができれば、人質にして野麦涼子を奪い返せる。しかし、そんなことが可能かどうかは、別の問題であった。

原田は踏み出した。

原田にできることはただ一つ。死を賭して闘うことだけであった。

雪が舞っていた。

山荘は低地にあった。原田は森を伝いながら、山荘の上側に回った。神経は極度に張り詰めていた。CIAがどんな策をめぐらしているともわからない。たとえば、テレビのようなもので周辺を監視していないともかぎらない。慎重に樹幹を利用して動き、距離はまだまだあるが、細心の注意を怠らなかった。

山荘を見下ろせる位置に辿り着いたのは夕刻であった。原田は樹の幹陰に蹲った。シュラフに下半身を入れた。双眼鏡を取り出した。そのまま、雪片を透して見守った。時刻的には夜でも、実際の夜はなかなか訪れない。身動きもせずに山荘に焦点を合わせていた。

——あれは！

三十分もたっただろうか、一人の男が山荘から出てきた。男は山荘とは百メートルほど離れた駐機場に向かった。小型セスナ機に近寄った。何かを取り出したようだった。すぐに引き返した。その男の顔が、はっきり双眼鏡に入った。日本人だった。

――ＳＰか。

セキュリティ・ポリス。重要人物の護衛が職業の、警視庁の選り抜きだ。長身の男だった。山荘に消えた。

〈中岡が、来ている……〉

原田は、胸中に重いつぶやきを洩らした。ＳＰが来ている以上、中岡がいることは明白であった。また、いまの男はＳＰにちがいあるまい。ＣＩＡ専用の山荘にＳＰ以外の日本人がいるとは、思えない。

〈そうか……〉

戦慄が走った。おびえではなかった。武者ぶるいに似たものだった。原田にはライフル射撃や狩猟の経験がある。獲物の真新しい足跡を発見すると戦慄が走る。まちがいなく近くに獲物がいると昂ぶりが湧くのだ。同じことだった。仇の元凶である中岡が目の前の山荘にいるのだ。いってみれば射程圏内に入ったことになる。中岡が戸外に出れば、もしライフルがありさえすれば一弾で撃ち殺せる。残念なことにライフル銃はない。だが、持てる能力のすべてを結集し、死をおそれなければ、中岡を殺すことはできる――その昂ぶりが原田の背筋を抜けた。

9

天が味方した。

積雪だった。膝近くまで積もっている。なお降り続いている。

暗くなるまで待って、原田義之は山を降りた。木の枝を取り、歩いた後の足跡を消しながら進んだ。あるていど消しておけば、その上に雪が積もるから痕跡は消える。

うんと迂回して飛行場に近づいた。飛行場といってもただの原っぱである。除雪車が掻いた雪が滑走路端に盛り上げてあった。その除雪の塊に原田は目をつけた。穴を掘った。

潜む穴だ。人間がスッポリ入るだけでよい。痕跡は雪がすぐに消してくれる。三十分ほどで、どうにか作業は終わった。掘り出した雪は塊の上に放り上げた。もし、発見されては逃げるすべがない。笑いものにされたあげくに、撃ち殺される。のるかそるかの勝負だった。細心の上にも細心の注意をして、穴に入った。

入り口は、中に入ってから、内部の壁を拡げてその雪で塞いだ。

一時間ほどで作業を終えた。

あとは死の恐怖と闘うだけだった。銃撃戦になって死ぬのはいい。だが、穴に閉じ込められたまま撃ち殺されるのは、おそろしかった。閉所恐怖も出た。息苦しい。しかし、それに耐えるしかなかった。こうするのが最良であった。自分も死ぬだろうが、確実に中岡を殺せる。飛行機はすぐ傍にある。中岡が防弾衣にでも守られないかぎり、目の前から雪を破って出た原田の拳銃弾を避けることはできまい。ＳＰといえども、とっさに中岡を庇うことはできない。

　運がよければ、たとえば中岡が目の前に来ることがあれば、躍り出て人質にすることもできる。人質にして野麦涼子を奪い返すか、中岡のみを殺すか、あるいはペックをも殺せるか、それとも事前に、看破られて撃ち殺されるか、やり直しのきかない賭けであった。

　その賭け以外に、原田には方法が思いつかなかった。

　肚を決めた。

　雪壁の裏側に呼吸穴と、前面に小さな覗き穴を穿けた。針のような穴だが、外の光景は一目で見渡せる。雪はまだ降っていた。山荘の二階部分がみえる。灯りが点いていた。

〈やってこい〉

　原田は、つぶやいた。

　のるか、そるか、最後の刻が迫っていた。

　夜が更けていった。雪洞だから、寒くはなかった。寒くはないといっても、骨が軋む冷えがあった。何よりも、身動きのできないのが辛かった。しかし、原田は耐えた。

ゆっくり夜は更けた。

短い夜だが、永遠に明けないのではあるまいかと思われた。明けがた近くなって、雪が熄んだ。雪の熄んだことに不安があったが、いまさら出てみるわけにはいかなかった。痕跡が消えていることを祈った。九分九厘は消えているはずであった。

針のような穴を覗きつづけた。苦痛が全身に襲いかかっていた。冷えと、待つ苦痛と、硬直が体を嚙んでいた。このままさらに夜まで待つはめになれば、計画は放棄しなければならなかった。疲労で眠り込んでしまうおそれがあったし、また、いざというときになって体が動かないおそれが強かった。

夜まで待つ可能性もないではなかった。この雪の深さでは狩猟は無理だ。中岡は帰るしかない。今日中に帰るか、明日になるか、そこが勝敗の分かれになる。中岡に運があれば出発は明日になるだろうし、なければ今日になる。今日発てば、中岡は死ぬ。

時は動きを停めたままであった。

原田はおのれと闘いつづけた。

時計は午前十時を回った。

——来た！

ゴトンと、鼓動が高い音を刻んだ。それは、ふって湧いたような光景に思えた。穴を凝視しつづけていた目が疲れていたのか、男たちが滑走路にふわっと姿をあらわすまで気づかなかった。気づいたときには、五人の男がすぐ傍に来ていた。

原田は拳銃を握りしめて、腰を浮かした。雪壁に手をかけた。

——だめだ！

原田はうめいた。SPが二人、中岡の前に立っていた。中岡の後ろに、写真で見おぼえのあるペックと、もう一人は操縦士らしい男が従っていた。SPの二人が拳銃、ペックはライフル銃を手に持っていた。とび出ても、中岡に銃弾を浴びせることはできない。背の低い中岡は四人の男に埋まっている。

憤怒の形相で原田は凝視した。出ても無駄死にになることはわかっていた。連中のその用心深さが呪わしい。雪壁を押し破り、躍り出て、なろうことなら皆殺しにしたい。自動銃があれば可能だが、拳銃ではいかんともしがたかった。

五人は先頭のセスナに近づいた。操縦士がドアを開けた。真っ先に中岡が乗った。中岡が乗る間、二人のSPとペックは機を背にして警戒していた。さすがは警視庁選り抜きのSPとCIA要員だった。

原田は落涙した。ここまできて、中岡を取り逃した。これが最後の機会だったものを。

エンジンが唸った。中岡を挟んでSPが乗った。二番機にペックが乗った。護衛をするのか。両機のウォーミングアップが続いた。やがて、一番機が動きはじめると、ペックが身軽に機から跳び下りた。自分の機のタイヤを足で蹴った。その間に一番機は轟音をたてた。ペックがドアに手をかけてそれをみた。一番機は突っ走りはじめた。

原田は渾身の力をこめて雪壁を突き破った。破ると同時にペックに拳銃を向けて、走った。ペックはドアを開けていた。機の轟音で物音には気づかなかった。

「動くなッ」

背に拳銃を突きつけた。

ペックは、顔を上げた。ゆっくり、振り向いた。驚愕が浮かんでいた。

「ハラダ！」

「そうだ。招待を受けたからやってきたのだ。乗れ！」

ペックのポケットから拳銃を取り上げた。ライフルは機内に置いてある。ペックは操縦席に乗った。額が禿げかかった中年男のペックは、青ざめていた。

「あの機を追え。命令をきかないと射殺する。おれは操縦ができるのだ。きさまを殺しても問題ないのだ」

後頭部に拳銃を突きつけた。

「早くしろ！」

「わかった。撃つな」

ペックは機を発進させた。

そのときには中岡の乗った一番機はフワッと浮き上がっていた。ペックはパワーを上げた。短い滑走路だった。機体がはげしい振動をしたと思うと、もう空中に浮いていた。

「連中を追って、どうするのだ」

ペックが訊いた。

「中岡を殺す」

「そんなことをしてみろ、いったい、どうやって逃げるつもりだ。リチャードソン空軍基地から索敵機が押しかけるぞ」

「かまわんさ。おれの目的は中岡を殺すことにある。あとは、出たとこ勝負だ」

「カミカゼをやるつもりか」

機は旋回して一番機に追い縋っていた。一番機は山脈の鞍部に向かって上昇している。

「カミカゼでもなんでもやるさ。叩き落としてやる。パワーアップ……」

最後の一瞬に勝機を掴んだ原田だった。先方は二番機で原田が追ってきていることを知らない。フルスピードで飛ぶわけはないから、追い着くのは間違いない。追いつけば機ごとライフルで撃墜できる。あっという間に復讐は終わる。中岡はマウント・マッキンレイのどこかに砕け散るだろう。ペックを殺すことはさらにかんたんだ。

勝利は一方的に原田のものだった。

――死ぬがいい。

中岡にもはや救かるすべはなかった。かりに二番機に原田が乗っていることがわかっても、中岡には打つてがない。世界中でもっとも自家用機の普及しているアラスカだが、小型機にはいっさい無線は装備されていない。観光用、業務用すべてがそうであった。遭難すればそれっきりだ。

ユーコン河の鮭漁師たちが使う無線さえ、軍事的理由で厳禁している国柄だ。時間までに戻らなければ、友人たちの軽飛行機が捜索に飛び立つ。

三年前、アラスカ選出のビキッチ下院議員がアンカレッジからジュノーに向けて飛び立ち、行方不明になった事故がある。機は中型機だったが、無線が装着されてないから、遭難位置がわからない。リチャードソン空軍基地から軍用機が捜索に飛び立ち、数ヵ月にわたって捜索をつづけたが、いまだに破片すら発見できないままでいる。

原田に襲いかかられても救援は求められない。墜落してもその場所すら容易には捜し出せない。中岡の墓場は広大なマッキンレイ山脈のどこかになる。

「不覚だった」ペックが怒鳴った。「まさか、雪の中に潜んでいようとはな。昨夜から入っていたのか」

「そうだ」

「おれを、どうする気だ、殺すのか」

「そいつは、考えてみる。一つ、訊いておこう。野麦涼子は生きているのか」

「生きているとも。大事にしている。おれの恋人だ。結婚を……」

「黙れッ」

原田は一喝(いっかつ)した。野麦涼子がこの男を恋人に持つわけがない。その関係だとすれば、無理強いに犯されているのだ。日本からこのアラスカ山中に拉致された野麦涼子に、どんな抵抗ができるというのか。

「山荘にいるのか」

「そうだ」

「山荘には何人いる」

「四人だ」

「わかった。——おい、死にたいのか！」

ペックは乱気流にみせて、翼を振ろうとしていた。拳銃を突きつけられて、機を水平に戻した。

「諦(あきら)めろ。先方の機に並べ」

一番機は数百メートルに迫っていた。前方にドウブル・マウンテンらしい山が白雪をいただいてそびえ、一番機はその支尾根の鞍部(コル)に向かっていた。眼下にトクラット・リバーの上流らしいのがみえる。前面はるかにはマウント・マッキンレイの北稜(ほくりょう)が連なっている。岩塊地帯だ。断崖絶壁群がそそり立っている。いまは雪に覆われていた。

ペックはスピードを上げた。一番機が目の前に迫った。乗員の顔がみえる。

「いいか、妙な真似をしたら、遠慮なく、きさまに銃弾を叩き込むぜ」

「わかっている。まだ死にたくはないからな。しかし、バカな真似はやめたらどうだ」

「黙って、機を並べろ！」

原田は座席のライフルを把った。機が真横に伸び出た。一番機の操縦士が不審そうにみている。SPも顔をのぞかせていた。原田は窓の陰に隠れてそれをみていた。

機の間隔は数百メートル。

原田は窓ガラスを銃尻で叩き割った。ライフルを突き出した。操縦者を狙って三発、たてつづけに射ち込んだ。同時に一番機の機体が斜めに大きくかしいだ。片翼を空に突き立てるようにして急旋回をはじめた。

原田はその胴体の前部に銃弾を射ち込んだ。操縦士を狙った第一撃は失敗したらしい。だがエンジンを射ち抜けばよい。あわてることはなかった。一番機は急旋回をつづけていた。その下は白雪に覆われた尾根だった。巨岩地帯だ。墜落すればこっぱ微塵になる。その支尾根を突っ切って、コースをそれ、なんとかして追随機を振り離そうとフルスピードをだしている。

「追え！　追いつくのだ！」

ペックは急旋回をして、追い縋った。

原田はライフルを撃ちつづけた。かなり距離が開いている。

「やった！」

一番機の機首に煙が噴き出たのがみえた。

だが、原田はそのとき、タ、タ、タ、タとライフルのはじける音をきいた。一番機から狩猟用の高性能ライフルが発射されたのだと悟ったときには、機体に銃弾が喰い込んでいた。

「だめだ！ エンジンがやられた！」

ペックが叫んだ。

双発の片側が沈黙した。

「翼もだ！ バランスが！」

機はぶきみな震動をはじめていた。乱気流に捲き込まれたようなはげしいふるえが、機を襲っていた。ふるえながら高度を下げている。

「だめだ！ 墜ちるぞ！」

ペックが絶叫を放った。

「滑空できないのか！」

「できん！ バランスがとれん！ きさまのせいだ！ もうだめだ」

「パラシュートはないのか！」

「あるが、後部座席だ。もう間に合わん！」

一番機の黒煙は消えていた。ゆっくり滑っている。その前方にドウブル・マウンテンの北壁が迫っている。そそり立つ北稜だ。そのまま突っ込めば激突して飛散する。

「おい！　みろ！」

原田は操縦桿にしがみついたペックに怒鳴った。一番機の前面に北稜がそそり立っている。その絶壁の一部に岩棚らしい平坦地があった。かなり長い岩棚だった。地殻の断層が生んだテラスらしいのが岩肌に帯のように伸びている。一番機はそこに向かっていた。雪に覆われているから平坦かどうかはわからないが、そこ以外は峨々たる岩山ばかりだ。

「あそこに着陸するんだ！」

「だめだ！　水平が保てん！」

機は一番機より高度が下がっていた。

「燃料を捨てろ！」

「よし、やってみる！」

ペックは燃料を捨てた。それで、どうやら、滑空できる態勢をとり戻した。いや、正確には滑空ではなかった。よろめきながらそこに着地できる高度を維持したにすぎない。

「のるかそるかだ。激突して粉微塵になるか、テラスから放り出されるか——」

北稜は急激に迫っていた。一番機が吸い込まれるように絶壁に呑まれた。爆発するか粉微塵になるかと一瞬、目を閉じたが、機は激突寸前で巧みに方角を変えた。絶壁のテラスに雪煙が立った。積雪がブレーキの役目をはたしたようだった。短い雪煙が機を包み込んで動いた。最後に機が岩肌にかなりの勢いでぶち当たった衝撃がみえた。しかし、炎上もしなければ粉微塵にもならなかった。

ペックはものをいわなかった。不安定に揺れる機を絶壁に向けた。超高度の技術がなければ不可能な芸当だった。一瞬で北壁がクローズアップする。激突寸前でペックは機を旋回させた。絶壁が回転した。機はほとんど逆転しかけていた。しかし、はげしい震動とともに機は水平を取り戻した。とり戻したときには着地していた。叩きつけられるような着地だった。バウンドして、雪煙を捲き上げた。原田はベルトにつかまっていた。機が大破したのがわかった。ドアがふっとび、左翼が折れ飛んだ。そのまま、機は突っ走った。突っ走りながら右に向いた。右翼が岩肌に叩きつけられ、プロペラが岩肌を嚙みながら滑った。

横滑りに滑って、一番機の尾翼に胴体を叩きつけて停まった。その前に原田は放り出されていた。夢中でベルトを外したのだった。機はテラスから放り出されると思い、その前に脱出しようと考えたのだった。

雪に頭から叩きつけられていた。

原田は雪から這(は)い出た。どこにも怪我(けが)はないようだった。深い積雪が幸いしたのだ。雪は腰近くまであった。必死になって機に向かった。ライフルを機内に置いていた。ペックにとられたのでは、万事は終わる。

這い寄って、覗いた。ペックは顔面を血に染めて座席に倒れていた。フロントガラスが粉々に割れていた。その破片が突き刺さったようだった。

原田は機内に這い込んだ。ライフルは床に転がっていた。弾を装塡して、側の機を窺った。

「だれか、いるのか！」

怒鳴った。

「きさまは、原田義之か！」

若い男の怒鳴り声が返った。日本語だ。ＳＰらしい。

「そうだ。中岡はどうした」

「生きている！　操縦士は死んだ。おれと中岡幹事長だけだ」

「もう一人のＳＰは、どうした」

「ライフルが腹に刺さっている。もう余命はいくらもない」

「中岡を出せ！」

「殺し合いはよせ！　どうすればここから脱出できるかを考えねばなるまい」

「そんなことは、どうでもよい。中岡を出せ！」

「どうしても、やるのか！」

「やる。そのためにきたのだ。君はどいていろ。君まで殺す気はない」

「残念だが、おれはSPだ。中岡幹事長を殺させるわけにはいかん」

「その男の正体を知らんのだ、君は」

「正体などは、どうでもよい」

凛とした声が叫び返した。

「では、闘うしかないな」

「しかたがあるまい」

その声をきいて、原田は機を降りた。機の足は雪で隠れている。動いても先方からは見えなかった。

「最後の警告だ！」原田は怒鳴った。「そっちの機は燃料を抜かなかった。いまから、そいつを撃ち抜く。爆発するぞ。焼け死ぬのがいやなら、銃を捨てて出て来い」

「待てッ、原田君――」

中岡のしわがれ声がきこえた。

「休戦しようじゃないか」

「休戦だと！　おろか者め！」

「約束する。君に弁償をしよう。わしは、決して、約束は破らん男だ。このことも接触事故で片づける。約束する。だから……」

「黙れ！」

「いや、待ってくれ！　こんな地の果てで殺し合いをして、なんになる。野麦涼子は山荘にいる。わしが話をつけよう。わしは幹事長を辞める。いっさいの政治から手を引く。財産を投げ出して君に、弁償を……」

中岡は必死に喋っていた。悲鳴じみた声になっている。それをききながら、原田は機の尾部を回った。ガソリンを燃やして黒煙を上げるのは得策ではなかった。だれかに発見されるおそれがある。相手は二人だから、射殺すれば済む。中岡は喋りつづけていた。この期におよんでことばで切り抜けようとする愚劣さが……。

――まてよ、罠か！

原田は足を停めた。中岡が喋りつづけ、その隙にＳＰが忍び寄ろうというのか。原田は機の尾部に密着して、ゆっくり腹這った。すこしずつ雪を掻いて、体を沈めた。そうしながら、胴体と雪の間に隙間を穿った。その隙間から、男の下半身がみえた。泳ぐようにしながら、ＳＰが近づいていた。拳銃が見える。

原田は拳銃の装弾をたしかめた。一発で倒さなければ。撃ち合いになれば、拳銃ではＳＰの腕にはかなわない。ライフルは接近戦には不向きだ。息を殺して、待った。

ＳＰが尾翼から拳銃を出した。原田の目の上だ。ＳＰはゆっくり、片目をのぞかせた。

原田は拳銃を上に向けた。ＳＰが顔を出すのを待った。

ＳＰは顔を出した。同時に拳銃を構えて雪に突っ伏せた。伏せたところは、原田の目と鼻の先だった。原田は引き金を引いた。

ＳＰは胸に弾を受けて、のけぞった。

鮮血がゆっくり積雪を染めた。

「桜井！」

中岡が拳銃音を聴いて叫んだ。ＳＰを呼んだようだった。

「桜井は死んだぜ」

原田は立った。

「やめてくれ！　ゆるしてくれ！　原田さん、わしを許してくれ！」

中岡は悲しそうな声で叫んだ。

「泣くのはやめて、出て来い。武器を持って、出て来い。きさまにも闘う権利はある」

「………」

「こなければ、機を爆破する」

中岡は、それには答えなかった。急に黙ってしまった。

「五分間だけ、待ってやる」

原田は機から離れた。ライフルを持って五十メートルほど遠去かった。狡猾(こうかつ)な中岡相手では遮蔽(しゃへい)物の傍にいるのは危険だった。

雪に腰を下ろした。

待った。五分近くなって、機の傍の雪が動くのがみえた。中岡が雪を掘って、這い進んでいた。機の傍にきて、ライフルを突き出す気だ。中岡もハンティングマニアだから腕に自信はあるのだろう。死物狂いの反撃だった。

原田は雪のかすかに動くのをみていた。

雪の動きが機の傍でとまった。雪からライフルの銃身が出た。蟹(かに)が目をたてたようにみえた。ライフルにつづいて、頭が半分ばかり出た。

「ここだ!」

原田の怒鳴り声に、中岡は上半身を雪から出し、たてつづけに自動銃を撃ってきた。どれも的は外れていた。でたらめ撃ちだ。ライフルは五発で沈黙した。大物(ビッグ・ゲーム)用のウインチェスター100らしい。マガジンには五弾しか入らない。

原田は、立った。

中岡はまた雪に隠れた。銃身だけが動いている。あわただしく装弾しているのだ。原田は狙った。動く銃身から位置を判断して、引金を絞った。

銃身の動きが停まった。

用心のために五発全部を射ち込んで、待った。やがて、雪に血の滲み拡がるのがみえた。

傍に寄ってみた。中岡は死んでいた。顔面と、肩を弾が射ち抜いていた。顔は砕けてしまっている。しばらくそれをみつめたのちに、原田は、足で雪を被せた。

終わりは、ひどくあっけなかった。

ポケットを探って、タバコを取り出した。火をつけて、大きく喫い込んだ。一口か二口喫うと、体にふるえが湧いた。急に寒さが襲ってきた。その寒さの中には幾つかの死が潜んでいた。これまでに死地は三つも四つもあった。どれ一つとして、希みのあるものではなかった。絶望の闇にとらえられていた。

生きているのがふしぎだった。

〈復讐は終わった……〉

タバコを捨てて、原田は自分に小声で語りかけた。父と妹の仇は、討った。しかし、怨念を晴らしたあとに浮かぶはずの壮快感はなかった。父と妹の喜ぶ表情も浮かんではこなかった。懈怠な思いが強い。中岡とペックを殺すために三人の男を捲き添えにした罪悪感ではなかった。中岡に味方する者は、敵であった。最初からその覚悟であった。そうではなくて、何か無意味な行為だったような気がした。終えてみると、復讐そのものはひどくむなしいものに思えた。

原田は、テラスの端まで歩いた。そこから、反対の端に向かって地形を調べながら、歩いた。山側は断崖絶壁が屹りたっていた。たとえ猿でも登ることは不可能であった。高さはどこまであるのか、上端はみえない。片側はこれも絶壁であった。それも垂直である。

三百メートル近くはあるようだった。下方がどうなっているのかは、みえなかった。はるか下方に支尾根がみえるだけだ。端から端まで歩いてみたが、どこも同じだった。

「だめか！」

原田は、つぶやいた。鳥でもないかぎり、脱出は不可能であった。雪に腰を下ろした。

空は相変わらず低かった。いまにもまた吹雪がきそうであった。吹雪がくれば、この高さでは、たとえ機内に入っていても凍死はまぬかれない。食糧もシュラフもないのだ。ものの数時間と保つまい。ここが死地だと悟った。いままでとはちがって、万に一つも希みはない。かりに何時間か後に捜索機が飛来して、運よく発見されたとしても、待っているのは刑務所であり、絞首刑であった。

あるいは、アメリカ政府がことの真相を知れば、原田を殺すことで事件を葬るだろう。殺すのはわけはない。逃亡したという理由で、いつでも射殺できる。

どちらにしろ、絶望であった。

〈涼子――〉

つぶやいた。野麦涼子も、やがて、殺される。それが野麦涼子の定められた道であった。どうにもならなかった。

激情が去り、絶望を溜めた体は冷えはじめていた。骨を嚙む冷たさが戻っている。原田は機に向かって歩いた。やがて、白夜で酷寒の夜が来る。パラシュートにくるまり、機の燃料を燃せば一夜くらいは……。

――パラシュート！

小さな戦慄が駆けて抜けた。パラシュートを使えば脱出できるのではあるまいか。原田は崖際に寄った。垂直の絶壁を覗いた。目のくらむ高さだ。体中の神経が凍る思いがした。原田は小型機の操縦免許を取得している。空を飛ぶのは馴れているが、パラシュートでこの断崖絶壁に跳び出すことを思うと、血が凍った。だいいち、パラシュート降下はやったことがない。扱いかたは習っているが、経験はない。それに……。

原田は尻込みした。

崖をいくら蹴って飛び出したところで、三メートルとは跳べない。そのまま、落下する。開いたパラシュートが崖にこすりつけられて破れ、あるいは皺だらけになって用をなさないのではあるまいか――。

考えると、百発百中、そうなる気がする。

――だめか！

一瞬、希みが湧いただけに、その絶望は深かった。脱出できれば、野麦涼子を救出することができる。たが、原田はパラシュートの直径が十数メートルあることを知っていた。三、四メートル跳び離れたところで、開いたパラシュートが崖にこすりつけられてもみくちゃになるのは目にみえていた。

——なんとか、ならないのか？

高さは充分あった。空間に跳び出し、開傘索を引けばよい。パラシュートが開くまでには跳び出してから五、六秒かかる。五、六秒で約百二十五メートルから百八十メートルの距離を人体は落下する。この絶壁はすくなくとも二百五十メートルはある。ギリギリのところで、なんとかなる。

問題は断崖から離れる距離だった。すくなくとも最低で七、八メートルは跳ばねばならない。

機に戻った。投擲器のようなものを、原田は考えていた。飛行機の残骸でそれが造れないものか。

二機を隈なく調べて、原田は吐息をついた。飛行機ほど何も積んでないものはなかった。ロープ一本ない。あるのは工具だけであった。

原田は暗い視線を四散した機体に投げていた。その視線が翼にとまった。湾曲した金属板がある。

——スキーだ！

金属板を剝がして足にはけば、スキーができる。スキーをはけば、雪に傾斜をつければ、七、八メートルはらくに飛ぶ。

工具箱を原田は持ち出した。翼は両機とも折れていた。鉄枠に鋲打ちしたジュラルミン板を剥がすのはさほど難事ではなかった。三十分ほどかかって幅の広いジュラルミン板を取り外した。スキーのように幅を切る道具はなかった。どの部分を外しても手頃な板はない。その上に乗って滑ることを、原田は考えた。空中に出たら離せばよいのだから、足に固定するスキーよりは飛距離が出るのではなかろうか。

つぎに原田は金属板を使って雪を掻き集めた。山側にうず高く積み上げた。高ければ高いほどスピードが出る。懸命になって運び上げた。汗が出た。服を脱いで、運んだ。二時間も運ぶと、急傾斜の滑走台ができた。滑走路の長さは二十メートルほどある。短いが、しかたがなかった。その作業に没頭しながら、原田は気が気ではなかった。両機が不時着してからすでに二時間以上になる。中岡はアンカレッジに戻る予定だっただろうから、もしそのフライト・プランが空港に出ていれば、いま頃は不審を抱きはじめているのではあるまいか。アンカレッジまでは双発なら一時間で飛ぶ。そろそろ捜索機が出るのではあるまいか。中岡は日本の大物政治家だから、遭難が確実だとなれば、空軍はいうにおよばず、民間からも何十機もの小型機が捜索に飛び立つことが予想される。

ビキッチ下院議員の遭難にも民間機がのべ何百機と捜索に協力しているのだ。

山荘には電話はあるまいが、ＣＩＡの専用なら無線はあろう。マウント・マッキンレイには遮られるが、どこかで中継はできる。いま頃は無線連絡がとられていることも考えられる。

捜索機に発見されるまでに脱出しないと、脱出は無益になる。発見されて、降下部隊を投入されれば、それで終わりだ。

急傾斜の滑走路はさらに三十分ほど費して完成した。原田は滑走路の表面を板で叩きつけ、踏み固めた。ツルツルになるまで踏み、叩いた。寒気が厳しいから、叩き締めたところはすぐに凍結した。

遠くでヘリの音がした。

原田の汗が引いた。動きを停めてみた。山荘にあったヘリのようだった。遠くの支尾根をゆっくり旋回して、消えた。

――遭難がわかったのか！

それなら、もうすぐ、リチャードソン空軍基地から捜索機が来る！

猶予はなかった。原田はすぐにパラシュートを背負った。うまく開くか開かないかは考えている暇はなかった。

山側の頂上に這い登った。ジュラルミン板を置き、それに乗った。ライフルを左手に持った。拳銃は二丁、ポケットに入れてある。

――うまく開いてくれ！

板スキーが空間に勢よく飛び出すことはわかっていた。心配なのはパラシュートが開いてくれるかどうかだった。

板スキーに渡した死人たちの皮バンドを、右手で握った。息を呑んだ。蒼白(そうはく)になっているのがわかる。血の気がない。おびえで神経が凍りそうに思えた。原田は思いきって、息を吸った。歯止めを外した。ライフルで背後の崖を突いた。アルミ板は氷の急斜面をツルッと一気に滑った。滑るというよりも落下した感じだった。原田の目が眩(くら)んだ。のけぞりそうになる体を、バンドを掴んで必死に前に屈(かが)めた。風が耳元で唸った。急転直下したと思った瞬間に、したたかな衝撃が体をはね上げた。崖っ縁に盛り上げたジャンプ台にせり上げられた体がボールのように空間に放り出されたのだとわかった。

神経が凍っていた。風が唸っている。地上が逆になっていた。遠くの支尾根の岩塊地帯が回転した。原田はバンドを離した。その手で、胸の開傘索を引いた。夢中だった。体は唸りを上げて落下していた。板ソリがどうなったのか、わからなかった。大地が激突するように迫っていた。意識が薄れた。

衝撃が体を叩いた。それで、原田は意識を取り戻した。わずか数秒のことが永遠の時間に思えた。パラシュートが開いていた。

——救かった!

絞るような安堵が湧いた。絶壁からは十数メートル離れている。

——?

原田は奇妙なものをみた。パラシュートの落下速度は二メートルの高さから飛び下りる速度を保っている。着地するときも同じだ。だから馴れないと足を折る。しかし、いま、急激に落下しているはずの絶壁はスローモーション映写をみるようにゆっくり動いていた。落下しているという感じではなかった。浮いていた。いや、落ちているには落ちているのだが、おそろしくスピードがおそい。ゆっくり落ちながら絶壁を横に走っていた。横に走るスピードのほうが速いように思われた。絶壁が移り変わって行く。

――上昇気流(サーマル)か！

原田はその原因に気づいた。山岳地帯、高山では山ひだはほとんどつねに上昇気流が湧いている。グライダーの山岳滑翔(かっしょう)はその気流に乗って上昇し、飛行するというのを思いだした。この絶壁にも強い上昇気流(サーマル)が流れていたのだ。パラシュートはそれに乗っている。

下方をみた。一気に着地するはずの支尾根はまだ距離があった。パラシュートはその支尾根を越して森林地帯に向けてなめらかに滑っていた。

まるでそれは滑空であった。

冷えきり、収縮しきっていた神経が柔軟さを呼び戻しつつあった。恐怖感はすでに消えていた。逆に浮揚感というのか、むしろ性欲の恍惚(こうこつ)感を思わせるものが原田の体に漂いはじめていた。恐怖の裏返しはそれに倍する快感を秘めていた。

10

捜索機が何機か頭上をかすめた。

ジェットは雲塊の上に金属音をたてた。赤外線写真を撮っているのであろう。五、六機の民間小型機、それに警察か軍隊のヘリコプターが十数機、支尾根付近に向かって翔け抜けた。

原田義之はそのたびに樹の幹にへばりついた。捜索は大々的にはじまっていた。山荘付近から支尾根に向かってまるで絨毯爆撃でもするように丁寧に捜索していった。しかし、山荘側付近はそう綿密ではなかった。二機の双発セスナが行方を絶ったのだ。飛び立った近所に二機とも落ちるとはだれも考えない。かりに一機が落ちても、もう一機がいる。二機とも墜落するというのは、航路をまちがえ、高山に向かって、悪気流に一瞬に呑まれたとしか考えられない。ベテランの操縦士がそんな悪気流に向かうかどうかは、別の問題であろう。捜索はだから、マウント・マッキンレイに集中しているようであった。

山荘側はじきに機影が消えた。

その捜索もあと、六、七時間で終わる。夜が来るからだ。今日と明日いっぱい、あのテラスの残骸が発見されなければ……。

どの捜索機もドウブル・マウンテンの北壁には向かわなかった。飛びたってすぐ、そんなところに向かうとは思えないからだろう。かりに向かっても、かなり北稜に近づかなければ、あのテラスは発見できない。

原田は、山荘に向かった。

着地してから、二時間近くなる。パラシュートが上昇気流に押し流されたせいで、二キロ近くも山荘寄りに着地したのは、原田のつきを物語っていた。野麦涼子の救出を、原田は疑わなかった。残っていたヘリは捜索に向かった。山荘には四人の男がいると、ペックはいった。ヘリで二人は出ただろうから、残るのは二人だ。隙を突けば容易に殺せる。いまの原田にはCIA要員だろうが、強敵だと思う気持ちはなかった。

ただ、救出してからどこに逃げるか。難題はそれだけだった。

山荘に着いたのは、午後四時前であった。滑走路にヘリはなかった。

原田は、用心は怠らないが、それでも最初に較べればかなり無造作に山荘に近寄った。すぐ傍まで忍び寄って、気配を窺った。ラジオかステレオかの音が洩れていた。三十分近く待ったが、だれも戸外には出ない。

原田は、拳銃の装弾をたしかめた。家に踏み込む決心をした。ぐずぐずしていて、ヘリが舞い戻ってはことだ。それに、警察が事情調査に飛来するかもしれない。山荘からその周りを充分に見届けたが、監視装置らしいものはどこにもなかった。結局、CIAは自らを過信したのだと、原田は思った。ここに原田が来ても、それは罠に飛び込んだ鼠に過ぎないと。牙を剝いても、そんなものは問題にもならない。事実はそのとおりであった。ペックたちの過小評価では決してなかった。原田に幸運があったにすぎない。死を賭してかかる者に前途が拓けるというのなら、その幸運は自らが招いたものであったともいえる。

ドアの前に立った。

ライフルは外に置いた。

ドアには鍵がかかっていた。

ノックした。

「だれだ」

太い男の声が遠くでした。

「セキュリティ・ポリスの桜井だ！　開けてくれ」

それが通用するかどうかはわからない。

ややあって、足音が近づいた。ドアの施錠が外された。原田は拳銃を構えていた。先方が拳銃を構えていればいきなり射殺する。

ドアが開いた。

ほお髯を生やした男が立っていた。その男の胸に拳銃を押しつけた。男は黙って両手を上げた。拳銃で合図して、外に出させた。男は腰に拳銃を差していた。それを奪った。

「もう一人は、どこだ」

押し殺した声で訊いた。

「ベッドルームだ」

声がひからびている。

「案内しろ。声をたてたら、殺す。ペックも殺してきた」

「撃つな、女は返す」

男は哀願した。

「よし、行け」

男は先に歩いた。間隔を置いて、原田は後についた。入ったところはリビングルーム兼食堂になっていた。テーブルが四つほどある。奥に階段があった。男は静かに昇った。昇ったところは廊下だった。寝室らしいドアが幾つか並んでいる。男はその一つに手をかけた。

鍵はかかってなかった。

男はドアを開けた。

ベッドに大男がいた。裸だった。女を組み敷いていた。その大男がゆっくり振り向いた。

顔面が凍った。大男はちらとテーブルに視線を走らせた。拳銃が載っていた。

「下りろ」

原田は大男に拳銃を擬した。案内した男は脇に寄った。大男は凍ったようになっていた。体の下に野麦涼子が押えつけられていた。思いきり拡げられた素足が痛々しい。

大男は、うなずいた。野麦涼子の体から離れた。離れる動きの中でなにげなく男の手が枕の下に伸びたのを、原田はみた。

野麦涼子は上体を起こし、呆然とした瞳で原田をみていた。

拳銃の引き金を、原田は引いた。大男の背中の皮膚を銃弾がパシッと叩いて、かすかに引きつれたのがみえた。大男は窓にとんで、倒れた。手には小型拳銃が握られていた。そのときには、ほお髯の男がテーブルの拳銃を掴んでいた。原田はあわてなかった。ほお髯の胸を狙って撃った。ほお髯は壁際にふっとんだ。

キャサリンにもらった・45口径のコルトだった。大男をふっとばす威力がある。

「ぶじ、か」

原田の声はひどくかすれていた。カラカラに声帯が涸いていた。

「よし、ゆき、さん――」

野麦涼子は素裸で立った。

「急げッ、ここを出るのだ！」

「わたし――わたし、もう！」

野麦涼子はかん高い声で叫んだ。

「黙れッ」

原田は傍に寄って、涼子の横面を殴りつけた。涼子はベッドに倒れた。

「早くしろ」

「はい」

涼子は、はね起きた。長い髪がふわっと空間に揺れた。すばやかった。デニムのズボンを摑んだ。その姿が、若い獣が躍っているようにみえた。乳房が揺れ、豊かな尻が揺れた。

一秒の何百分の一かの早さで、原田の脳裡を欲望が駆けた。

身支度をして階下に下りた。リビングルームには輪カンジキや散弾銃、シュラフザック、食糧、リュックザックなどが壁にかかっていた。二人で必要なものをリュックザックに詰めて、山荘を出た。

「どこへ逃げるの！」

涼子は原田の腕に縋った。

「トクラット・リバー沿いに下るのだ。原生林に踏み込んでしまえば発見される心配はない」

原田は踏み出しながら、答えた。

キャサリンはマッキンレイ・ナショナルパークで待っているといった。だが、その方角に向かうことは自殺も同じだった。かりにうまくいったとしても、キャサリンに迷惑をかけることになるのは目にみえていた。ＣＩＡは面目にかけても、全力を挙げてアラスカ全土に追跡をはじめよう。キャサリンが絡んでいると、あるいはいたとわかれば、まちがいなく抹殺だ。

それに、リチャードソン空軍基地からも、ウエンライト陸軍基地からも、追跡捜索隊が出る。日本の重要人物が殺されたのだから、そうしないわけにはいかない。大統領はひそかに射殺命令を出すだろう。逮捕、裁判ということはあり得ないのだった。

「でも、義之さんは、どうやってここに？」

輪カンジキをはいた足は早くは進めなかった。だが、低地に向かうにつれてしだいに雪はすくなくなっている。山を下れば、雪はないものと思えた。

歩きながら、原田はかんたんな説明をした。

「中岡幹事長も、殺したの！」

涼子は足を停めて、訊いた。

「そうだ」

「だったら、いったいどこに逃げるのよ。いまに、軍隊が追ってくるわ……」

「心配するな。タナナ・リバーに出て、原生林伝いにユーコン・リバーに出よう。ユーコンは全長三千六百余キロ。タナナ・リバーの合流点からでも河口まで千五百キロ前後はあろう。巨大な大河だ。河口はベーリング海に抜けている。帰らざる河だ。途中にはアメリカ先住民の村落がわずかだがあるそうだ。河幅は広いが、浅いから筏を作って下ることもできる。もちろん、どこまで行けるかはわからない。かりにベーリング海に出られても、それから先がどうなるのかの見当はつかない。ただ、われわれは進まねばならん。ユーコンの流域に出てしまえば、もはや軍隊でもどうにもなるまい。千五百キロの大河をともかく下ってみるのだ」

運がなければ、ユーコンの大河に呑まれるか、酷寒のアラスカの原野に埋もれよう。見事、乗り切った先のベーリング海に何が待つのかも、わからない。

「一つだけ、訊いておきたいの」

涼子は原田をみた。

「なんだ」

歩きながら、原田は涼子をみた。白い貌が周辺の雪景色にひどくたよりなくみえる。やつれが目だって、瞳が大きくなっていた。その瞳の中に苦悩の翳りがある。

「わたし、あの男たちの奴隷だったの。いずれは殺されるとわかっていながら、奴隷生活をつづけるしかなかったの……」

「その話は、もうよせ」

大男に組み敷かれて犯されていた涼子の肢体が、かすめた。

「いいえ。いいます。何人もの男に、好きかってに犯されたのよ。昼も、夜も、何十回も

——死ぬことも考えたけど、死ねなかったわ。あなたが救けにきてくれるかもしれないというかぼそい希みは持ったけど、結局、あなたがＣＩＡに刃向かえるわけはないと、諦めたの。あとはもう、いいなりになるしかなかったわ。わたしの体は、あの男たちの精液で腐ってしまっているのよ。こんなわたしを救い出して、あなた、どうなさるつもりなの」

「どうするつもりかな……」

原田は歩きながら答えた。

「どうするつもりか、おれにもわからん。おれは君がアラスカに連れ去られたと知って、やってきた。救出できるとは思わなかった。中岡を殺し、ペックを殺し——ともかく、一人でも多くを殺して、おれも死ぬだろうと考えていた。こんなふうになるとは、あまり考えなかった。だから、どういってよいのか——ただ、君は医師だ。男に何十回も犯されたからといって、精液で体が腐ったとは思わないはずだ。そんなら、人妻はぜんぶ、腐る」

「ええ」涼子は高い声でうなずいた。「わたしの訊きたいのは……」

「もう、いうな。われわれは自給自足、けものを射ったり、魚を獲ったりの原始生活をしながら、大河中の王といわれるユーコン・リバーを下らねばならんのだ。ばあいによっては、ベーリング海に出るのは一年か二年も先のことになるかもしれない。なにしろ、太陽は地平線をゴロゴロ転がるだけという路もなにもないアラスカを横断しようというのだ。ことによっては、ユーコン流域にエスキモーと同じように住みつくこともあろう。これからは吹雪の季節だからな。ほとんどが人跡未踏の秘境を流れるユーコンを河口まで下るうちには、あの男たちのことはおろか、たいていのことは忘れてしまうさ」

「ありがとう、あなた」

涼子は長身の原田に縋った。

シラカバの原生林が目の下に見渡すかぎり果てしもなく拡がっていた。

「珍妙な恰好だな……」

原田は、ふと、自分たちの恰好に気づいて苦笑した。防寒ヤッケを着、防寒靴をはき、リュックを背負い、それぞれがライフル銃を持っていた。拳銃も二丁ずつ持っている。リュックにはシュラフザックから食糧、弾薬、ロープ、ナイフ、その他、さまざまなものが詰めこまれていた。すべて山荘から奪ったものであった。

原田と涼子は輪カンジキを脱いで、リュックに縛りつけた。目の届く低地には、雪はなかった。ぼうばくたるアラスカの荒野が拡がっていた。

「さて、どっちへ、行くかな……」

「あっち」

野麦涼子はライフルを上げた。曇天の下ににぶい色をたたえる流れを指した。


（本作品はフィクションであり、実在の個人・団体などとは一切関係がありません）

この作品を書くにあたって、次の書を参考にさせて頂きました。

『細菌戦軍事裁判』(東邦出版)山田清三郎

『メレヨン島』(朝日新聞社編・刊)

『人間の極限』(恒友出版)森万寿夫

この作品は１９７７年8月角川書店より刊行されました。

徳間文庫をお楽しみいただけましたでしょうか。どうぞご意見・ご感想をお寄せ下さい。
宛先は、〒105－８０５５　東京都港区芝大門２－２－１　㈱徳間書店「文庫読者係」です。

徳間文庫

帰らざる復讐者

2006年10月15日 初刷

著者 西村寿行

発行者 松下武義

東京都港区芝大門二―二―二 〒105―8055

発行所 株式会社徳間書店

電話 編集部〇三(五四〇三)四三五〇
販売部〇三(五四〇三)四三二四

振替 〇〇一四〇―〇―四四三九二

印刷 株式会社廣済堂

製本 株式会社宮本製本所

〈編集担当 高田暁郎〉

ISBN4-19-892500-3 (乱丁、落丁本はお取りかえいたします)

- H（アッシュ）　姫野カオルコ
- 海が聞こえる　氷室冴子
- 海が聞こえるII　氷室冴子
- ビートたけしの黙示録　ビートたけし
- こんなの知ってた!?　平川陽一（編）
- えっ! そうなの?　平川陽一（編）
- 非合法員　船戸与一
- 夜のオデッセイア　船戸与一
- 群狼の島　船戸与一
- 蛮賊ども　船戸与一
- 蟹喰い猿フーガ　船戸与一
- 緑の底の底　船戸与一
- 血と夢 増補新版　船戸与一
- 龍神町龍神十三番地　船戸与一
- 海燕ホテル・ブルー　船戸与一
- 流沙の塔［上］　船戸与一
- 流沙の塔［下］　船戸与一
- 札幌・鈴蘭伝説の殺人　深谷忠記
- 熱海・黒百合伝説の殺人　深谷忠記
- 函館・芙蓉伝説の殺人　深谷忠記
- 自白の風景　深谷忠記
- 横浜・木曾殺人交点　深谷忠記
- 佐渡・密室島の殺人　深谷忠記
- 飛鳥殺人事件　深谷忠記
- 人麻呂の悲劇　深谷忠記
- 影の探偵　藤田宜永
- 女が殺意を抱くとき　藤田宜永
- 陀吉尼の紡ぐ糸　藤木稟
- ハーメルンに哭く笛　藤木稟
- 黄泉津比良坂、血祭りの館　藤木稟
- 黄泉津比良坂、暗夜行路　藤木稟
- 大年神が彷徨う島　藤木稟
- 仁義の墓場　藤田五郎
- 照り柿　藤原緋沙子
- 潮騒　藤原緋沙子
- パクリ屋稼業　本所次郎
- 女体、震える!　本庄慧一郎
- 天使の守護のアリエッタ　松岡圭祐
- 柳生十兵衛　峰隆一郎
- 柳生十兵衛《龍尾の剣》　峰隆一郎
- 柳生十兵衛《逆風の太刀》　峰隆一郎
- 柳生十兵衛《剣術猿飛》　峰隆一郎
- 柳生十兵衛《兵法八重垣》　峰隆一郎
- 柳生十兵衛《月影の剣》　峰隆一郎
- 柳生十兵衛《無刀取り、四十八人斬り》　峰隆一郎
- 柳生十兵衛《斬馬剣》　峰隆一郎
- 柳生十兵衛《極意 転》　峰隆一郎
- 孤狼の牙　峰隆一郎
- 柳生十兵衛《無拍子》　峰隆一郎
- 孤狼の剣　峰隆一郎
- 殺し稼業 千切良十内　峰隆一郎
- 殺し稼業千切良十内 殺し金千両　峰隆一郎
- 蛇目孫四郎人斬り控 修羅の悪女　峰隆一郎
- 蛇目孫四郎人斬り控 修羅の首　峰隆一郎
- 修羅の系譜　峰隆一郎
- 剣鬼・針ケ谷夕雲　峰隆一郎
- 野良犬の群れ　峰隆一郎

徳間書店

歓喜月の孔雀舞　夢枕獏
熟れた果実　結城信孝(編)
男たちの長い旅　結城信孝(編)
「伊豆の瞳」殺人事件　吉村達也
「戸隠の愛」殺人事件　吉村達也
「北斗の星」殺人事件　吉村達也
花咲村の惨劇　吉村達也
鳥啼村の惨劇　吉村達也
風吹村の惨劇　吉村達也
月影村の惨劇　吉村達也
最後の惨劇　吉村達也
金閣寺の惨劇　吉村達也
銀閣寺の惨劇　吉村達也
「富士の霧」殺人事件　吉村達也
「長崎の鐘」殺人事件　吉村達也
天井桟敷の貴婦人　吉村達也
邪宗門の惨劇　吉村達也
出雲信仰殺人事件　吉村達也
観音信仰殺人事件　吉村達也

トワイライトエクスプレスの惨劇　吉村達也
「吉野の花」殺人事件　吉村達也
「横濱の風」殺人事件　吉村達也
「鎌倉の琴」殺人事件　吉村達也
「舞鶴の雪」殺人事件　吉村達也
聞きのがせない医者語・ナース語　米山公啓
人はなぜ薔薇の香りが好きなのか　米山公啓
永遠のドア　吉元由美
誘惑女子寮　横溝美晶
誘惑女学園　横溝美晶
蜘蛛の巣屋敷　横溝正史
比丘尼御殿　横溝正史
花の通り魔　横溝正史
謎の紅蝙蝠　横溝正史
江戸の陰獣　横溝正史
髑髏検校　横溝正史
顔 FACE　横山秀夫
三国志演義 1　羅貫中　立間祥介(訳)
三国志演義 2　羅貫中　立間祥介(訳)

三国志演義 3　羅貫中　立間祥介(訳)
三国志演義 4　羅貫中　立間祥介(訳)
風の呪殺陣　隆慶一郎
駆込寺蔭始末　隆慶一郎
震撼　龍一京
謀奪　龍一京
公安刑事絆　龍一京
重犯　龍一京
くノ一元禄帖　六道慧
大江戸繚乱　六道慧
はごろも天女　六道慧
妃女曼陀羅　六道慧
明烏　六道慧
七剣下天山 上　梁羽生　土屋文子(監訳)
七剣下天山 下　梁羽生　土屋文子(監訳)
精神鑑定の女　和久峻三
蠟人形館の殺人　和久峻三
無効判決　和久峻三
嵯峨野かぐや姫の里殺人事件　和久峻三